그리고 물

조선희 장편소설

한겨레출판

차례

맡

겨이

1.

어렵게 성사된 4인 가족의 점심 식사였다. 이건 한미일 중 4자 회담만큼 기회를 만들기도 힘들고 성공적으로 끝내기는 더 힘든 그런 것이다.

오늘 하루의 시작은 상큼했다. 즐거운 일을 예보하듯 까치 우는 소리가 잠을 깨웠다. 고양이가 베란다 바깥 은행나무에 앉은 까치를 보고 사냥 본능에 몸이 달아 쟁쟁쟁 소리를 냈다. 사월의 봄볕이 좋았다. 아침 공기는 상쾌했다. 하지만 생기발랄하게 시작한 하루가 고작 정오를 지나고서 시궁창에 처박혀 버렸다. 가족의 이슈란 미세한 것이든 거창한 것이든 감정의 미궁에 빠져버리곤 한다.

엄마 아빠의 결혼기념일 점심에 딸이 근사한 비건 파

인다이닝 레스토랑을 예약해 놓았다고 했을 때 정희는 아들도 올 거라고는 기대하지 않았다. 아들은 음악하겠다고 2년 전 통기타 하나 들고 집을 나갔다. 가족 카톡방에서도 나갔다. 요새는 그렇게 가출에 두 종류가 있는데 아들은 완벽하게 가출했던 것이다. 아들의 가출로 우리의 핏줄 공동체가 헐렁해졌다 싶었는데 전쟁 같은 선거 와중에 그마저도 너덜너덜해져 버렸다.

네 식구의 외식도 3년 만이었다. 대선이 끝난 다음 윤을 찍은 사람하고는 말을 섞고 싶지 않았고 실제로 한 오랜 친구와 절교를 했다. 그러나 아들이 결혼기념일 가족식사에 온다는 얘길 들었을 때는 말을 섞는 정도가 아니라 환영 플래카드라도 붙이고 싶었다.

정희는 지리멸렬한 이유로 해체됐던 4인 가족의 재결합을 자축하는 세리머니를 하고 싶었다. 가족 간 유대를 재건하는 데 필요한 게 무엇일까.

"선물이 아니라 사과를 준비해야겠어"라고 했을 때 남편은 빨갛게 익은 사과를 떠올렸다고 했다.

"아니, 그게 아니라, 아이들 자라면서는 우리 맘대로 끌고 왔잖아. 우리는 좋은 부모였다고 잘난 척하지만 아이들은 부모의 압제 밑에서 신음했을 수도 있지 않겠어?

말하자면 과거사에 대해 반성과 사과를 하면서 부모자식 관계의 다음 스테이지로 넘어가 보자는 거지. 그리고 말이야. 그날은 선거 얘기는 안 하는 게 좋겠어. 아니 절대 안 꺼내는 게 좋겠어."

정희는 딸과 아들의 입장에서 지난 시간들을 복기해 보았다. 아이들의 첫 10년이 정희에게는 신문기자로 사회생활이 가장 터프했던 30대였다. 일주일에 이틀씩 사흘씩 일하느라 마시느라 심야 귀가를 했고 아이들은 놀이방과 유치원과 학교와 학원과 이모네를 전전했다. 정희는 아이들에게 시간을 같이 보내주지 못해 미안하다고, 어쩌면 내 일이, 내 자아실현이 먼저였던 것 같기도 하다고 사과하기로 했다. 그 악전고투의 시간을 되짚어 보는 동안 자신이 가여웠고 인생이 서글퍼져서 그녀도 누군가로부터 사과받고 싶어졌다.

정희가 남편에게 반성과 사과를 하자면서 '우리'를 강조할 때는 내 과거사도 돌아보겠지만 무엇보다 당신이 크게 반성해 주길 바란다는 취지였다. 남편의 발제를 기다리며 얼굴을 쳐다보고 있자니 남편도 켕기는 게 있는 모양이었다.

"동민이한테 핸드폰 던진 거 사과하지 뭐."

"그러고 보니 참, 그거 아직 사과할 틈도 없었구나. 근데 그건 좀 마이너한 거 같고. 당신하고 동민이 보면 이건 부자 관계가 아니라 당신은 교수이고 동민은 공부 안 하는 학생이야. 애를 무시하고 윽박지르고 그런 게 있어."

"그런데 동민이가 밴드 한다고 나가서 이상한 애들한테 휩쓸리는 거 같지 않아? 말도 안 되는 가짜뉴스에 넘어가고. 도대체 책을 안 읽으니."

반성은커녕 천연덕스러운 뒷담화가 정희를 도발했다.

"하이고야, 여보, 그 책 안 읽는다는 얘기는 좀 그만할 수 없어? 그리고 애가 아무리 철없는 소리한다고 왜 폭력을 써? 요새 어느 집 아빠가 자식한테 핸드폰 던지냐고. 겁도 없이. 핸드폰을 던져도 좀 비껴서 벽에 부딪치게 던질 것이지. 정면으로 그렇게 얼굴을 가격하냐. 당신 핸드폰이 박살 나는 게 낫지. 애 얼굴에 시퍼렇게 멍을 들여놔? 가뜩이나 예민한 20대 남자애 얼굴에. 더구나 4번인데. 4번이 셔터 내려버리면 포클레인으로도 못 열어."

에니어그램에서 동민은 4번 유형이다. 집에서 유일한 4번 선수. 자기 취향이 있어서 열 살 때부터 엄마가 사 주는 옷을 안 입고 자기 옷은 자기가 골라야 했다. 하민은 7번 유형, 모범생이지만 자유분방해서 열정이 솟구칠 때는 규범을 찢고 나가는 아이다. 성격은 판이하지만 둘 다 이 정도면 무난하다 싶을 때 한 번씩 발광을 해서 지랄총 량 불변의 법칙을 입증한다.

"그 일 가지고 혼난 거 벌써 열두 번이야. 나 뼈를 깎는 반성을 하고 있어."

남편이 버럭 화를 냈다. 실제로 정희가 이 일로 남편을 타박한 게 여러 번이었다.

하민이 꼬꼬마 시절부터 남편은 유명한 딸바보였고 지금도 딸한테는 사족을 못 쓰니 약한 고리가 결국은 동민이다. 내성적인 아들은 게다가 순하고 착해서 말대꾸가 별로 없다. 대신, 나와서 밥 먹으라 할 때 "전 됐어요. 배 안 고파요" 그러거나 전화도 없이 자고 들어온다거나 하는 식으로 조용히 반항했다.

핸드폰 사건 이후 동민이 용돈 수령을 거부하고 있다. 카카오페이로 50만 원을 보내면 4일 후에 반환된다. 정희는 아들이 지갑에서 돈을 몰래 꺼내 가도 이렇게 심란하지는 않을 거 같다. 집세 내고 밥 먹고 모든 게 돈인데 집 주소도 알려주지 않고 카톡도 끊었으니 도대체 어찌 살고 있는지. 끼니는 챙겨 먹고 있는지.

이번 대선은 정희네 집에서도 전쟁이었다. 4인 4각의

열전이었다. 그나마 민주당 경선이 끝나 후보가 정해지고 정희가 경선 결과에 승복하면서 부부는 하나가 됐지만, 유권자로서 두 번째 대선을 맞는 딸은 부모의 설득에도 끝내 심상정 지지를 굽히지 않았다. 그래도 딸은 토론을 거부하지는 않았고 나름 유튜브와 포털 사이트와 SNS 정보를 동원해 가며 자신의 논리를 방어했다. 하지만 아들과는 정치적인 주제 자체가 시한폭탄이었다. 그나마 작년 가을부터는 얼굴 보기도 힘들어졌다. 그 일 이후로는 명절 때나 예의상 집에 들러준다는 식이었다. 동민은 그렇게 이른바 '2찍남'의 길을 갔다.

하민은 일찍부터 소설을 읽고 책을 좋아했는데 동민은 만화하고 게임에 빠져 가끔 공부를 접기도 했다. 그 어리숙한 것이 엉뚱한 소리를 물어 와서 집안이 소란해졌던 처음은 군대 제대하고 복학해서 밴드를 시작하던 무렵이었다.

"문재인 정부에 종북세력이 많다는 거 사실이에요? 조국이 운동권 때 북한 가서 김일성 만나고 왔대요."

그래도 착하고 반듯한 아이라 가짜뉴스인지 아닌지 팩트체크하는 성의가 있었다. 팩트체크의 장소로 집을 택했으니 엄마 아빠에 대한 신뢰도 남아 있었다. 정희는 어리둥절한 표정으로 남편을 보았다. 정희가 "조국은 주사파는 아니었잖아. 북한 가서 김일성 만나고 온 건 김영환인데. 거기는 지금 완전 극우로 돌았잖아"라고 하자 남편이 "그런 가짜뉴스도 도나 부지. 나원참" 하고 혀를 찼다. 남편은 콜센터 상담원처럼 친절하게 조분조분 아직 동민이 태어나지 않았던 1980년대 전두환 정권 이야기부터 시작했고 문재인 정부까지 오는 데 한 시간이 걸렸다. 평소에 조용한 사람인데 아들이 전직 교수의 강의 본능을 자극한 것이다.

동민이 집에 들른 어느 주말에 저녁 식사 하다가 남편이 동민의 얼굴에 핸드폰을 던진 일은 그러니까 작년 10월, 윤이 대통령 후보가 된 다음이었다. 이번엔 이재명이 이슈였고 너무 숨 가쁜 시국이라 한 시간 강의로 풀기엔 남편도 마음의 여유가 없었다. 동민의 태도도 문제가 있었다. '이거 진짜예요?'가 아니라 '이거 모르셨어요?' 하는 투였다. 동민이 이것저것 말이 길어지자 참다못한 남편이 "니는 머리가 없냐? 니 머리로 생각을 좀 해" 하고 핸드폰을 던졌다.

주말에는 별일 없으면 집에 들르던 동민이 그날 이후 발길을 끊었다. 정희가 길게 톡을 보내도 단답형이거나 예, 아니오였다. 1월 1일은 낮에 잠깐 들렀다가 점심만 먹고 튀었다. 정희는 아들 얼굴을 유심히 보았다. 광대뼈 아래 퍼런 멍이 노르스름한 흔적을 남기고 있었다.

그다음은 설날, 부자 관계의 상처가 아물어가나 싶을 때 덧나버렸다. 이번은 명백히 남편의 실수다. 인터넷에서 1번과 2번 후보의 공약을 검색해 보았다는 건 동민으로서는 대단한 발전이고 나름 노력한 결과였다. 그런데 남편은 공약을 비교 검토한 결과에 대해 모처럼 신나서 떠드는 아들의 말을 잘랐다.

"그래, 뭐 시간 있으면 공약을 봐도 나쁠 건 없지만 그건 좋은 얘기 다 끌어다 담아놓은 거고. 그 사람이 누군가를 봐야 되는 거야."

아들 입에서 "씨발"이라는 단어가 튀어나왔을 때 부부는 입이 딱 벌어졌다. 동민이 떡국을 먹다 말고 집을 나간 다음 정희가 남편에게 화를 냈다.

"여보, 동민이가 화를 내면 그건 우리가 잘못한 거야. 그 순둥이 입에서 욕이 나오게 하면 그건 우리가 뭔가 단단히 잘못한 거야."

선거 날이 다가오고 있었다. 남편은 부자간 화해로 가는 실마리를 꼬아버렸을 뿐 아니라 집 안의 방황하는 표

한 장을 날려버렸다. 선거를 나흘 앞둔 주말 봄옷을 챙기러 왔다며 모처럼 집에 온 동민이 "사전투표했어요"라고 했을 때 정희는 아들과 남편에게 동시에 화가 났다. 종량제봉지에 옷을 욱여넣어서 집을 튀어 나가는 아들의 뒷모습을 속수무책으로 바라보는데 정희는 안에서 대들보 같은 것이 무너져 내리는 소리가 들렸다.

그 사건 이후 집 안에서 남편의 위상이 형편없이 찌그러졌다. 깐깐한 아빠와 순둥이 아들의 역학 관계 정도로 남아 있던 봉건가부장제가 명실공히 흔적기관으로 전락했다. 남편은 은퇴 슬럼프에 정치 스트레스가 겹쳐서 온 듯하다.

"당신 요새 분노조절장애가 생긴 거 같애."

확실히 집 안에서 구체제가, 앙시앵레짐이 무너지고 있다. 권력 이동의 징후는 여러 가지다. 남편이 말수가 줄었다는 것. 아들 눈치를 본다는 것. 동민이 아빠 앞에서 "씨발"이라 한 건 프랑스 시민들이 바스티유 감옥에 몰려간 것과 같다.

역시 이 국면에서 문제를 풀 능력이 있는 사람은 딸뿐이다. 하민은 불가능해 보였던 4인 가족의 식탁을 마련하면서 아빠와 아들 사이의 화해를 주선하겠다고 나섰다.

여러모로 시의적절했다. 선거 직후만 해도 정희나 남편이나 패닉이라 딸도 아들도 달갑지 않았다. 아니, 딸도 아들도 원망스러웠다. 이제 한 달 반이 지났고 실망과 체념에도 적응해 가는 중이다.

무엇보다 정희는 부모자식 관계의 새로운 질서에 적응할 준비가 돼 있다. 그리고 새 출발의 세리머니를 사과와 함께하기로 했다. 하지만 기획은 기획이고 현장은 뜻밖의 변수와 우연에 의해 교란되기 마련이다.

오늘 사과의 세션까지 가기도 전에 뜻밖의 안전지대에서 폭탄이 터져버렸다. 하민은 태어나 지금까지 한 번도 지뢰였던 적이 없는데, 가끔 하늘이 천사를 내려보내 줬구나 했었는데.

전철역에서 집으로 돌아오는 길, 보도블록에 점점이 떨어진 노란 개나리 꽃잎이 발에 밟혔다.

"삼관왕 먹었네."

"무슨?"

대꾸하는 남편 역시 머릿속이 복잡한 표정이었다.

"결혼 발표에 커밍아웃."

"삼관왕이라며?"

되묻던 그는 곧 "아!" 하면서 고개를 끄덕였다. 길가의 화단에서 개나리가 한 철을 떠나보내고 있었다. 시드는 꽃 사이로 초록 잎이 삐죽삐죽 올라오고 있다.

"당신도 처음 들은 거야? 하민이하고 얘기 많이 하는 편이잖아."

실제로 정희는 딸과 대화를 많이 하는 편이었다. 아니, 많이 한다고 믿었다.

"글쎄… 그런 줄 알았는데…."

"눈치도 못 챘어?"

"그냥 꿈이 뒤숭숭했어… 휴, 개나리 넝쿨이 얼마나 예뻤는데 그걸 싹뚝 쳐놔가지고."

전철역에서 집으로 가는 길에 보도를 따라 어깨높이 화단에 봄철에는 개나리 넝쿨이 꽤 볼만했는데 어느 해인가 누군가의 손이 치렁치렁한 장발을 쇼트커트해 버렸다. 5년도 더 지난 과거사에 대한 불평만큼 남편의 논평도 엉뚱했다.

"여튼 대선 이후에 다들 우울증이야."

오늘 정희의 우주에서 최애의 인간인 딸이 가격해 오기 전에 그녀의 심장은 이미 정치사회 스트레스로 충만해 있었다. 스트레스로 터빈을 돌린다면 온 집 안이 쓰고 남을 전기를 생산할 수도 있을 것이었다. 그런데 그 딸이, 언제나 우군이었던 딸이, 엄마의 심장이 감당할 수 있는 스트레스의 한계치를 체크하겠다고 덤볐다.

눈물이 한 방울 툭 떨어졌다. 그것은 대상이 불분명한 적개심과 억울함이 저 깊은 곳에서 길어 올린 물질이었다. 펌프질은 한번 발동이 걸리자 멈추질 않았다. 정희는 가방에서 손수건이나 휴지를 꺼내는 대신 맨손으로 눈물을 닦았다. 국민학교 5학년 봄 소풍 때 개울에서 놀다가 운동화 한 짝을 잃어버리고 선생님한테 야단맞고 서럽게 울면서 집에 돌아왔던 날처럼 오른팔을 치켜들고 손등으로 눈물을 닦았다. 내 것이라 여겼던 소중한 무언가가 나를 떠나가고 있었다. 그것은 운동화처럼 다시 살 수 있는 것이 아니었다. 나의 발, 신체의 일부 같은 어떤 것이었다.

"여보, 딸한테는 딸의 인생이 있는 거야."

남편이 위로의 말을 건네왔지만 문제는 좀 더 중층적이었다. 대선 후유증이라는 기저질환에 딸의 폭탄선언이 합병증을 불러오는 참이었다.

"선거한 지 한 달 조금 지났어. 근데 한참 지난 거 같잖아. 끔찍해."

정희는 말을 뱉어놓고 나니 남편에게 미안해졌다. 끔찍하다는 말이 그에겐 얼마나 더 끔찍할까. 공안 사건에 엮여서 20대에 남영동 지하실을 겪고 감옥도 다녀온 그에게 검사가 대통령이 되는 사건은 끔찍하다는 말 그 이상일 것이다.

음식점에는 동민이 먼저 와 있었다. 정희는 환영 플래카드 펼치듯 두 팔을 벌려 동민을 안았다. 하지만 아버지와 아들의 만남은 어색했다.

"왔니?"

"네."

서로 눈길을 피했는지 눈길이 마주쳤는지 애매했다.

TV에도 자주 나온다는 스타 셰프가 제공하는 코스 요리가 끝나고 후식까지 깨끗이 먹어치운 다음 정희가 딸에게 감사의 멘트를 건넸다.

"우리 하민이 덕분에 호강한다. 이 코스가 요리마다 향미가 다르고 그릇까지도 다 예술이네. 뭐랄까. 음향 시설이 최고로 좋은 홀에서 실내악 콘서트 하나 즐기고 난 기분이야."

하민이 동생을 챙겼다.

"동민아, 어때? 먹을 만했어?"

동민이 피식 웃었다.

"어제 아침에 전기밥솥을 열었더니 발고랑내가 나더라. 밥이 일주일 되니까."

하민이 웃음을 터뜨렸는데 정희는 웃음이 나오지 않았다.

"그걸 먹었어?"

"아니."

"그러면? 밥 사 먹었어?"

"굶었어."

정희는 말 대신 긴 한숨이 나왔다.

"누나, 여긴 다 좋은데 솔직히 양이 너무 조금이다. 자취생한테는 음식이 질보다 양인데."

남편이 하민에게 고개를 돌렸다.

"우리 하민이, 오늘 돈 좀 썼네."

"이런 데 쓰라고 버는 거지."

하민다운 말이었다. 덕담 퍼레이드가 끝나고 테이블 위로 침묵의 천사가 지나간 다음 정희가 사과의 세리머니를 시작하려고 무릎 위의 냅킨을 집어 올려 입을 닦으려는 순간 하민이 먼저 입을 열었다.

"파트너를 찾은 거 같아. 아니, 찾았어. 결혼 상대."

식순에 없던 의제가 좌중을 뜨악하게 했다.

"오, 진짜?"

"얘가 정말 사람 놀래키네. 남자친구 생긴 거야?"

"그게, 그러니까."

"사귄 지는 얼마 됐어?"

"정확히 1년."

"그런데 어떻게 우리가 모를 수 있지?"

"조심스러워서. 미루다가."

"일단 축하해. 근데 형민이 다시 만난 건 아니지?"

"에이 걔를 왜 만나?"

"하기야. 그렇게 징하게 헤어졌는데."

"그게… 그런데… 남자가 아니고. 여자야."

호기심을 분출하던 정희의 입이 굳어버렸다.

"놀라게 해서 미안한데. 어… 그러니까… 2년 전에 어떤 모임에서 만났어…."

정희가 들고 있던 냅킨으로 입을 닦고는 접어서 식탁 위에 올려놓는다. 무슨 전염인지 남편이 냅킨을 들더니 숫제 세수하듯 얼굴 전체를 닦는다. 동민만이 무덤덤하다.

"우리 집에도 왔었어. 엄마가 밥 차려줘서 같이 먹은

적도 있는데."

정희는 기억의 파일을 뒤져본다.

"연주던가, 아니야? 그러면은… 소영인가 하는 애도
왔었지."

"아니."

"말고 또 누가 있었지?"

"음… 이스탄불에서 온 애. 엘리사라고."

결혼 발표에 국제결혼에 커밍아웃. 세 개의 뇌관이 연
쇄 폭발하면서 정희가 사려 깊게 준비한 사과의 세리머
니를 날려버렸다. 사과의 문장들을 여러 번 연습해 놓았
는데 앞으로 그걸 입 밖에 꺼낼 기회가 오기나 할지 알 수
없었다. 하민이 오늘의 호스트였지만 주인공은 정희 부
부와 동민인 줄 알았는데 어쩌면 하민이 자신을 위한 이
벤트를 준비한 건지도 몰랐다. 음식점 앞에서 하민이 동
민과 따로 갈 데가 있다며 떠나고 부부만 남았을 때 정희
가 중얼거렸다.

"4인 가족이 이렇게 제각각인데. 대통령은 어떻게 하
나. 나라를 가지런히 운영하는 건 당최 불가능한 거지."

정희는 멀어져 가는 남매의 뒷모습을 바라보았다. 동

민은 이제 추석에나 보게 되려나. 가만히 되짚어 보니 동민은 오늘 자기 아빠에게 눈길도 주지 않았고 말도 섞지 않았다.

TV에도 자주 나온다는 스타 셰프가 제공하는 고급진 요리를 즐기고 난 다음인데 정희는 위장이 거북스러웠다. 팔색조의 코스 요리가 제각각 향미가 짙어서, 요리 하나씩 해치울 때마다 탄성을 질렀지만, 수수한 맛이 하나도 끼어들지 않은, 그 흔한 바게트 조각 하나 없는 고밀도 코스였다. 후식으로 나온 샤베트조차 시나몬가루가 과해 뒷맛이 텁텁했다. 모차르트 〈마술피리〉의 '밤의 여왕 아리아'만 도돌이표로 30분 내리 들은 듯, 고막이 휴식을 원하고 있었다. 정희는 지쳐버린 기분이 들었다.

서울 시내 비건 음식점은 옵션이 풍부하지도 않은데 하민이 비건을 고집하는 것도 짜증이 났다.

"가족 식사도 꼭 비건 음식점에서 해야 하나?"

2.

그 후 열흘이 지나는 동안 하민은 집에서 그림자처럼

조용했다. 아침에 일어나는 시간이 제각각이어서 세 식구가 함께하는 아침 식사도 띄엄띄엄이지만 하루 세끼 식사도 숨바꼭질이 됐다. 하민은 점심 식사 때만 잠깐 거실로 나왔다가 종일 자기 방에서 소리 없이 출근하고 퇴근했다. 코로나와 함께 재택근무 시작한 지 2년인데 회사는 코로나 끝나도 재택근무를 영구화할 방침이라 했다.

하민은 거실과 부엌을 발소리 죽이며 걸어 다녔다. 저녁에 외출했다 밤늦게 들어와 살금살금 자기 방으로 들어갔다. 그동안 모녀 사이에 오간 대화는 노트에 적으면 한 페이지의 절반도 못 찰 것이다. 식사하자. 이따 먹을게. 저녁 약속 있니. 응. 오늘 날씨 좋네. 그렇구나.

그사이 정희는 수면의 질이 더 나빠졌다. 새벽 서너 시에 반드시 깬다. 잠이 깨면 전등 켜지듯 최근의 상황이 환하게 떠오른다. 뭐가 문제였던 거지? 어디서부터 잘못된 거지? 회고로 시작해 후회로 끝나는 생각의 회로에는 몇 개의 지점들이 있다.

하민이 2년 가까이 사귄 형민이는 집에도 자주 드나들었고 괜찮은 아이였다. 둘이 꽤 좋아했던 것 같은데 결국은 종교 문제로 헤어졌다. 정희네 4인 가족은 정치 성향은 달라도 종교 취향은 일치해서 모두 적극적 무신론자였다. 형민과 사귄 지 1년이 지날 즈음부터 하민이 가끔 불평을 했다. 일요일에 같이 교회에 나가자고 한다 했다. 하민이 어느 날 물어왔다.

"엄마, 얘가 모태신앙이잖아. 언젠가 교회를 포기하게 만들 수 있을 줄 알았는데 되레 믿음이 점점 강해지는 거 같아. 요새는 식사기도 할 때 자꾸 나를 구원해 달라고 그래. 그리고 식사기도를 왜 그렇게 길게 해? 계속 만나는 게 맞는지 정말 갈등 생겨."

정희의 대답은 조심스럽지만 단호했다.

"쉽지 않은 문제구나. 상대를 바꾸고 고쳐야겠다고 하는 관계는 출발부터 잘못된 거지."

그때는 우리 하민이 정도면 플랜 A, 플랜 B, 아니 플랜 Z까지 있다고 자신했던 거 같다. 형민이 아니어도 남자는 줄 섰다고. 서로 좋아했던 만큼 헤어지는 과정도 소란스러웠다. 전화통을 붙들고 징징 짜기도 했고 다시 만나기로 했다더니 결국은 헤어졌다.

그 얼마 후 소개팅으로 몇 번 만난 남자아이가 있었는데 어떤 온라인매체 기자라 했다. 요새 온라인 매체가 2만 개라더니 매체도 처음 듣는 이름이었다. 취직이 너무 힘들어 일단 다니고는 있지만 곧 번듯한 매체로 옮기려 한다고 했다. 이름을 검색해 보니 기사가 몇 개 떴다. 정희가 기자 출신이 아니라도 '번듯한 매체'의 기사를 대충 베끼고 낚시질 제목을 달아놨다는 건 쉽게 알 수 있었다. 맞춤법도 몇 군데 틀렸고 오탈자도 눈에 띄었다. 제목 하나는 "경악"으로, 하나는 "충격"으로 끝나는 기사 두 개를 읽고서 정희는 경악을 금치 못했고 충격을 받았다.

그러고는 2년쯤 쉬는가 했더니 그사이 새 역사가 창조되는 중이었다. 하민은 플랜 A, 플랜 B 정도가 아니라 프레임을 확 바꿔버린 것이다.

거기에 엄마의 역할이 비집고 들 틈은 없었을까. 쉽게 정리하지 말고 좀 더 노력해 보라 했어야 하나. 친구 하나가 자기 조카 얘기를 꺼냈을 때 정희는 별로 내키지 않았다. 낙하산 내려보내는 건 반칙이고 아이들 세계에 어른들 관계가 얽혀드는 건 생각만 해도 징그러웠다. 반듯하게 잘 컸다는, 변호사 일 하는 그 조카를 소개해 달라 했어야 하나.

이런 상념들이 하나의 패턴으로 고착돼 가는 중이다. 새벽에 잠이 깰 때마다 똑같은 세트의 반복 재생이다. 부질없다는 생각에 정희는 부엌으로 나가서 커피포트에 찻물을 끓였다.

직장 다닐 적엔 이 시간에 깨면 '망했네' 했다. 다음 날 회의에서 꾸벅꾸벅 졸 수도 있었다. 하지만 이제는 걱정할 다음 날 일정이 헐렁하거나 아예 없다.

그때는 잠이 돌처럼 단단해서 한번 깨지면 수습되지 않았다. 수면의 질이 엉성해지면서 좋아진 점도 있다. 하룻밤에 열 번 깼다가 열 번 다시 잠든다는 것이다. 하지만 이런 비상한 이슈가 걸려 있는 새벽에는 그 저질 수면조차도 좀처럼 허락되지 않는다. 머릿속을 온통 들쑤셔 놓아 뇌세포가 빨갛게 흥분하고 있으니 철조망처럼 날카롭게 곤두선 뉴런들 위로 포근한 잠이 내릴 수는 없는 것이다.

정희는 침대에 비스듬히 기댄 채 핸드폰에서 넷플릭스 앱을 연다. 최근 친구 S가 재미있다고 한 영화가 뭐였더라.

친구는 오래된 친구가 좋다고 한다. 긴 인생에 많은 추억을 공유하니까 소중할 수밖에 없다. 어려울 때 옆에 있어주는 친구가 좋은 친구라고도 한다. 백번 옳은 말이다. 하지만 요새 정희에게 가장 좋은 친구는 OTT에 어떤 영화가 떴는지 알려주는 친구다. 추천 영화가 취향 저격에 성공한 횟수만큼 우정의 포인트가 쌓인다. 심장에 얼마나 정확히 꽂히는지가 친구 관계의 질을 말해준다. 좋아하고 싫어하는 정치인의 라인업이 일치하는 것도 중요하다. 씹을 때 같이 씹어주는 화통한 연대! 덕담이나 조언따위는 진정성을 보증하는 데 별 도움이 되지 않는다.

최근 플로렌스 퓨의 영화 두 편, 〈더 원더〉와 〈레이디 맥베스〉를 추천한 S는 진정한 친구라 할 수 있다. 아, 생각났다. 〈내 사랑〉. 모디라는 화가 얘기라 했다. 예술가의 인생을 다룬 영화를 골랐다가 실패한 적은 거의 없다.

밤잠이 몇 토막 나는 바람에 느지막이 일어나니 남편이 식탁에서 아침 식사를 하고 있다. 대접을 들여다보니 우유에 시리얼인데 호두와 아몬드가 들어가 있다. 사과 조각도 섞여 있다.

"옴마, 사과도 썰어 넣었네. 일취월장이야."

처음 정년퇴직하고는 집에서 안절부절못하더니 2년차에 접어들면서 자기주도형 은퇴생활의 틀이 잡혀가고 있다. 정희도 그릇에 시리얼과 우유를 따라 식탁으로 가져와서 남편과 마주 앉았다. 반 토막 남은 사과를 깎는다.

"하민이 아직 안 나왔어?"

"아니. 회사 갔어. 오늘 회식 있다고."

남편 얼굴을 보니 아침부터 피로기가 가득했다. 두 눈에 핏발이 서고 눈 주위가 부석부석했다.

"당신 또 악몽 꾼 거야?"

정희는 시리얼 그릇에 사과 조각을 넣었다.

"여보, 악몽도 악몽 나름인데. 내 생각에 그거 정신과 상담을 받아보는 게 어떨까 싶어."

"뭐, 그럴 것까진 아니고."

남편이 희미하게 웃어 보였다. 오히려 아내의 수면을 걱정했다.

"당신은 잠 좀 잤어?"

"아니, 3시에 깨서 영화 한 편 보고 6시쯤 다시 잤어."

"나쁘지 않네. 하루 다섯 시간 자면 성공한 거야."

"근데 잠이 동강 나면 아침에 머리가 띵해."

남편은 그릇을 비운 다음 스푼을 내려놓고 정희를 바라보았다.

"내비 둬. 잘못한 선택이면 돌아올 거고. 잘한 선택이면 행복할 것이고. 당신이 마음 끓인다고 달라질 것도 없어. 그런데 막말로 하민이가 무슨 나쁜 짓을 한 게 아니잖아. 사고 쳐서 부모 속 썩이는 자식들도 많아. 나도 처음엔 많이 놀랐는데. 한 이삼일 좀 뒤숭숭했는데. 이게 고정관념의 문제지. 생각을 바꾸니까 아무 일도 아니더라고. 한국사회에 코 박고 남들 다 하는 것처럼 사는 것보다 낫지, 안 그래?"

지극히 온당한 말들이었다. 정희는 이 성인군자의 평정심이 어디서 오는 걸까 생각했다. 뒤숭숭한 시국에 악몽을 꾸면서 자신과의 싸움에 기력을 탕진한 걸까. 때문에 기타 문제엔 전의를 상실한 걸까. 정희는 남편이 모시는 '역지사지易地思之'의 좌우명이 정치 이슈에선 가끔 무용지물이 되지만 타인에 대한 이해에는 도움이 되는 게 틀림없다고 결론 내린다.

"혹시 우리가 별로였던 거 아닐까? 지네 엄마 아빠 사는 모양이 별로 좋아 보이지 않았던 거 아냐? 엄마 아빠처럼 살고 싶은 생각이 들지 않았다는 거잖아."

정희는 끊임없이 자신에게서 귀책 사유를 찾아내려 한다.

"글쎄… 우리가 대단히 금실 좋은 부부라고 할 수는 없지만 그래도 평균 이상은 되잖아."

"부부 싸움도 많이 했지. 동민이 낳고 애가 둘이 되고 나서는 진짜 많이 안 좋았잖아. 하민이는 우리 싸우는 소리 많이 들었을 거야. 큰소리 낸 적도 있었으니까."

"딸들은 아빠 같은 사람하고 결혼하고 싶어 한다던데. 내가 문제였나."

"음… 진짜 그럴 수도 있겠다."

남편은 픽 하고 헛웃음을 터뜨렸다.

"사실 여자고 외국인이고 그런 게 중요하지 않을 수도 있어. 모든 걸 다 결정한 다음에 통고하는 것. 지들이 계산 다 뽑아놓고 세금고지서를 들이미는 거. 국세청처럼 말이야. 난 솔직히 그게 화가 나. 우리가 의논 상대도 안 된다는 얘기야?"

하민을 끔찍이 아끼는 남편도 상처받은 게 분명했다. 하지만 하민과 소울메이트라 믿었던 그녀가 받은 배신감과는 다를 것이다.

성별 세대별 표본으로 볼 때, 사회변화에 가장 적응 못 하는 집단이 60대 이상 남자라는 건 기정사실이다. 이 심각한 사회적 지진아 집단 소속인 남편이 세 살 연하의 아내보다 딸 문제에 훨씬 유연하게 나오다니. 그는 이미 정리를 끝내고 몇 걸음 더 진도를 빼고 있었다. 고정관념의 문제이고 생각을 바꾸면 아무 일도 아니라 했다. 하지만 정희는 그 말이 귀에 들어오지 않았다. 그렇게 조간신문 뉴스처럼 교통정리할 수 있는 건 부녀 관계의 깊이와 밀도가 변변치 않기 때문이라는 의심이 경청을 방해했다.

　일요일 아침, 정희는 외출 준비를 하는 딸의 방문을 조심스럽게 노크했다. 두 사람 사이에 소가 닭 보듯 서로 시선을 피하고 알맹이 없는 프로토콜이나 주고받는 이런 기만적인 시기는 없었다. 심리적 교착 상태에서 먼저 손 내미는 것이 어른 노릇이다.

　모녀는 나란히 침대 가장자리에 걸터앉았다.

　"점심 약속 있나 부지?"

　"으응."

　하민에게도 지난 2주간이 수월치 않았는지 두 눈 아래 두툼한 그믐달 같은 다크서클이 걸려 있다.

　"너, 괜찮아? 발목은 어때?"

　"이제 괜찮아졌어."

　"우리가 차분히 앉아서 얘기도 못 했네. 지난번엔 좀."

　"…."

　"뭐, 나도, 이해는 해. 근데 갑작스럽게. 그런 중요한 일을 일방적으로 통고한 게. 사전에 아무런 사인도 안 주고. 그게 당황스러웠던 거 같애."

　"미안해… 내가 좀 자신이 없었던 거 같아. 의논을 하

기로 하면 너무 힘들 거 같았어. 엄마 아빠를 내가 못 이
길지도 모른다는 생각이 들고."

하민은 "엄마, 잠깐만" 하더니 핸드폰을 가져와 메시지
앱을 연다. 영어로 쓰는 걸 보니 엘리사에게 좀 늦겠다거
나 그런 얘길 하는 모양이다.

"근데 확고한 거야? 뭐 이렇게 헷갈린다거나. 갈등되
거나 그런."

"엄마가 들으면 서운해할지 모르는데. 가족들한테 알
리고 나니까 실감도 나고 생각도 또렷해지고. 이젠 흔들
리지 않고 끝까지 갈 수 있을 거 같아졌어."

"그렇구나. 무슨 계획들 세워놓은 거 있어? 결혼식 같
은 거나."

"엄마 아빠한테 알리고 나면 그때부터 하나하나 풀어
가기로 했어. 나나 엘리사나 한국식으로 하는 예식장 결
혼은 전혀 생각 없고. 결혼 파티는 하려고. 서울서 하고
이스탄불 가서도 하고."

"그 친구 부모하고도 만나봤어? 이스탄불에 사니?"

"내가 작년에 이스탄불 갔었잖아. 엘리사네 집에서 사
흘을 잤는데 부모님들 좋으시더라. 근데 그냥 딸의 친구
인 줄 아실 거야. 아직도."

"……"

정희는 자신도 모르게 흐유, 한숨이 새어 나왔다. 이쪽뿐 아니라 저쪽에도 장벽이 있을 것이다. 한국사회 기준에서도 리버럴한 편인 우리 같은 부모도 패닉인데 그쪽은 이슬람권 아닌가. 두 여자아이가 두 개의 높은 장벽 사이에 끼어 있었다.

대화가 멎자 호흡이 깊어졌고 들숨으로 어떤 냄새가 묻어 들어왔다. 소심한 외판원처럼 조심스럽게 딸의 방에 발을 들여놓은 다음 대화가 몇 바퀴 돌고 나서야 후각에 긴장이 풀린 모양이다.

"너 요새 담배 피니?"

이따금 바깥에서 들어오는 하민에게서 니코틴 냄새가 풍겨 왔다. 하지만 그러려니 했다. 담배 피우는 사람 근처에 있었을지도 몰랐다.

고개를 비스듬히 떨구고 방바닥을 내려다보는 하민의 침묵이 대답을 대신하고 있었다. 엘리사라는 아이가 담배를 피우는 모양이야. 그리고 보니 비건 한다고 유난 떨기 시작한 것도 이 아이를 만난 다음부터 아닌가.

정희는 비건 레스토랑에서 시작해 불면의 새벽들을 지나오면서 쌓이고 쌓인 스트레스를 의식의 지하실에 단단히 가둬둔 다음 이 방의 문을 열었던 것인데 어느 결에 봉인이 풀린 스트레스가 덜컹대기 시작했다. 희로애락과 애정과 혐오와 쾌활과 우울 같은 감정들이 지정된 구역에 머물러 있지 않으려 드는 것을 우리는 갱년기 변덕이라 부른다.

"엘리사라는 애 말이야. 너 이전에도 원래부터 여자를 사귀었던 거야?"

정희는 엘리사가 원래 레즈비언이었는지 궁금했다. 내 딸이 뭔가 이상행동을 할 때는 우리 딸은 그럴 애가 아닌데, 하면서 누구 꼬임에 넘어갔다는 의심부터 든다.

"티 엠 아이! 왜 그걸 묻는 거야?"

하민이 엄마 얼굴에 정면으로 시선을 꽂았다. 목소리가 신경질적으로 튀었다. 질문이 좀 잘못 나간 게 틀림없었다. 정희는 하민과 마음을 솔직하게 터보겠다고 이 방에 들어온 취지를 상기했다.

"그런데, 하민아. 내 생각에 너가 번아웃이 온 거 아닌가 싶어. 거기가 빡센 직장인데 5년 됐잖아… 연봉이 높고 사원 복지가 좋다 하지만 세상에 공짜가 어디 있겠니? 선진국 국민은 세금 많이 내고 회사도 월급 많이 주면 그만큼 털어가는 거지."

달변이 된 엄마를 보는 하민의 눈이 커졌다.

"그러니까 내 말은, 출구가 필요했던 거 아닌가 싶다는 거야. 직장도 그렇고 집에서도 그렇고. 어디로 튀어버리고 싶은 거 말이야. 너도 직장을 좀 쉬어보는 건 어떨까. 좀 쉬면 낫지 않을까."

"엄마는 지금 내가 어디 아프다고 생각하는 거야?"

하민의 눈이 천천히 빨개진다.

"나는 지금 사랑에 빠진 거야. 그게 그렇게 이해하기 힘든 일이야?"

다크서클 두 개가 받쳐 들고 있는 커다란 두 눈에서 곧 뭔가가 쏟아질 거 같아 정희는 시선을 피했다. 정희는 참나무 패널이 깔린 방바닥으로 시선을 떨구었다. 하민이 말하는 사랑이라는 것을 이해하려고 노력해 보았지만 그것은 알 것도 같고 알다가도 모르겠고 속수무책이었다.

하민이 외출한 다음 정희는 거실 소파에 몸을 묻은 채 꼼짝도 할 수 없었다. 손 닿는 곳에 재미있는 소설책 한 권이 놓여 있으면 딱 좋겠다는 생각이 들었다. 하지만 재미있는 소설책도 30분 후에나 시작할 수 있을 것 같았다. 소설 이전에 하민의 스토리가 아직도 픽션 같았다. 그 사랑이라는 것이 미스터리였다.

하민이 나가면서 현관문 여닫는 소리에 잠이 깼는지 고양이 토토가 거실로 나와 정희 쪽으로 걸어왔다.

3.

"근데 취임식을 어디서 했다는 거야?"

"설마 서초동 아크로비스타에서 하진 않았을 거고. 용산에 출근해서 식을 했나?"

"너는 정말 뉴스 안 보는구나."

"스트레스 쌓여서 신문도 안 보고 포털도 안 봐. 핸드폰 열었다가 포털이 뜨면 거의 반사적으로 딴 데로 넘어가잖아."

"야, 우리 정치 얘기 하지 말자. 여기 2번 찍은 사람도 있는데…."

"그래, 정치 얘기 금지."

2번 찍은 사람, 강남 사는 친구가 있었다. 이 친구는 노무현이 대통령 됐을 때 우울증을 호소했었다. 상스럽지는 않은 친구라 '어떻게 고졸이 대통령 하니'라고 말하지는 않았지만 김대중을 별로 좋아하지 않았고 이회창 같은 엘리트 집안의 엘리트 대통령을 기대했다가 없는 집안의 상고 나온 운동권 변호사가 대통령이 됐을 때 충격이 한참을 갔다.

"너희 보람이 결혼식이 얼마 안 남았네. 다음 달이지?"

"응, 원래 작년에 날 잡았다가 코로나 때문에 연기했잖아. 날 잡았을 때 되든 안 되든 확 해버렸어야 했는데. 미뤄지니까 약간 그렇드라고."

"뭐가?"

"남자애가 그 정도면 괜찮은데. 근데…."

"근데 뭐가 문제야? 나는 그저… 외계인만 아니면 돼."

재미있는 농담이라 생각했던지 정희의 말에 친구들이 웃었다. 무의식이 배출한 농담이지만 진심이 묻어 있었다.

"너희 남편은 퇴원했지? 좀 어떠니?"

"폐암이 암 중에서도 고약하잖아. 그래도 초기에 발견됐으니 천만다행이지."

"그러니까 종합검진, 돈 깨져도 이제 우리 나이에 정기적으로 해야 돼."

"이 사람이 이번에 40년 피던 담배를 딱 끊었잖아. 애들한테 담배 피면 유산은 없다고 선언했어."

"너네 정도면 그거 먹히겠다. 재산이 쫌 되잖아."

"그렇지만도 않아. 애들 대학 갈 때는 스카이 못 가면 유산 없다 그랬는데 둘 다 못 갔잖아. 그런다고 어쩌겠니? 고아원에 기부할 것도 아니고."

"윤석열 되면 면세 증여 1억이 된다잖아."

"면세 증여? 그게 뭐야?"

정희는 금시초문이었다.

"얘가 알 리 없지. 어떻게 세금 덜 떼이고 재산 물려주나. 그게 요새 엄마들 관심사야. 지금은 10년에 한 번씩 5000만 원까지는 자식한테 그냥 줄 수 있게 돼 있어. 근데 윤석열이 이걸 1억으로 올리겠다 했거든."

"죽어서 유산 물려준다, 그건 옛날얘기야. 이젠 팔구십까지 사니까 자식이 환갑 넘고 같이 늙어가는 거야. 그러니까 살면서 빨리빨리 조금조금 돈을 넘겨줘야 된다는 거지."

"그게 강남하고 목동 엄마들 관심사구나. 나한테는 완전히 신천지네. 오늘 집에 들어가서 남편하고 얘기 좀 해봐야겠다."

정희는 길게 한숨을 쉬었다. 남편 역시 알 턱이 없었다. 유산이나 상속 이런 이슈에 관한 한 그도 청정 지역에서 놀고 있었다.

"이제 종부세도 없앨 거고 부동산 규제도 풀겠지."

면세 증여로 시작된 이야기가 정희의 평정심을 휘저어놓았다.

"0.7프로가 그렇게 큰 거야? 대통령제가 문제야. 선거 전까지는 납죽 엎드렸다가 지금은 국민 니들이 어쩔 거야. 선거 끝났는데, 그런 식이잖아."

절제의 빗장이 풀리자 정치 히스테리가 거품을 물었다.

"대통령 됐는데 청와대 안 들어가겠다고 하는 거, 이거 직권남용 아니야? 대통령실 옮기고 국방부 옮기고 수천억, 조 단위 예산이 들어가는데. 그 집이 싫어서 다른 집으로 가겠다면 지 개인 돈 써야지. 왜 우리 세금을 쓰냐고."

"나도 자영업해 보니 왜 혈세라 하는지 알겠더라. 자영업해서 내는 세금은 진짜 혈관에서 피를 짜내는 거야. 부가세는 한 번 낼 때마다 영혼이 털리는 기분이야."

동네에서 작은 옷 가게를 운영하는 친구다.

"나도 좀 들은 얘기가 있는데. 거기가 보안 문제가 있다 그러더라고. 문재인 때 주사파들이 청와대에 들어가서 네트워크가 북한하고 중국하고 다 연결돼 있어서 정보가 그리로 다 넘어간대. 그래서 불가피하게 이사하는 거라고 그래."

강남 친구가 내부자에게 들은 고급 정보처럼 조심스럽게 꺼낸 이야기는 태극기부대에 떠도는 가짜뉴스일 뿐이었다.

"진짜 그랬으면 대통령선거할 때 폭로했겠지. 문재인 감옥 보낼 수 있는데. 저건 분명 터가 좋으니 안 좋으니 무슨 법사 말을 들은 거야. 근데 너는 어째 그런 태극기 같은 말을 그냥 믿니?"

"자, 자, 우리 정치 얘기 안 하기로 했잖아. 이제부터 정치 얘기 하면 1만 원 내기. 돈 모아서 오늘 밥값 하자."

"돈 모으자니. 정치 얘기 많이 하고 돈 내자고? 5만 원으로 하자. 주차 위반하고 동급으로."

여고 동창 다섯이 모여 앉은 점심 식탁의 화제가 시국으로부터 무릎관절과 경추요추와 발목인대와 어깨회전근과 세반고리관으로 넘어가자 식탁이 무장애놀이터가 되면서 대화 내용이 풍부해졌다. 좌골신경통, 족저근막염, 이석증, 비문증, 퇴행성관절염 같은 명칭들이 차례로 테이블에 올라왔다 내려가던 끝에 노화의 순리를 따라 마침내 친구 하나가 모시고 사는 89세 노모의 치매 문제에 당도했다.

"엄마가 평생 아들들만 싸고돌더니 지금은 누구시더라야. 나만 알아봐. 근데 데이케어센터에서 아무거나 주워오셔. 화장실의 똥 묻은 휴지도 주머니에 넣어서 가져오고. 전쟁도 겪고 어렸을 때 없이 살아서 자꾸 주워 들이고 못 버리고 그러는 거지."

"옛날 여자들이 많이 참고 살았잖아. 우리 시어머니는 브로치 안 달고 외출하는 법이 없는 교양녀였거든. 아무리 급해도 구찌베니 어디 있더라, 하고 입술에 발라야 안심하는 사람이었거든. 근데 치매 오니까 자꾸 거기를 만지고 한번은 발가벗고 집 밖으로 나가시는 거야."

"나는 차라리 암 걸리고 말지 치매는 안 되겠다. 속옷바람으로 달려 나가겠어."

"근데 좀 이상한 일인데. 내가 말이야. 3월 9일 이후로 딱 끊긴 거 있지? 성욕이라는 게 싹 사라진 거야. 사리 나오게 생겼어."

정희의 말을 다들 농담으로 받아들이는 분위기다.

"에이 설마."

"우리 아버지 우울증이잖아. 친구가 태극기부대에 데리고 다니는데 거기 다니면서 좀 나아진 거야. 헛소리는

엄청 하시지. 딜레마야. 그래도 우울증보다는 헛소리 듣
는 게 낫다, 그러고 있어. 원래 창비도 읽고 괜찮은 분이
었거든. 근데 너무 외로우신 거지."

"태극기부대, 이거 결국 노인 문제야. 한국사회에서 노
인들 역할이 너무 없으니까 거리로 나서는 거지."

"광화문이 이제 조용해서 살 것 같애."

"그 대신 용산이 엄청 시끄러워졌나 봐."

"김건희 여사. 점점 적응이 되려고 해."

"정경심이 4년 살면 김건희는 40년 살아야지."

"내가 아는 건축가가 그 부부를 몇 번 만나서 식사했는
데 마지막까지도 서울대 미대 나온 줄 알았다는 거야."

"나는 그게 제일 웃기드라. 서울대 최고위 과정인가에
서 일주일 뉴욕대 견학 가놓고 이력서에 뉴욕대 연수했
다고 한 거."

강남 친구가 뜻밖이었다.

"어머? 근데 너 윤 찍었잖아."

"이재명이 더 싫어서."

강남 친구가 핸드백에서 립밤을 꺼내 입술에 바르는
동안 모두들 그 입술을 바라보았다. 잠시 후에 그들은 원
래 대화로 돌아왔다.

"우리가 이력서 허위 기재 하면 합격 취소잖아. 학교도 그렇고 회사도 그렇단 말이야. 이제 앞으로 어떡할 거야."

"뭐야, 우리 또 정치 얘기 하고 있잖아."

4.

엘리사를 만나러 가는 길이다.

엘리사를 만나보고 싶다고 얘기한 다음 날짜를 받아내는 데 열흘이 걸렸다.

하민은 엄마 아빠가 흔쾌한 마음이 됐는지 몇 번이나 다짐받고는 약속을 잡았다. 때와 장소와 대상을 가리지 않는 엄마의 직설화법이 엘리사에게 상처를 줄까 봐 걱정됐던 모양이었다. 솔직토크 화법은 기질 탓이기도 나이 탓이기도 한데 실제로 때와 장소와 대상을 가리지 못했으면 정희가 지금까지 이처럼 멀쩡하게 사회활동을 해오지 못했을 것이다. 집에서 늘 빗장 풀어놓고 사는 꼴만 봐서 딸이 엄마의 사회성을 터무니없이 저평가하고 있다.

하민의 결심이 단단한 것을 확인하자 정희도 생각이

단순해졌다. 공이 자기 손을 떠났는데 갈등과 번민은 에너지 소모일 뿐이었다.

지난가을 그 아이가 왔을 때 못 볼 꼴 보인 건 없었던가. 정희는 방심한 사이 첫인상을 도둑맞았다는 것이 찝찝하면서도 한편으로는 속 편했다. 새삼스럽게 치장할 것도 가릴 것도 없었다.

오늘 미팅을 앞두고 엘리사에 대해 사전 취재를 했다. 엘리사 얘기를 꺼내면 하민의 얼굴이 환해진다. 수다스럽게 들뜨는 목소리가 많은 것을 말해주고 있었다.

엘리사는 한국에 여행 왔다가 마음에 들어서 6개월 후 어학 코스를 신청해 다시 왔다고 했다. 하민을 만난 것이 첫 여행 때였는데 엘리사가 마음에 들었다는 대상이 한국인지 하민인지 불분명했다. 엘리사는 이스탄불에서 대학을 다니고 베를린에서 미술 공부도 했다 한다.

남편이 운전하고 정희가 조수석에 앉아 뒷좌석의 하민에게 묻는다.

"너네 공통점은 뭐야?"

"음, 고양이? 엘리사는 늘 가방에 고양이 사료하고 캔을 넣어 가지고 다녀. 혹시 길고양이 만나면 먹인다고."

"어, 좋다! 좋아!"

정희는 '고양이!' 하는 첫마디에 입꼬리가 귀에 걸린다. 엘리사를 만나기도 전에 서먹함이 날아가고 방어기제가 허물어진다. 고양이와 한집에 산 지 15년이다.

"그다음은, 음식? 맛있는 거 찾아 먹으러 다니고 엘리사는 요리도 잘해. 우리 매주 한 가지씩 자기 나라 음식 소개하기로 했거든. 엘리사는 토요일마다 터키 음식 하나씩 만들어 먹여줘. 내가 완전 유리하지. 나는 맛집 검색해서 데려가기만 하면 되니까."

이번에 다시 보니 엘리사는 하민보다 키가 좀 클까 말까 한, 서양 사람치고는 아담한 사이즈였다.

"한국말… 서툴러서 죄송해요."

"우리는 터키어 못하는데 뭐."

'죄송'이 땅에 떨어지기도 전에 남편이 얼른 받았고 정희가 거들었다.

"아유, 서툴다는 말도 다 알고."

조심하는 태도는 어딘가 한국인과 느낌이 비슷했다. 둘이 알아서 음식을 시키라 했더니 영어와 우리말을 섞어가며 메뉴를 정하고 주문하는 모습이 다정한 자매 같아서 이 아이들이 5000킬로미터 떨어진 표준시 여섯 시간 건너편에서 태어나 자랐다는 사실을 잠시 잊게 했다.

"엘리사는 한국어 배우면서 제일 어려운 게 '은, 는, 이, 가'래."

"받침이 있으면 '은'이 되고 없으면 '는'이 되잖아. 받침이 있으면 '이'고 없으면 '가'지."

"그건 쉬운데 그러면 '은'하고 '이'는 어떻게 구분하는 거야? 언제 '은'을 쓰고 언제 '이'를 쓰는 거냐고?"

"어, 진짜! 그게 뭐지? '사람은' 할 때가 있고 '사람이' 할 때가 있잖아. 우린 어떻게 알고 써온 거지? 그거 진짜 헷갈린다. 어떤 규칙이 있는 거 같긴 한데. 아리까리하네."

"나도 엘리사 때문에 터키어를 좀 배워볼까 해봤는데 그것도 디게 어려워."

"터키도 지렁이 기어가는 아랍문자 쓰던가? 알파벳 쓰는 거 아냐?"

"응, 표기법이 알파벳이야. 표기법만! 발음은 아랍언데. 엘리사, 케말 파샤 맞지? 그때부터 모든 게 유럽식이 됐어. 여자들 학교도 가게 해주고."

엘리사는 우리말은 서툴렀지만 젓가락질은 능숙했다. 이스탄불에서도 일식이나 한식을 먹기 어렵지 않다 했다. 음식의 신자유주의시대.

"한국을 언제 알게 됐어요?"

엘리사가 떠듬떠듬 하민의 도움을 받아가며 완성한 문
장은 이러했다. 2002년 월드컵 때 한국을 처음 알았다.
축구경기를 보지는 않았지만 어른들이 코리아라고 말하
는 걸 들었다. 한국 드라마를 굉장히 좋아한다. 〈대장금〉
은 TV에서 해줬는데 재밌어서 두 번 봤다. 〈해를 품은
달〉 〈미실〉도 봤다. K팝 좋아하고 BTS 팬이다. 지난해
중국, 일본, 한국 세 나라를 여행했는데 한국이 제일 좋았
다. 아마도 TV 드라마하고 K팝 때문이었던 거 같다.

"엘리사가 한국에서 제일 적응이 안 되는 게 대중 목욕
탕이래. 어떻게 탕에 들어가 앉아 있을 수 있지? 그것도
다른 사람하고 같이? 그게 이해가 안 간대. 터키 목욕탕
이 하맘인데 이스탄불에서 한 번 가봤거든. 진짜로 목욕
탕에 욕조가 없어. 이슬람에서는 고인 물은 불결하다고
생각한다는 거야."

정희가 엘리사에게 물었다.

"바다는 괜찮아? 바닷물에는 들어가도 돼?"

"네. 이스탄불이 바다가 둘러싸여 있어요. 나는, 저는
거기서 자랐어요."

"엘리사네 집은 보스포루스해협 언덕에 있어. 오래된 아파트인데 우리 같은 아파트는 아니고. 5층짜리, 엘리사 맞지? 5th floor."

"오르한 파묵《이스탄불》읽었어. 파묵이 어릴 적 살았던 집도 보스포루스해협이 내려다보이는 언덕이었지."

파묵의 이름이 나오자 엘리사가 반가워했다.

"아, museum of innocence가 있어요. 박물관이 있어요."

보스포루스해협 언덕에 파묵의 작품 제목을 딴 '순수박물관'이 있다고 했다.

"근데 엘리사는 히잡 안 쓰나?"

배고픈 건 참아도 궁금한 건 못 참는 것, 기자 출신의 직업병이다. 질문을 던져놓고 정희는 혹시 하민이 그어놓은 선을 넘은 건 아닌지 불안해졌다.

"내가 곤란한 질문을 했나?"

"노노. 아닙니다."

엘리사의 미소가 정희를 안심시켰다.

"엘리사 엄마는 히잡을 쓰셔. 터키는 지역에 따라 집안에 따라 다른데 엘리사네는 코란에 대해 좀 절대적이신 거 같아. 터키에 가면 엘리사도 히잡을 쓰라고 하셔."

"엄마는 나는 히잡을 쓰면 아름답다고 말해요… 그 뭐.
얼굴이. My face shape suits hijab. 하하."

"히잡에 어울리는 얼굴형이라는 거야."

넷이 함께 웃었다. 코란과 교리로 윽박지르느니 요즘
세대의 가치관에 편승해 자기주장을 관철시키려는 귀염
성 있는 모친이었다. 세대차이나 세대갈등 역시 국경 넘
어 신자유주의시대다.

"우리 집은 캐톨릭 집안이에요."

정희의 돌출발언이 테이블 위의 웃음기를 싹 닦아냈
다. 엘리사의 쌍꺼풀진 커다란 눈에서 놀란 눈동자가 굴
러떨어질 듯했다.

"캣 홀릭이라고. We love cat."

얼어붙었던 얼굴이 풀리면서 엘리사가 입을 커다랗게
벌리고 와하하 웃었다. 그리고 소리쳤다.

"You are so humorous! I like it!"

후식으로 흑임자인절미가 나왔고 하민과 엘리사는 품
평을 교환해 가면서 먹었다.

"엄마도 달달이 좋아하잖아. 이스탄불에는 100년 넘은
디저트카페 체인점이 있는데 디저트 종류가 정말 상상초

월이야. 케이크, 아이스크림. 푸딩. 비스킷. 또 뭐 뭐. 색깔도 컬러풀하고 모양도 가지각색인데. 예쁜 것들이 진짜 많아."

하민이 엘리사를 돌아보았다.

"에미뇌뉘 술탄아흐메트 광장 앞에 있는 디저트 카페. 거기 이름이 뭐였드라?"

"마도?"

"아, 글치? 거기 디저트 종류가 몇 가지일까. 한 백 가지 될까."

"I can swear it is more than 100. enough."

"어떻게 디저트가 그렇게 발달했을까."

"제국의 유산인 거지. 콘스탄티노플부터 거의 2000년 역사니까."

점심 식탁에서 남편은 그저 네댓 번쯤 대화에 끼었다.

"엄마 아빠하고 언젠가 같이 한번 가면 좋겠어."

정희는 남편, 딸과 함께 이스탄불의 디저트 가게에서 1백 가지 디저트 중에서 색깔과 모양이 특이한 것 스무 가지를 골라 테이블 위에 늘어놓고 가장 덜 단 것부터 점점 달달한 것으로, 부드러운 것부터 점점 딱딱한 것으로 하나씩 먹어치우는 상상을 해보았다.

엘리사와의 미팅은 좋았다. 처음엔 어색했지만 친근해져서 헤어졌고 새로운 만큼 흥미로웠다. 정희는 엘리사가 'You'라고 부를 때 어떤 해방감이 찾아왔다. 겨드랑이에 작은 날개가 돋고 몸이 가뿐해지는 기분이었다.

엘리사는 좋은 친구구나, 같이 지내면 즐거울 것 같아, 우리말은 점점 늘겠지, 그런데 그게 반드시 결혼이 필요한 일인가, 라고 묻고 싶었지만 정희는 질문도 때와 장소와 대상을 가려야 한다는 사실쯤은 알고 있었다.

5.

정희는 남편과 함께 넷플릭스에서 〈캐롤〉을 찾아서 보았다. 성애에 대한 고정관념을 두드려 보자는, 일종의 시각조정을 위한 프로그램이었다. 베를린에 사는 한국인 간호사 두 분의 다큐멘터리 〈두 사람〉도 다운받아서 보았다. 70대 레즈비언은 "나이가 들다 보니까 서로 토닥거려 주고 친구처럼 아픈 데 약 발라주고 등허리에 로션 발라주고. 그게 섹스지"라고 말했다. 2013년 칸영화제에서 그랑프리를 받은 세 시간짜리 〈가장 따뜻한 색, 블루〉는 두 번째 베드신에서 남편이 리모컨을 찾아 스톱 버튼을 눌렀다.

"이건 거의 포르노잖아."

정희네도 등에 파스나 붙여주는 사이, 플라토닉 부부의 경지를 향해가고 있다. 거의 남매나 마찬가지인데 식구끼리 섹스신을 감상하기라니. 하지만 그녀가 정치적으로 올바른 문제제기를 했다.

"그런데 말이야. 우리가 영화에서 베드신을 처음 보는 거 아니잖아. 아니, 엄청 많이 봤지. 남녀가 하는 베드신은 괜찮은데 여자끼리라서 불편했던 건 아닐까."

"그러면 다시 켜?"

남편이 리모컨을 다시 들었다.

"에이, 그만 보지 뭐."

두 사람은 노력하는 부부였다. 아니, 노력하는 부모였다.

6.

토요일 오후, 정희는 침대에 비스듬히 기대 핸드폰을 들여다본다.

정치적으로 분노조절이 잘 안 되는 이렇게 어지러운 난세에는 도슨트가 필요하다. 뉴스를 뽑아주고 맥락을 짚어주고 통찰을 보태주고 화도 대신 내주는 명민한 누군가의 안테나를 빌리는 것이다. 그것이 흔히 말하는 확증편향의 루트라 해도 어쩔 수 없다.

정희는 페이스북에서 김옥영과 강미숙, 김형민의 타임라인을 차례로 들어가 본다. 정희는 페북을 보다가 전철에서 내려야 할 역을 지나친 게 여러 번이다. 심야에 광주 송정역 승강장 벤치에 앉아서 서울행 KTX 막차를 그냥 보낸 일도 있다.

열린 방문으로 TV 뮤직비디오 음향과 아이들 떠드는 소리가 뒤섞여 흘러 들어온다. 하민이 친구와 거실에서 간식거리들을 탁자에 차려놓고 TV를 보고 있다. NCT 동영상이 올라오는 날이라 한 시간짜리 라이브 이용권을 샀다고 한다. 하민은 고등학생이 되면서 걸그룹, 보이그룹을 졸업했는데 코로나 거리 두기의 시절에 NCT를 영접했다. 친구 모임도 없고 여행도 못 가는 '코로나 블루'의 우울을 NCT 덕분에 이겨냈다 한다.

"오늘 우리 태일이 컨디션이 안 좋나? 춤 박자가 좀 밀리네. 일부러 레이백을 주는 건가."

"음원에서 하드캐리하잖아. 근데 오늘 의상이 왜 저래? 태일이 옷이 최악이네. 쟈니 옷도 개구려. 저럴 거면 코디를 왜 써?"

"얼굴이랑 옷이랑 맞짱 뜨는 중."

"정우, 문명특급 나가고 인기 개많아졌어. 정우 포카 요즘 엄청 비싸."

"예쁘잖아."

"잘생기기는 재현이가 훨씬 잘생겼지. 정석 미남."

"유타도 은근 팬 있어. 콘서트 가서 옆에 앉은 고딩한테 누구 팬이세요? 했더니 유타래. 응원봉에 유타 스티커 붙었더라."

"오 마이 갓. 윗 아유 두잉? 독무 추는데 관중석을 왜 잡아?"

"지성이 팝핀 최고! 새삥 챌린지가 대박이야. 지성이한테 딱이야."

"대애박! 마크는 왜 저렇게 귀여워?"

"안무 잘 짰다. 안무하고 카메라가 찰떡궁합이야."

"옴마 미쳤어. NCT 팬인 게 자랑스러워."

논평은 너무나 진지하고 너무나 전문적이다. 아이들은 NCT에 진심이다. 아이라니, 하민은 올해 서른이다.

페북에서 정희 세대는 온통 나라를 구하거나 지구를 구하는 얘기들이다. 정희는 소심증이라 대선 이후에 신문 들춰보기 겁이 나서 신문을 문간에 쌓아두고 있다. 대신 페북에서 세상 돌아가는 사정을 귀동냥한다. 요즘 정치 뉴스는 형광빛이 너무 자극적이라 필터를 끼고 보지 않으면 눈이 따갑다.

강미숙 씨의 페북 포스팅을 훑어보니 요새 지방선거에 참패한 다음 민주당 분위기가 감이 잡힌다. 두 번 거듭 전쟁에 지고 난 진영 내부가 참혹한 모양이다. 그는 김경수 재판에 대해서도 개탄하고 있다. 민주화된 세상에서 법은 법치국가의 시민을 지켜주는 안전망이라 믿었는데 그 믿음이 깨지고 있다.

페북 삼매경에 30분쯤 지났을까. 거실 쪽이 조용하다. TV는 이미 끈 듯한데 뭔가 나지막한 소리가 들려온다. 사각사각사각… 사각사각사각….

"아, 예뻐."

"귀여워."

핸드폰으로 동영상을 보는 모양이다.

"지금 뭐 보고 있는 거야?"

정희가 소리쳐 묻는다.

"응, ASMR. 거북이 용과를 먹고 있어."

사각사각사각… 소리는 계속된다.

정희도 거북이 용과 먹는 동영상을 본 적 있다. 작고 뾰족한 입으로 빨간 용과를 야금야금 먹어치웠다. 레드라는 이름의 이 꼬마 거북이는 유튜브 세계의 유명인사인데 용과 말고도 얼갈이배추, 방울토마토, 샤인머스켓도 먹었다.

페북에는 선동가들도 많지만 격앙하는 군중 숲에서 중심을 잡으려 애쓰는 사람들도 있다. 김형민 씨의 이번 포스팅은 '우리 안의 증오에 대하여'라는 제목이 붙어 있는데 정희는 한번 읽고 다시 읽는다. 그는 '내가 옳다고 생각하는 부분에 대한 검증, 그리고 다른 주장에 대한 배타성을 줄이는 일'의 중요성을 이야기했다. 그런 민주주의 훈련 없이 분열과 극단으로 치달은 결과, 식민지와 분단과 전쟁에 이르는 증오의 역사가 되었다는 것이다.

김형민 씨는 포스팅 끝에 1948년 여순 사건 사진 두 장을 올려놓았다. 하나는 반란군에 희생된 경찰관 시체들이 길바닥에 줄지어 누워 있고 아기 업은 젊은 엄마가 남편을 찾는 사진이다. 아기 업은 여자는 앳된 얼굴인데

20대일까. 하민보다 어려 보인다. 또 하나는 거적때기에 둘둘 말린 시체 앞에서 엄마이지 싶은 중년 여자가 허리를 꺾고 우는 사진이다. 고향에 내려온 서울 법대생이 좌익으로 몰려 진압군에 피살된 시체였다는데 저 엄마의 눈에서 피눈물이 났을 것이다.

거실에서는 여전히 사각사각사각… 소리가 들린다.

"거북이가 용과를 먹고 있어?"

"아니, 기니피그가 키위 먹고 있어."

사각사각사각… 소리가 끝도 없다.

"지금은 뭐야?"

"응, 토끼가 토마토 먹는 소리."

정희는 가끔 저 천진난만한 아이와 5년 차 전문직 직장인과 정의당 지지자가 같은 인격이라는 것이 믿기지 않는다. 소소한 재미에 탐닉하는 인격과 정치적 올바름을 따지는 인격의 주인이 같다는 것. 역시 선진국의 아이들이다.

정희는 개발도상국의 대학생 시절이 떠오른다. 운동권 서클에서 책 몇 권 읽고서 갑자기 세상에 눈이 번쩍 떠지는 돈오돈수의 각성이 찾아온 그녀는 하루에 한 번은 꼭 마시던 커피에 대해 비판적 사고를 실시했고 '이 기호품은 100% 수입산일 뿐 아니라 부르주아의 탐닉'이라는 결론을 내리고 커피를 끊었다. 단호하고도 비장했었다. 지금 이 신자유주의시대에 정희가 커피를 끊겠다고 선언하면 하민이 "엄마, 캄보디아의 저임 커피 노동자를 생각하세요"라고 말할지 모른다.

"오, Wait a minute."

하민의 목소리와 함께 현관문 열리는 소리가 들린다. 엘리사가 오기로 했다는 얘긴 들었다.

정희가 거실로 나갔다. 정희는 엘리사와 '허그'를 했다. 자연스럽게 코스모폴리탄의 매너가 튀어나왔다. 그녀 가족이 세계시민의 위상을 갖게 됐음을 무의식이 먼저 받아들이고 있었다.

엘리사와 인사를 나눈 정희는 다시 방으로 돌아와 침대에 기대앉는다.

정희는 핸드폰에서 '테스토겔'을 검색해 본다. 어제 청소하다가 남편 책상 위에서 병원 처방전을 보았다. 아, 바르는 남성호르몬제가 있다는 것도 금시초문! '하루에 한 번 어깨, 팔, 복부에 발라주면 빠르게 인체에 스며들어 30분 후부터 테스토스테론 수치가 서서히 증가하고 이삼일 지나면 정상수치가 돼 성기능 향상, 근육량 증가, 기분 전환 등의 효과를 볼 수 있다.' 뭘까. 정희는 한 단어씩 발음해 본다. 성기능 향상, 근육량 증가, 기분 전환. 그중 어디에 방점이 찍혀 있는 걸까. 글쎄. 남편이 성기능 향상이 시급한 사람이었던가. 정희처럼 호르몬의 요동을 겪고 있는 걸까.

정치 스트레스가 성욕을 말려버리기도 한다는 게 어처구니없다. 그래도 식욕이 달아나지 않았으니 다행이다. 곡기를 끊으면 끝인데. 정희는 '외부 충격으로 성욕이 사라지는 증세'라고 검색창에 썼다가 네이버 앱을 빠져나온다.

정희는 페북을 열고 임은정 검사의 타임라인에 들어가 본다. 그가 최근 대구지검으로 발령 났는데 대구 시민들의 접대 양식도 둘로 쫙 갈라진 모양이다. 임 검사가 자기 타임라인에 사진을 찍어 올렸다.

임은정 검사님 환영합니다.♡ — 대구시민

임은정 검사님 사랑합니다.♡ — 대구시민

현수막 두 개가 이렇게 아래위로 걸려 있다. 그 건너편에는 입간판 배너 두 개가 보도 위에 나란히 세워져 있다. 한쪽은 임은정, 다른 쪽은 윤석열 사진이 들어 있다.

국민밉상 ○ **팔쥐검사** ○ **임은정은** ○ **반성하라**

윤석열이 ○ **살아야** ○ **나라가** ○ **산다**

정희는 혼자 소리 내 웃는다.

"카피는 대구시민이 국민밉상 쪽에 밀렸네."

이 포스팅에 좋아요 1만 개가 붙어 있다. 그는 내부고발과 항명, 징계무효 소송 등 이미 열몇 개의 별을 달았는데 그런 서슬 퍼런 조직에서 정희라면 심장이 쫄려서 그중 단 한 가지도 엄두를 못 냈을 거다. 게시판에 동료들의 악플이 두세 개만 떠도 조용히 물러났지 싶다.

"임은정은 거의 유관순이라니까."

중얼거리던 정희는 문득 하민이 NCT 광팬이라는 사실이 의아하다. 동성애 DNA라면 걸그룹에 끌려야 하는 것 아닐까. 하민은 최근 NCT 태일의 버블 1인권을 샀다고 했다. 한 달에 4500원을 결제하면 메시지를 주고받을 수 있다. "하민아 안뇽!" "안녕?" "잘 지내구 있어?" "오늘 월요일. ㅠㅠ" "맞다. 지옥의 월요일이구나." "나는 출근이 싫어." "난 요일 상관없이 살아서." "이번 뮤비 최고더라." "고마워. 우리 여보도 파이팅!!!"

"정말 태일이가 너한테 메시지 보내고 답장도 한단 말이야? 너 이름을 알아?"

"엄마는? 아이돌이 무슨 시간이 있다고 4500원에 같이 놀아줘? 단체 메시지야. 이름은 내 설정이고."

정희는 하민의 성적 취향에 의구심이 든다. 커밍아웃도 일시적 충동 아닐까. 조금 전 엘리사와 허그를 하고 들어왔는데 다시 또 원점으로 돌아와 있다.

친구 하나가 조카 얘길 한 적이 있다. 조카는 지금 변호사 일을 하고 있는데 원래 검사 출신이라 했다. 그때는 정희도 임은정이라는 검사를 뉴스에서 가끔 봐서 이름 정도를 알 때였다.

"지검장이 새로 왔던가 해서 회식을 했다나 봐. 지검의 검사들이 다 모였는데 다들 아부의 달인이더래. 새 지검장한테 용비어천가를 경쟁적으로 불러대는데 내 조카 걔는 애가 공부만 잘하지 그냥 착하고 순해. 임관 첫해였으니 애가 좀 놀란 거야. 자기도 뭐라고 한마디 해야겠는데 어떻게 해야 하는 건지 모르겠더래. 아부도 해본 사람이 하지. 그 자리에 여자 선배가 하나 있었는데 근데 이 사람이 음음 하고 목을 가다듬더니 진짜 용비어천가를 읊더래. 뿌리 깊은 나무 바람에 아니뮐세 꽃 좋고 여름 하나니. 왜 있잖아. 그 용비어천가. 조카애는 결국 검찰이 체질에 안 맞는다고 옷 벗고 나와서 로펌에 들어갔잖아."

그 여검사가 임은정이었다. 그때는 그 조카 얘기가 별로 머리에 들어오지 않았다. 하민이하고 소개팅해 줄까 해서 "에이 무슨?" 했었다. 다시 생각해 보니 그 조카도 친구 말대로 참 반듯하게 잘 컸구나 싶다. 정희는 핸드폰 주소록에서 친구 이름을 찾아놓은 다음 멍하니 벽을 바라본다.

여자아이 셋의 목소리가 뒤엉켜 거실 쪽이 소란하다.

7.

"엄마, 내 결혼 파티에 와줄 수 있어?"

하민이 그렇게 묻는 바람에 결혼 파티 참석이 OX 문제가 돼버렸다. 하민이 "엄마, 결혼 날짜 잡으려고 하는데 언제가 좋을까"라고 물었다면 정희는 들고 있던 핸드폰에서 달력 앱을 열고 일정을 체크했을 것이다.

정희는 잠시 O냐 X냐 고민했다. 하지만 곧, 참석 여부를 조심스럽게 묻는 하민이 안쓰러워졌다.

"왜 안 가니. 파티인데. 너 일생에 중요한 일인데."

긴장, 불안, 초조로 쪼그라들었던 하민의 안색이 환하

게 피었다.

하민은 양수리에 잔디정원이 있는 카페를 점심부터 저녁까지 빌릴 거라 했다. 종일 먹고 마시고 춤추고 노는 결혼 파티가 자신의 로망이라 했다. 하민은 힙합 댄스를 제대로 배웠고 친구들도 대체로 춤을 잘 추었다. 초대 손님은 50명. 자신과 엘리사가 초대할 인원을 35명으로 생각하고 있으니 엄마 아빠가 친지들 15명 티오를 소화하면 된다고 했다.

"엘리사 부모님하고 언니도 초대하려고. 한국에 와보신 적 없다니 잘됐지."

비용은 축의금으로 하고 모자라는 부분은 알아서 해결하겠다고 했다.

"예산을 뽑아봤는데 종일 먹고 놀아도 강남에 무슨 웨딩홀 두 시간 빌리는 것보다 훨씬 싸. 그 대신 파티플래너를 계약했어. 케이터링이나 꽃장식 같은 건 내가 잘 모르기도 하고 시간을 내기도 힘드니까."

파티플래너? 정희는 그런 직업이 있다는 것도 처음 알았다. 애는 뮤지컬영화〈맘마미아〉같은 결혼식을 꿈꾸는 것이다. 전통 혼례도 정통 서양식도 아닌 우리의 멋대가리 없는 결혼 예식은 정희도 별 흥미 없었다. 결혼 파티를 준비하는 딸을 보면서 정희는 은근히 들떴다. 예식장에서 신부 엄마의 역할은 알지만 춤추고 놀고 먹고 마시는 결혼 파티에서 신부 엄마는 뭘 해야 하지? 살사 댄스라도 배워놨으면 근사했을 텐데. 신부 모친이 한때 젊은 혈기를 믿고 추던 막춤을 시연해 보일 수도 없었다.

정희는 서재 구석에서 먼지를 뒤집어쓰고 있는 아코디언을 꺼내 케이스를 벗겼다. 20년 전에 배운 아코디언은 1년 만에 품에 안았더니 왼손 다섯 손가락이 A마이너를 잡는다는 것이 E마이너를 잡고서 베이스 버튼 위에서 버벅댔다. 하지만 곧 예전의 감각을 찾아갔다.

정희는 이제 비로소 딸의 결혼이 실감 났다. 딸이 내 곁을 떠난다기보다 엘리사라는 아이가 우리에게 오는 것이다. 정희에게 딸의 결혼은 명백히 인생의 후반전을 여는 오프닝 이벤트였다. 그 2막의 커튼을 열어젖힌 사람이 자신이 아니고 딸이라는 것. 내가 더 이상 내 태양계의 중심이 아닐 수도 있다는 사실을 깨닫는 순간, 하지만 기분이 나쁘지는 않았다.

온라인 청첩장이 나올 때까지는 아코디언을 연습하는 것 말고 딱히 할 일도 없었지만 마음은 분주했다. 변화를 받아들이는 것, 달라질 미래를 그려보는 것, 그 모든 것이

마음의 할 일이었다. 하지만 수선스럽게 들떠 있는 시간
도 하민이 자정 무렵 어두운 표정으로 집에 돌아오던 그
날까지였다.

"일단 좀 시간이 필요한 거 같아."

"무슨 말이야?"

"엘리사 부모님이 강경하신가 봐. 이 결혼 하면 앞으로
터키 땅에는 발 들여놓을 생각을 하지 말라 그랬대."

"아, 그게 또…."

정희는 더 할 말을 찾을 수 없었다. 영화를 보다가 스크
린이 갑자기 암전되면서 객석에 불이 환하게 켜진 상황.

"글쎄, 어쩌니."

하민에게 답을 구할 일도 아니었다. 정희보다 더 난감
할 사람은 하민이었다. 결혼 파티 장소를 빌린다고 할 때
엘리사 부모님하고 얘기가 됐던 것으로 여겼는데 그게
아닌가 보았다. 하민에게 듣기로 터키 사람들은 가족과
친척들 사이의 유대가 끈끈해서 엘리사가 대학 졸업하고
베를린으로 유학 떠날 때 공항에 일가친척들이 몰려나와
돈을 주고 패물도 주고 끌어안고 한바탕 난리였다고 한
다. 터키의 젊은 세대는 이른 새벽부터 하루 다섯 번 이슬

람식 기도를 견디기 힘들어하고 그것이 엘리사가 해외로 나온 이유의 하나였다고 하지만 그럼에도 가족의 정, 특히 엄마와의 관계는 각별하다고 했다.

"엘리사, 가엾어라."

엘리사는 우리에게 세계시민사회의 홍보대사처럼 나타났지만 실제로는 이슬람권의 가련한 여성이었다. 사춘기에 할례를 당해 클리토리스를 박탈당하기도 하는 것이 이슬람 여자들이었다. 명예 살인이라고, 아버지가 딸을, 남편이 아내를 처형하기도 한다. 터키는 이슬람권 안에 있는 유럽이지만 유럽에 붙어 있는 이슬람 지대이기도 했다.

정희는 터키 영화 〈욜〉이 생각났다. 그리스 접경의 쿠르드족 이야기였는데 사위가 외지에 나가 있는 동안 딸이 이웃 남자와 손목을 잡았다고 아버지가 딸을 쇠사슬에 묶어놓는다. 돌아온 남편이 마치 전체 이슬람 남자의 죄를 짊어진 것처럼 아내를 업고 설산을 넘던 장면.

정희는 방으로 들어와 침대에 누웠지만 잠이 오지 않았다. 암전됐던 스크린에 다시 들어온 영화는 전혀 다른 스토리였다. 이제 주인공인 두 아가씨는 어디로 가야 하나. 처음엔 어려운 일이라 생각했다가 다시 쉬운 일인 줄 알았더니 결국은 어려운 일이 맞다는 생각이 들었다.

"종교라는 게 참…."

종교는 장점도 있지만 패악도 만만치 않은데 그중에서도 이슬람이었다. 과학문명 이전에, 무지와 불안이 지어낸 픽션이 어찌하여 과학문명의 이 밝은 세상에서 아직도 힘을 잃지 않고 있는 것일까.

회식이 있다고 회사에 출근한 하민이 오후에 가족 카톡방에 이렇게 썼다.

내가 다시 생각해 보자고 했어. 2주 동안 냉각기를 가져보기로. 결혼 파티는 일단 연기.

지난 4월 결혼기념일 이벤트 이후에 하민이 그랬던 것처럼 이번에는 정희와 남편이 집 안에서 병풍처럼 물러났다. 딸의 심기를 거스를까 봐 발뒤꿈치를 들고 걸었고 이야기할 때 목소리도 낮췄다. 무엇보다 무심결에 튀어나온 질문이 하민의 급소를 건들까 봐 정희는 자신의 입을 단단히 감시했다. 자가 검열을 거쳐 엄선된 문장은 이런 것들이었다. 밥 먹을래? 사과 깎아줄까? 슈퍼 가는데 뭐 필요한 거 있어?

정희도 약간 혼란스러웠다. 결혼 파티는 연기했다는데

아코디언 연습도 중지해야 하나. 하지만 아코디언은 다시 깨어난 악흥에 막 불이 붙는 중이었다. 이 재미난 물건을 왜 그렇게 처박아 두었을까.

딸과의 식사가 길어질 때는 그렇고 그런 일상의 대화 가운데 조심스럽게 이런 문장도 끼워 넣었다.

"세상에 쉬워 보이는 일은 있어도 쉬운 일은 없단다."

"좋은 일이 나쁜 일이 될 수도 있고 나쁜 일이 결과적으로 좋은 것이 될 수도 있어."

정희는 2주간의 냉각기에 하민이 최대한 냉정하게 이성의 힘으로 결론을 찾아갈 수 있도록 돕기로 마음먹었다. 이참에 관계를 다시 생각해 보라거나 하는 말은 조심했다. 그녀가 관용과 자비의 관음보살이라서가 아니라 외부 개입은 늘 의도와 반대로 역작용하는 수가 있기 때문이었다.

냉각기라는 2주에서 첫 주가 지났을 때 하민이 먼저 엘리사에게 헤어지자고 했다.

"엘리사를 위해서야. 내가 결정을 내려주는 게 낫겠다는 생각이 들어서. 엘리사에게서 가족을 뺏을 수는 없잖아."

"맞아, 그렇지."

정희가 재빨리 대답했다. 더부룩한 위장에서 트림처럼 새어 나온 말이었다. 하민의 선택을 존중하겠다고 심리적 총력전을 펴오는 동안 긴장과 피로가 쌓여왔던 모양이다.

"그래서 엘리사는 뭐래?"

"그냥 계속 울어."

"가엾어라."

"우린 좋은 친구로 남을 수 있다고 얘기했어."

빙고! 정희의 내부에서 무의식이 골든벨을 울리는 소리였다. 60년 교육을 두 달의 시각조정 프로그램으로 덮을 수는 없는 것이다. 뱀을 대통 속에 잡아넣어도 꺼내놓는 순간 다시 꼬불꼬불 기어간다고 하지 않던가.

"엘리사도 시간이 필요하겠지."

정희는 노년의 꿈이 두 가지다. 하나는 이 지구상의 다른 도시에서 석 달 이상씩 살아보는 것. 베를린, 리스본, 삿포로, 헬싱키…. 다른 하나는 하민의 아이와 놀아주는 것. 하민이 어렸을 때는 너무 바빴다. 좋은 엄마가 되는 일은 가끔은 하루 24시간도 모자라는데 정희는 바깥일을 하는 데 가끔은 하루 24시간이 모자랐다. 하민의 아이가 태어나면 그 시절의 밀린 숙제를 할 생각이다.

그러고 보니 정희에게도 시간이 좀 주어진 셈이다. 그녀는 핸드폰에서 친구의 연락처를 불러냈다. 그리고 메시지를 입력했다.

혹시 변호사 하는 그 조카 결혼했던가?

가끔 새로운 골칫거리가 묵은 골칫거리를 밀어낸다. 어떤 이질적인 이슈가 다른 심리적 이슈로부터 나를 해방시켜 주는 일이 종종 있다. 이슈의 신진대사라고 할까. 유난했던 봄이었다. 딸은 정희에게 뒷골이 얼얼해지는 강펀치를 날렸고 동시에 살짝 흥분되는 자유의 순간들을 선사했다. 덕분에 그녀는 윤이 대통령이라는 사실을 잠시 잠시 잊을 수 있었다.

요믐

하민

1.

　귀면패 속에 갇힌 순진한 여섯 도깨비들이 이번에는
살겠다고 또 무슨 어이없는 작당을 할지. '사람의 육근을
홀리는 오천 년 전통의 두두리 종갓집 향신료' 어쩌고 하
는 걸 보니 행복빵집의 빵에 기념비적인 맛의 주술을 걸
어 선량한 주인장을 도울 모양이다. 하민은 그 신화적인
과장법들이 웃긴다.

　"ㅋㅋㅋ, 여기는 기본이 천 년, 이천 년이야."

　빵집 주인은 험악한 인상에 얼굴의 칼자국까지 〈심야
식당〉의 마스터를 닮았다. 웹툰 〈미래의 골동품 가게〉가
행복빵집 에피소드로 넘어왔는데 역대급 만신 서연화의
손녀인 퇴마사 미래와 '걸어 다니는 천재지변' 을지가 주

인공이지만 역시 조연인 도깨비들이 나와야 하민은 깔깔
깔 웃음이 터진다.

엘리사는 한글 대사를 절반쯤 이해하면서도 우리 웹툰
에 푹 빠졌는데 절대적으로 이미지의 마력이다. 디자이
너인 엘리사는 〈미래의 골동품 가게〉의 작화에 대해 극찬
을 한다. 하민이 보기에도 어떤 컷들은 그대로 표구해서
갤러리에 걸어도 되겠다 싶다. 이런 웹툰 작가의 재능은
불가사의다. 소설가 톨스토이가 그림 솜씨는 고흐인 것
이다. 이러니 한국이 글로벌 웹툰의 초강대국, 아니 유일
한 웹툰 대국이지.

문득, 퇴마사 미래가 손을 뻗어 악귀들로부터 윤호를
구해내던 장면에 엘리사가 오버랩된다. 드라마의 서스펜
스가 칼날처럼 하민의 가슴 한복판을 긋고 지나간다. 그
녀가 지구상에서 한 곳을 찍어 서울을 찾아왔고 또 나를
만난 건 무슨 운명일까. 내가 엘리사의 손을 너무 쉽게 놓
아버린 걸까.

엘리사를 처음 만난 건 언어교환 모임이었다. 이태원
의 한 카페였고 젊은 남녀 열다섯이 테이블 두 개에 비좁
게 모여 앉았고 엘리사와 하민이 소파처럼 생긴 푹신한
2인용 의자에 팔과 허벅지가 닿을 만큼 포개 앉았다. 한

국인과 외국인이 반반씩이었고 각국의 축제가 그날의 주제였다. 너무 북적거리고 소란스러워서 다 지방방송이었고 하민은 주로 엘리사와 둘이 얘기를 나눴다. 당시 엘리사는 여행 중이었고 터키에서 왔다 했다. 그때는 나라 이름이 튀르키예로 바뀌기 전이었다.

우리 설과 추석처럼 터키도 1년에 두 번 온 가족이 모이는 축제가 있다고 했다. 둘 다 바이람이라 불리는 이슬람 명절인데 친척들이 모여 선물을 나누고 떠들썩하게 먹고 마시고 춤추고 논다. 해 떠서 질 때까지 금식하는 라마단은 이슬람력에 따라 해마다 시기가 이동하는데 여름철에 걸리면 금식 기간 한 달이 가장 고역이다. 대신 라마단이 끝나고 바이람이 시작되면 무화과와 자두 등 여름 과일이 풍성하고 엄마가 달달한 요리들을 푸짐하게 만들어준다. 할머니 할아버지가 모두 살아 계실 때는 시골집에 모여 아버지와 삼촌들이 양을 잡으면 여자들이 요리를 해서 저녁 만찬을 했다. 엘리사는 열다섯 살 되던 해의 쿠르반 바이람 얘길 했다. 바이람 첫날, 생리가 시작됐는데 집안의 남자들이 모여서 세 살 난 하얀 양 한 마리를 도살하는 걸 보다가 구역질이 났고 저녁 만찬에서 양고기죽을 한 숟갈도 입에 떠 넣을 수가 없었다. 해마다 벌어지는 행사인데 이상한 일이었다. 그다음부터 고기가 들어간 케밥도 먹을 수 없게 됐다.

도살을 보고 자란 소녀가 그래서 비건이 되었다. 그해의 바이람이 엘리사의 성정체성에도 영향을 주지 않았을까, 나중에 엘리사와 사귀게 되었을 때 하민은 그런 확신이 들었다.

그 모임에서 하민은 묘한 감정을 경험했다. 엘리사는 쉽고 편안한 영어를 구사했고 힘든 기억도 상쾌하게 이야기했으며 눈빛은 해맑았다. 점심 이후라 식곤증이 찾아왔는지 잠깐 조는 듯하더니 머리가 하민의 어깨 위로 떨어졌는데 눈꺼풀 아래로 부드럽게 덮인 엘리사의 속눈썹을 내려다보면서 하민은 어떤 매혹적인 충동을 느꼈다. 내가 바이섹슈얼인가.

곧 코로나가 닥쳐와서 언어교환 모임은 그게 마지막이었는데 1년쯤 지나 엘리사로부터 연락이 왔다. 다시 한국에 와 있다고 했다.

하민은 핸드폰 액정 속으로 저 멀리 천년 묵은 귀신들의 판타지에 들어갔다가 엘리사와 함께 일요일 아침 10시의 침대 위로 돌아온다. 일주일 동안 업로드된 웹툰들을 마저 챙겨 보며 뒹굴다 일어나 거실로 나오니 아빠는 등산 가서 없고 엄마 혼자 식사를 하고 있다. 식탁 가운데 커다란 샐러드 접시가 놓여 있다. 엄마는 샐러드를 먹으면서 핸드폰을 들여다보고 있다.

"생각보다 꼴통이네. 근데 급발진 전문이라 참 앞날이 걱정이다."

"누구? 윤?"

대선 이후 신문, TV, 심지어 포털 뉴스도 끊었던 엄마가 셔터를 다시 올렸다.

"최저임금 깎고 노동시간 늘리고. 노동시간은 출산율로 바로 가는데. 지금도 아이 안 낳으려고 하는데 노동시간 저렇게 늘리면 출산율 더 떨어져. 한쪽으로는 출산격려금, 양육수당 줄 테니 애 낳으라고 하면서. 자가당착이지. 추운데 창문 닫을 생각은 안 하고 보일러만 열라 틀어대고 있어. 종합적으로 보면서 가질 않고 일단 지르고 보는 거야. 노동시간 늘리고 최저임금 깎는 거 기업들이 박수 치니까."

"경력단절, 독박육아 방관하는 대한민국의 저출산에 기여하는 수밖에."

"어? 잘 못 들었어. 뭐라고?"

"경력단절, 독박육아 방관하는 대한민국의 저출산에

기여하겠다고."

"니가 지어낸 말이야?"

"어디 사이트에서 본 거야. 영페미 사이트."

엄마가 긴 한숨을 쉬었다.

"휴… 근데 어째 이렇게 죄다 거꾸로 돌아가냐…. 결국
은 심상정이 캐스팅보트였던 건데…."

딸을 찌를 의도는 아니라 해도 가시가 박혀 있는 말이
었다. 엄마와 아빠는 어렸을 적부터 뭘 먹거나 옷을 살
때, 대학 전공을 고를 때도, 정치적인 문제에서도 딸의 판
단을 존중해 주었다. 지난 대선 때도 대체로 그랬다.

다만, 선거 일주일 앞두고 언쟁이 벌어졌다. 안철수가
사퇴한 다음 날 심상정이 기자회견 한다고 했을 때 하민
도 심상정이 사퇴하려나 보다 했었다. 하지만 사퇴 안 한
다는 발표에 뜨악해진 엄마 아빠가 일단 사정거리 안에
있는 딸에게 그물을 던졌다. 하민은 두 개의 자동차 헤드
라이트 앞에 갇힌 길고양이였다. 쪽수에서도 포지션에서
도 불리했지만 하민은 자신의 정치적 주권을 최선을 다
해 방어했다. 대략 이런 논리였다. 양대 정당은 차별금지
법 하나 제정 못 했다. 차별금지법에 대해 그쪽 후보 둘
다 부정적이고 심상정만 입장이 확실하다. 여성의당이

후보를 냈으면 찍었을지 모른다. 그래도 정의당은 역사도 있고 존재감도 있는 정당이다. 대통령 안 된다 해도 지지세력이 있다는 걸 보여줘야 한다. 진보가 소수를 압박하면 안 된다. 다양성이 중요하다.

"너 주변에 심상정 찍은 친구들은 지금 뭐라 그래?"

"글쎄, 몰라. 윤이 너무 막 나가니까 좀 황당해하는 것도 같고."

주위에 심상정 찍은 친구가 있긴 한데 하민은 선거 끝나고 그런 얘기 해본 적 없다. 하민 자신이 좀 황당해하고 있을 뿐이다.

"그때 심상정이 사퇴했어야 했어."

"오 엠 쥐. 또 그 얘기!"

예전엔 엄마도 심상정 팬이었다. 우리집 4인 가족 중 동민이 빼고 셋이 심상정에게 후원금을 냈던 적도 있다. 지난 총선 이후 엄마 아빠는 정의당이 길을 잃었다고 팬심을 거뒀다.

"하기야 자기도 선거 결과가 이렇게 박빙으로 나올 줄 몰랐겠지."

정의당에는 정을 뗐지만 심상정에게는 옛정이 남아 있는 표정이다.

하민은 이 문제에 관해 분명히 해두고 싶었다.

"근데 심상정의 2.5프로 가지고 자꾸 얘기하는 건 반대야. 윤석열이 50프로나 먹었잖아. 그 50프로가 왜 이재명을 안 찍었냐고. 그걸 들여다봐야 답이 나오지. 그런 상황을 만든 게 문제지."

"그렇긴 하지. 너 참 똑똑하다."

"허경영 표가 이재명한테 가도 이겼던 거잖아."

"허경영이 몇 프로였지?"

"0.8프로."

"근데, 야! 그 표가 그리로 갈 표야? 너 진짜 그렇게 생각하는 거야?"

"아니, 어디 댓글에서 봤어. 뭐 개헛소리지."

하민이 픽 하고 웃는다. 엄마가 중얼거린다.

"윤이 웬만만 했으면 심상정 원망은 안 할 텐데."

엄마가 아침에 주로 해주는 샐러드는 양상추, 파프리카, 양파, 호두에다 과일 한 가지가 들어가는데 오늘은 바나나다.

"근데 소스 뭘 썼어? 엄마가 만든 거야?"

"어. 오리엔탈드레싱 비슷한 거. 전에 많이 해줬잖아. 맛이 뭐가 다른가. 간장을 덜 넣고 올리브유를 많이 써서 그런가."

"이거 어떻게 만들어?"

"진간장하고 올리브오일 세 스푼씩, 거기다 참기름, 설탕, 레몬즙 한 스푼, 겨자 좀 넣는 건데. 간장이 거의 떨어져서 조금밖에 못 썼어. 아, 또 레몬즙 대신 사과식초 넣었구나. 확실히 요새 슬럼프인가 부다. 재료 떨어진 게 이렇게 많네. 휴우⋯."

엄마가 길게 깊게 한숨을 쉬더니 의자에서 일어나 앞접시와 젓가락을 들고 부엌으로 가서 개수대에 넣더니 방으로 들어간다.

엄마는 생기발랄과 의기소침이 주기적 또는 간헐적으로 교차되는 사람인데 의기소침의 시즌에도 일정한 수준의 생기발랄 모드를 유지해 남들이 슬럼프를 눈치 못 채기도 한다. 사회활동을 오래 해온 사람이 갖는 자기조절의 관성일 것이다.

하지만 요새는 엄마의 일상을 굴려가는 바큇살 하나쯤 빠진 게 눈에 보인다.

식재료만 떨어진 게 아니다. 아침에 방문 열리는 시간도 들쭉날쭉이다. 하민은 마음이 복잡해진다. 내 결혼 소동과 대통령선거, 어떤 게 엄마에게 더 큰 도전이었을까.

레즈나 게이 커플 결혼식에 부모가 오는 경우는 별로 보지 못했다. 이모는 와도 엄마는 안 온다. 그건 뭘까. 애정의 밀도? 엘리사와의 결혼 파티는 한여름 낮의 꿈처럼 지나갔지만 엄마와 아빠가 선선히 결혼 파티에 오겠다고 한 것만으로 하민은 크게 은혜를 입은 기분이다.

하민은 엄마도 엄마지만 아빠가 마음에 걸린다. 아빠가 말이 줄고 침울해졌다. 대개의 나이 든 한국 남자들처럼 스몰토크에 약하고 자신의 관심사에 대해서는 장광설이 터지는 스타일인데 요새는 그 자신감 넘치는 장광설이 가끔 그립다. 아빠는 내 커밍아웃에 뜻밖에 대범했다. 선입견 없이 그대로 받아들였다. 논리지상주의자라 말이 앞뒤가 맞으면 오케이다. 동민에게 핸드폰 던졌을 때는 깜짝 놀랐다. 아빠의 폭력적인 태도를 처음 보았고 아빠에게 그런 구석이 숨어 있었다는 게 놀라웠다. 하지만 그게 아빠다. 역시 논리지상주의자라 말이 앞뒤가 안 맞으면 못 참는 것이다. 아빠는 윤석열을 진저리치게 싫어한다. 엄마한테 "아빠 혹시 피해의식 아냐?"라고 물었던 적 있다. 엄마가 발끈했다.

"아빠한테는 피해의식의 '피' 자도 꺼내지 마! 이렇게 세상이 거꾸로 돌아가면 자기가 헛살았구나 싶고 화가 나는 거지. 그리고 윤 하는 것 좀 봐. 이 검찰 세상 어디까지 밀고 나갈라는지."

엄마나 아빠가 정치인도 아니고 친구가 후보로 나왔던 것도 아닌데 대통령선거가 왜 그렇게 중대한 인생사적 사건인지 이해가 잘 가지 않는다. 하민은 대통령선거에 이제 두 번 투표했지만 투표하기 전엔 생각을 좀 해도 끝나면 신경 끄고 산다. 이명박이나 박근혜 때도 엄마 아빠가 이렇게 심각했었나.

엄마 방에서 '들들들들' 하고 재봉틀 소리가 들린다. 헝겊가방을 만들려나. 잠시 후 재봉틀 소리가 멎더니 엄마의 탄성이 들려온다.

"아, 그렇구나. 그러고 보니 그러네. 차별금지법!"

방문이 열린 사이로 엄마가 책상 위에 재봉틀을 꺼내놓은 것이 보인다.

"엘리사 말이야. 이제 보니."

엄마가 이제야 생각이 거기까지 갔나 보다. 성소수자 그룹에서 후보를 선택할 때 차별금지법이 중요한 기준이 될 수밖에 없다. 하민에게 그것이 제일 중요한 기준은 아니었지만 이번에 레즈비언의 투표를 한 것은 맞다.

결혼 파티 계획이 취소됐을 때 엄마는 잠시 황당해하

는 듯하더니 이제는 별 거리낌 없이 지나간 옛날얘기 하듯 한다. 마음이 편안해진 것이다.

"하민아. 너 엄마 재봉가위 못 봤니?"

"못 봤는데?"

방에서 한참을 구시렁대는 소리가 들린다. 외할머니로부터 물려받았다는 재봉가위는 날카롭고 기다란 두 개의 날을 가진 무쇠가위다.

"이상하네… 내가 항상 여기 선반에 놔두는데… 이게 어디 갔지…."

2.

팀원들 점심 회식이 끝나고 다들 차 마시러 갈 때 하민은 문구점에 들러야 한다고 빠졌다. 딱히 문구점에서 살 것은 없었다. 다만 음식점을 나설 때 눈앞에 알파문구 간판이 있었을 뿐이다. 하민은 문구점에 들어갔다. 필기도구를 이것저것 만지작거리다가 노트 코너를 구경하고는 잡화들을 눈요기하면서 에어컨이 빵빵한 문구점에서 10분쯤 시간을 보내고 나니 주인에게 미안해서 유니볼

펜 두 개를 집어 계산대로 가져간다. 책상 위의 나무통에 펜이 한가득이지만 하민이 애정하는 이 펜은 언제 써도 쓸 것이기 때문에 몇 개 더 있어도 상관없다.

한 달에 한 번 팀 회식 있는 날 회사에 나온다. 팀 화상 회의에서 결혼을 알리면서 커밍아웃한 이후 오늘이 첫 회식이다.

하민은 결혼 파티에 회사 사람들 몇 명은 초대하고 싶었다. IT 회사의 마케팅팀, 팀원 여섯 명 중 가장 나이 많은 사람이 서른일곱, 평소 서로 사생활에 관심이 없는, 아니 관심 안 가지는 게 예의라고 생각하는 젊은 그룹이라 하민은 가장 자연스럽게 팀 화상회의에서 마치 주간 일정이나 월간 일정을 체크하는 듯한 태도로 결혼 발표를 하기로 했다. 가족하고는 다를 것이었다. "저, 다음 달에 결혼해요. 그런데 상대가 여자예요"라고 말하면 "축하해요. 시간과 장소는 채팅창에 띄워줘요. 그런데 ○○○ 님은 왜 안 보이죠?" 가령 이런 식일 것으로 예상했다. 네가 외계인이든 AI든 동성애자든 상관없어. 다른 팀원한테 일 떠넘기지 않고 회의에서 혼자 잘난 척하면서 동료를 바보로 만들지 않으면, 직장인의 기본을 지켜주면 돼. 재택근무체제가 되고 나서 제각각 프리랜서처럼 더욱 쿨

한 관계가 됐다. 육아휴직은 쓰지 않을 테니 팀장이나 부장은 더 좋아할 수도 있겠네. 하지만 하민의 착각이었다.

하민이 월요일의 주간 팀 회의에서 결혼 파티 계획을 공개하고 파트너가 여자라는 사실까지 얘기했을 때 팀장이 "어, 뜻밖이네요. 왜 지금 이 자리에서. 그 얘기 꺼내기 적당하지는 않은 것 같은데. 일단 회의는 진행하고"라고 말했다. 이후 그 얘기를 할 기회는 다시 없었다. 팀원 하나가 따로 시간과 장소를 물어왔을 뿐이었다. 하민은 마음이 부대꼈다. 회의 시작할 때가 아니라 끝날 때 얘길 했어야 하나. 팀 회식 때까지 기다렸어야 했나. 아니, 팀원들에게 한 명 한 명 따로 말했어야 하나.

이제 결혼식이 취소됐다고 다시 알려야 했다. 그건 또한 번의 커밍아웃이었다. 오늘 회식에서 그 얘길 해야 했지만 얘기 꺼낼 찬스를 기다리다가 포기하고 말았다. 한번 상처받고 나니 소심증이 생겨서 망설여지고 우유부단해졌다.

하민은 문구점을 나와 회사로 돌아가다가 유턴한다. 아직 팀원들이 회사로 돌아올 시간은 아니다. 하민은 문구점 빌딩 뒤편에 있는 작은 공원으로 간다.

올해는 여름이 빨리 온 거 같다. 이틀쯤 무덥다가 이틀쯤 비 오다가 또 이틀쯤 무덥다가 한다. 작은 길가 공원인데 나무 그늘 아래 벤치 하나가 비어 있다. 어제 비가 내리더니 오늘은 녹음이 짙어졌다. 하민은 벤치에 앉는다.

뜻밖에, 마음을 접으니 종이처럼 접힌다. 헬륨풍선 다발이 가스 빠지고 쭈그렁 비닐 한 뭉치가 되고 나니 공중에 방방 떴던 때가 언제였나 싶다. 엘리사와의 1년은 한 차례 핼러윈 축제 같은 것이었나. 어쩌면 입사 시험에 여러 번 떨어진 경험이 인생 자산이었는지 모른다. 이 회사 들어오기 전에 스무 번쯤 면접 보고 스무 번쯤 실망했는데 그사이 단념의 달인이 됐나 보다.

엘리사가 서울을 떠나는 날이 내일이다. 부모님이 이스탄불로 돌아오라고 했고 고민 끝에 비행기 티켓을 끊었다고 했다. 공항을 눈물바다로 만들지 않을 수 있겠다는 자신이 선 다음 하민은 엘리사에게 메시지를 보냈다. '공항에 태워다 줄게.' 회사에 하루 휴가를 내놓았다.

하민은 다시 '그라운드 제로'로 돌아왔다. 이제 새 출발을 해야 한다. 그 막막함을 잊기 위해 아침에 부지런히 모니터 화면 속으로 출근했고 야근한다고 책상 앞에 밤늦게까지 앉아 있었다. 일중독 직장인은 하민에게 익숙지 않은 캐릭터였다.

이제 다시 남자를 만나고 결혼하고 아이 낳고 살게 될까. 새로운 남자를 만나서 관계를 시작한다는 게 엄두가 나지 않는다. 적어도 당분간은.

네일아트숍에나 가볼까. 하민은 손톱이 길어지면 키보드 치기 불편하고 손톱에 매니큐어만 발라도 무겁고 갑갑했다. 주위엔 네일아트광도 제법 있고 회사 동기 중엔 일주일에 한 번씩 네일숍에 가서 손톱의 파츠를 갈아엎는 애도 있다. 손톱 가지고 좀 놀아볼까. 열 개의 손톱에 각기 다른 색으로 반짝이 파츠를 붙여볼까. 이참에 아트 타투에 입문해 볼까. 손톱의 파츠는 변덕 부리는 재미가 있는데 아무래도 타투는 영구적이라 부담스럽다.

형민과는 결혼도 생각했었다. 하지만 가장 길게 사귀었고 가장 힘들게 헤어져서 남친 트라우마를 남겼다. 형민은 집에 와서 식사도 하고 우리 가족과 영화도 봤고 엄마 아빠가 붙임성 있다고 마음에 들어 했었다. 종교와 정치적 입장, 두 가지가 안 맞으면 부부가 같이 살 수 없다는 게 엄마의 지론인데, 형민은 일요일마다 가족과 교회에 나갔지만 하민에게 권하거나 강요하지 않았고 정치적으로 무관심하고 무지했지만 그 또래 일베들보다는 나았다. 하민과는 노는 코드가 맞았고 다정하게 챙겨주는 스타일이라 정치나 종교는 문제가 되지 않았다. 적어도 처음에는.

하지만 자기 생일선물로 교회에 같이 가줄 수 없냐는 프러포즈가, 밀고 당기고 싸웠다 화해하며 2년을 끌어온 연인관계의 종료 휘슬이 되었다. 하민이 그 제안 겸 초대를 받아들였던 건, 관계에 대한 자신감, 그리고 대형 교회 예배를 구경이나 해보자는 호기심이었다. 오페라 홀처럼 객석이 3층으로 된 교회당이었고 예배의 오프닝인 성가대 합창은 숭고하고 장엄해서 영혼이 고양되는 기분이었다. 목사의 설교가 최고치 음향으로 실내 공간을 꽝꽝 울려올 때 하민은 3D 영화관에 앉아 있다는 착각을 했다. 목사님 설교는 하느님 아버지와 독생자 예수가 나오는 SF판타지였다. 하지만 이 판타지는 문재인과 윤석열 같은 현세의 명칭들이 끼어들면서 무참히 깨지고 말았다. 목사가 "저들에게 불의 심판을 내려주실 것을 믿습니다"라고 말할 때 옆자리의 형민 어머니는 "믿습니다"를 외쳤고 그 옆의 아버지는 아멘을 부르짖었다.

SF판타지만 깨진 것이 아니었다. 교회 문을 나서면서 인파로부터 조금 벗어난 다음 형민이 "주차장에서 차 빼서 나올 테니 저쪽 출구 앞에서 엄마 아빠하고 기다리고 있어"라고 말했다. 예배 끝나고 점심 식사를 함께하기로 돼 있었다.

"어어… 내가 아무래도 지금 속이 너무 안 좋아서…."

하민은 말을 더듬었다. 어서 이곳을 탈출하고 싶은 마음뿐이었다. 하민은 꾸벅, 인사를 차린 다음 "화장실이 어디지?" 하고 중얼거리며 전철역 입구 쪽으로 걸음을 옮겼다.

부모님이 그날 격노하셨지만 워낙 교양 있고 인자한 분들이라 곧 용서하셨다고 형민이 말했다. 하민은 부모도 감당하기 힘들지만 그 독생자도 자신이 없었다. 종교와 정치, 결혼 조건의 두 가지 테스트베드에서 하나만 양성인 줄 알았더니 두 개의 항목이 다 위험했다. 결별의 수순에 진입한 다음에야 하민은 2년의 시간이 둘 사이에 쌓아놓은 물질적 정신적 트래픽의 잔재가 만만치 않다는 걸 알게 됐고, 그것을 치우는 작업은 기 빨리는 일이었다. 청산 작업이 어렵사리 마무리된 일주일쯤 뒤 형민이 문자를 보내왔다.

미안한데 너 생일선물 루비 반지 말이야. 나한테 좀 보내줄래? 카카오로 15만 원 바로 송금할게.

이건 또 뭐지. 몇 마디 주고받은 끝에 맥락이 와닿았다. 반지를 돌려받으라는 어머니 뜻에 굴복은 했지만 옛 여친에게 그렇게 치사한 뒷모습을 보이고 싶지는 않았던 것이다. 형민이 착하다고 좋아했는데. 착한 것 O, 마마보이 X, 이건 얌체 심보일까.

이참에 비혼녀 동맹에나 가담해 볼까나. 결혼은 왜 꼭 해야 돼? 일찍이 비혼 선언을 했던 친구 하나는 요새 '패밀리'라는 비혼 여성 온라인 커뮤니티에 가입해 '비혼 확신범'의 유쾌하고 발랄한 사교생활을 즐기고 있다.

엄마는 무심한 척하면서도 한마디씩 엉뚱한 얘기를 던지는데 속이 환히 들여다보인다.

"트레바리 한번 나가보는 거 어떠니?"

"트레바리가 뭐야?"

"몰랐어? 독서 모임인데. 스타트업으로 성공했지."

"거긴 왜?"

"책도 읽고. 사람도 사귀고."

'정치적 올바름' 강박을 가진 진보 엘리트의 자기검열을 통과한 말들이지만 메시지는 분명했다. 딸이 다시 남자를 사귀고 보통의 결혼을 하기를 원하는 것이다. 엘리사하고 깨지자 하민을 위로하면서도 내심 안도하고 있다.

하민 자신에게도 어쩌면 두 마음이 있는지 모른다.

엘리사의 부드러운 몸과 달콤한 웃음과 따뜻한 입술, 그리고 한국과 터키와 유럽과 역사와 판타지와 우리말과 영어가 범벅이 된 자유분방 종횡무진 무궤도 수다, 처음 맛보는 엘리사의 요리. 그것들이 더 이상 내 것이 아니라는 상실감, 꿈을 탈취당한 억울함, 현실의 장벽에 몸을 대차게 부딪친 얼얼함이 때때로 하민을 격렬하게 휘저어 놓는다.

하지만 편하고 익숙한 어떤 장소로 돌아온 기분, 자동항법장치가 안내하는 항로로 되돌아온 파일럿의 안도감. 아니라면, 더 어찌해 볼 수 없는 일 앞에서 스스로를 정당화하고 합리화하는, 단념의 달인다운 자기보호 기제가 작동을 시작한 것인지도 모른다. 회오리바람에 휘말려 오즈의 나라에 떨어졌다가 천신만고 끝에 집으로 돌아온 도로시. 'Somewhere over the rainbow', 무지개 너머를 꿈꾼다 해서 내 집의 안락함을 잊는 건 아니다.

어릴 적부터 만화를 많이 봐서 그럴까. 하민은 판타지 만화의 주인공이 되는 꿈을 자주 꾸었다. 꿈속에서 신비한 나라의 마법사가 되기도 하고 기러기들하고 하늘을 날다가 화산재를 뒤집어쓰기도 하고 레이저 총으로 악당을 물리치기도 하고 악당에게 쫓기기도 했다. 거기 비하면 우리 삶은 좀 싱겁고 시시했다.

하지만 서른은 판타지와 결별하는 나이, 이제 내 인생은 시시해지는 일만 남은 걸까. 책임에 가위눌리는 일만 남은 걸까. 집과 회사 사이의 셔틀인생, 연봉과 승진에 목을 매는 따분한 군상 속으로 스며들게 되는 걸까. 또는 워킹맘이라는 고단한 트랙에 올라타서 무면허 엄마 노릇을 하게 되는 걸까. 발신인 불명의 선물상자 앞에서 두근거리는 일은 더 이상 없는 걸까. 올해 일어난 일들은 길고 긴 판타지영화의 엔딩 세리머니였는지도 모른다.

냐오오오~~~. 등 뒤에서 고양이 울음소리가 들린다. 돌아보니 나무울타리 앞에 고양이 한 마리가 앉아 있다. 노란 줄무늬 테비. 순간 하민은 입꼬리가 확 열린다.

"화아~~."

가슴 한복판에서 샴페인이 터지면서 수만 개의 기포가 잡념 부스러기들을 바깥으로 쓸어내는 소리다. 하민은 가방 안에서 고양이 사료가 든 플라스틱 통을 꺼내서 흔든다. 사료 부딪치는 소리가 들리자 노랑이가 뛰어온다. 아이는 벤치에서 2미터쯤 떨어진 곳까지 다가와서 멈춘다. 통실통실한 것이 대놓고 밥 먹는 곳이 있는 모양이다.

하민은 풀밭에 사료 그릇을 놓아준다. 노란 테비는 주위를 한번 둘러보며 취식의 환경을 확인한 다음 식사에 들어간다. 운 좋게도 인간에 대해 크게 나쁜 기억을 갖고 있지 않은 고양이다. 길고양이를 만나는 날은 뭔가 곧 좋은 일이 생길 듯 즐거워진다.

식사에 열중하는 고양이 뒤로 엘리사의 얼굴이 어른거린다.

"많이 생각했어. 우리에게 길이 없을까."

이스탄불행 항공권을 끊었다면서 엘리사는 그렇게 말했다.

엘리사와는 엄마 말대로 좋은 친구로 남게 될까. 지구 반대편인데, 또 만나게 될까. 이제 그냥 남이 되는 걸까. 인스타에 좋아요나 눌러주는 랜선 친구로 남게 될까. 원망이나 자책이 버거워 그나마도 언팔하고 남은 기억들은 얼룩처럼 지워버리게 될까.

종이처럼 접힌 줄 알았던 마음이 펄럭거린다. 엘리사를 떠나보내고 올 가을과 겨울이 얼마나 지루할까. 내일 공항에서 의연한 척 웃으면서 손 흔들어주고 돌아오는 차 안에서 울지나 않을까.

하민은 가방에서 핸드폰을 꺼낸다. 메시지 창을 연다.

하지만 딱히 무슨 말을 해야 할지 생각나지 않는다. 핸드폰을 쥔 채 노란 테비를 본다. 식사를 마치고 여유 있게 털 핥기를 하고 있다. 털 핥기는 식후 습관이지만 아주 편한 장소에서만 한다.

'너는 밥 한번 줬다고 나를 너무 믿는구나.'

목구멍이 뜨끈해지면서 눈동자와 콧구멍 주위가 따끔거린다. 가슴께가 저릿저릿 조여온다.

손바닥 위에서 핸드폰이 떨린다. 메시지 하나가 뜬다. 엘리사다.

하민, 지금 일하고 있어? 나를 만날 수 있어?

하민은 벤치에서 발딱 일어난다. 커피타임도 끝나고 팀원들이 회사로 돌아올 시간이지만 그건 아무래도 좋았다. 팀원들은 아무래도 좋았다.

3.

온라인 쇼핑몰에서 구입한 무지개 스카프를 나란히 목에 두른 엘리사와 하민이 지하철 시청역 계단을 올라올 때 굉음이 고막을 때렸다. 출구를 나서자 시청 앞 광장에 오른쪽으로는 천막 부스들이 눈에 들어오고 왼쪽으로는 가설무대에서 공연이 한창이다. 잔디광장 위의 인파를 보자 엘리사가 탄성을 질렀다. 광장 가운데 오밀조밀, 주변으로 듬성듬성 모여 앉은 사람들은 몇천 명은 돼 보였는데 군중의 숫자보다도 거대한 물감 팔레트를 펴놓은 듯한 그 컬러가 압도적이었다. 하민과 엘리사는 부스 앞쪽으로 빈 공간을 찾아 자리를 잡았다.

무대 위에선 열 명 남짓한 풍물패가 북과 장구와 꽹과리를 두들기며 돌아가고 있다. 깃발에 글씨가 '성소수자 풍물패 장풍'이라 쓰여 있다. 엘리사가 어깨를 들썩들썩 흥을 냈다.

"traditional 타악기 연주 처음이야?"

"유튜브에서 보았어. But first time seeing it on the spot."

북과 꽹과리가 한꺼번에 울리는 음량도 대단한데 길 건너에서 넘어오는 방해전파도 만만치 않다. 북소리와 함께 "할렐루야" "대한민국 만세" 하는 스피커 소리가 꽝꽝 울려온다. 태평로를 따라 바리케이드와 경찰이 경계를 짓는 가운데 이쪽 서울광장에선 퀴어퍼레이드가 열리고 덕수궁 쪽에서는 기독교 단체들의 반대집회가 열리고 있다. 지상에선 휴전선을 사이에 두고 대치하는 가운데 소음들의 공중전이 격렬했다. 코로나로 3년 만에 열리는 퀴어퍼레이드다.

"우리 자연사하자.

우리 자연사하자."

풍물패가 들어가고 2인조 여자 보컬 그룹 미미시스터 즈가 무대에 올라왔다.

"혼자 먼저 가지 마.

오래 살고 볼 일이야.

우리 자연사하자.

너무 열심히 일하지는 마.

일단 오래 살고 볼 일이야.

너무 말 잘 듣는 아이가 되지 마.

일단 내가 살고 볼 일이야."

태평로 건너편도 새로운 레퍼토리.

"무궁화 삼천리 화려 강산

대한 사람 대한으로…"

애국가 합창이 들려오고 있다. 엘리사는 이 시각적 청각적 스펙터클에 한편으론 위축되고 또 한편으로는 흥분되는 표정이다.

"저것 코리아 국가 아니야?"

"애국가 맞아."

"그런데 그들이 왜 국가를 불러?"

"I don't know why."

의문이 풀리지 않은 엘리사가 고개를 갸우뚱거린다. 하민은 곧 성의 없는 대답을 반성한다.

"음, 그들은 자신들이 애국한다고 생각하고 있어. only 자기들만. They believe they are the only patriots. It is the problem. 그들은 애국가가 지네 건 줄 알아. 태극기도 지네 건 줄 알아. They think they monopolize national anthem. national flag. 말하자면 ultra right chauvinist인데. like fundamentallism in Islam."

"아하! I got it."

문득 3년 전의 목사 설교가 생각난다. 설마 형민네 모친께서 지금 덕수궁 쪽에 나와 계신 건 아니겠지?

"엘리사, 한국에는 K팝, K드라마만 있는 게 아니야."

"I know."

사실 하민은 퀴어퍼레이드에 나오기 망설여졌다. 1년 넘게 한국생활을 하면서 한국사회를 어느 정도 알고 있는 엘리사지만 저 할렐루야 시위대에 충격받지는 않을지,

만에 하나 험한 꼴을 당하지나 않을지 걱정스러웠다. 솔직히는 하민 스스로 그들이 아무렇지도 않을 자신이 없었다. 아직은 성소수자로서 멘탈이 빈약했고 투지도 박약했다.

"저 사람들은 누구하고 싸우고 있어? left wing은 buddist야?"

잠시 어리둥절했던 하민은 곧 웃음을 터뜨린다.

"아니, religious war는 아니고. 기독교에 conservative group들이 많아."

"튀르키예도 the same. 이슬람 쪽에 far right도 많아. They support dictator Erdogan."

그러고 보니 6월부터 터키 국명이 튀르키예로 바뀌었다. 이제 '칠면조'는 '용감한 전사'가 될 것인가. 이름이 바뀌면 나라가 슬럼프를 벗어날까. 엘리사는 튀르키예를 벗어나고 싶어 했다. 오래된 나라, 몰락한 제국, 경제가 폭망하고 일자리가 없고 새벽부터 하루 다섯 번 엎드려 기도하는 나라에서 도망쳐서 꿈의 나라, 힙한 도시를 찾아왔는데 거기가 대한민국이고 서울이었다. 공무원 시험에 목을 매는 건 이스탄불의 대학생들도 마찬가지라고 했다. 기업체는 큰 기업이나 작은 기업이나 할 것 없이 픽

픽 망해버리고 지방에서 올라온 청년들은 이스탄불에서 월급 받아서 월세 내면 남는 게 없다. 엘리사는 여행을 좋아하는데 터키 리라 환율이 너무 떨어져서 해외여행을 하기 힘들다 했다. 하지만 한국은 공무원 말고도 일자리가 많고 월급으로 원룸 월세 내고도 외식하고 여행도 다닐 수 있다 했다.

엘리사가 생각에 잠겨 오른손으로 턱을 괸 채 말했다.

"이슬람도 homosexuality를 싫어해. 기독교도 homo-sexuality를 싫어해. 모든 종교는 the same. 한국은 동양이니까. 한국은 전통적 문화가 있으니까. But Europe is different. Different so much. Because Europe has strong history of democracy inspite of Christian tradition."

엘리사는 혼자 자문자답하면서 나름대로 서울광장에 적응해 가고 있다. 대학에서 철학과 커뮤니케이션을 전공한 그는 K팝 마니아지만 교양 있는 인문주의자였다.

2010년이었던가. 하민은 대학 서클 후배들이 퀴어축제에 참가한다 해서 응원 왔던 적이 있다. 학교에 공식 등록된 서클도 아닌 '노와이어 불화자'란 이름의 페미 소모임이었다. 그때는 청계광장이었고 사람도 많지 않았다. 와우, 그때 비하면 한국사회가 많이 진화했다. 할렐루야

데모대는 그땐 없었던 것 같은데, 한국사회가 진화한 게 사실이라면 험악해진 것도 사실이다.

10여 년 전엔 옵서버, 구경꾼이었다. 하민은 이곳에 손님이 아니라 주인으로, 친구가 필요한 소수자로 다시 오게 될 줄은 몰랐다. 나와 내 파트너를 위해, 우리의 새로운 출발을 위해 이곳을 찾게 될 줄은 몰랐다.

결혼 파티가 끝나면 입주하려고 봐놓았던 서대문의 빌라는 계약금이 아직 걸려 있다. 하민은 엘리사가 이스탄불로 떠나도 이참에 집을 나와서 독립할 작정이었다. 가족을 좋아하지만 이제 집을 떠날 때가 온 것이다. 팟캐스트 '여둘톡'을 듣다가 자녀가 서른 넘으면 부모와 건강한 분리가 필요하다는 말이 귀에 쏙 들어왔다. 엄마로부터 건강한 분리. 재택근무가 아니었으면 조금 달랐을지 모른다. 아빠는 하민이 재택근무로 들어앉자 구립도서관으로 출퇴근을 시작했고, 엄마가 재택근무의 파트너가 됐다. 엄마는 식사도 챙겨주지만 근태 관리도 한다. "이제 일어나. 출근해야지." "자다 깨서 바로 회의 들어가면 어떡하니. 준비를 충분히 해야 회의를 제대로 하지."

엄마의 직장상사 역할도 성가시지만 침대에서 일어나 책상 앞으로 출근하는 일상도 상쾌하지는 않다. 밥값 군고 교통비, 교통시간 아끼는 건 좋지만 재택근무는 나의 집, 나의 사무 공간이 필수다. 하민은 그래서 빌라 계약을 해지하지 않고 두었다. 입주 날짜가 2주 뒤. 오늘 퀴어퍼레이드 끝나면 엘리사와 이케아에 가구 보러 가기로 했다. 양수리 카페는 대관을 취소했는데 결혼 파티에 대해서는 새로 계획을 세워보기로 했다.

엘리사가 이스탄불을 포기하고 하민과 다시 만나기 시작했을 때 엄마는 흔쾌한 표정은 아니었다. 엄마는 말을 조심했지만 너의 성적 취향이 원래 레즈는 아니지 않느냐고 의문을 표시했다. 그 선택이 사회적인 건 아닌지, 혹시 남험은 아닌지 다시 또 물었다.

"엄마, 지금 내게 엘리사가 현실적인 원픽이야! 섹슈얼이기도 하고 소셜이기도 해."

끈 달린 탑을 입은 엘리사가 자신의 맨어깨를 하민의 어깨에 비빈다. 하민은 오른손을 엘리사의 무릎에 놓인 왼손 위에 포개고는 가볍게 힘을 준다. 엘리사가 고개를 돌린다. 반쯤 들려 있는 눈꺼풀 아래로 까만 눈동자에 'as you please' 자막이 뜬다. 하민은 엘리사의 입술에 자신의 입술을 가져간다. 촉촉한 입술이 열리자 달착지근한 무화과 맛의 마멀레이드 감촉이 혀에 닿았다. 물기 머금은 서울의 여름 공기 속에서, 잔디광장 위에 앉거나 드러누운 사람들의 무지개컬러 가운데서, 커밍아웃하기 최적의 환경이다.

방금 전까지 고막을 때려대던 소음의 공중전은 잠시 멈춘 듯했다. 모든 배경이 지워지고 지상에 엘리사와 둘만 남았다. 판타지의 공간은 순간이면서 영원이다. 엘리사와 하민, 둘은 방금 앨리스의 토끼 구멍으로 빠져나온 게 분명했다. 페스티벌은 역시 페스티벌이다.

4.

"베를린?"

금요일 저녁 식사를 마친 식탁에서 하민이 독일 얘길 꺼내자 엄마 아빠가 동시에 눈을 커다랗게 떴다. 엄마가 귤 한 알을 절반쯤 까던 채로 접시에 내려놓았다. 잠시 말문이 막혔던 엄마와 아빠가 꺼낸 첫 질문이 서로 얽혔다.

"언제 가는 건데?"

"무슨 구체적인 계획이 있어?"

지난봄 결혼 얘기를 꺼냈을 때와 똑같다.

"회사에 2년 휴직 신청하려고. 2년까지는 자비 해외연수 형식으로 휴직을 신청할 수 있대."

"2년 후에는?"

"일단은 베를린에 살면서 여러 가지로 알아볼 생각이야. 엘리사는 거기서 디자인 스쿨 다녔으니 취직해 보겠다 하고."

엄마가 어깨를 들어 올리며 심호흡을 하는데 내쉬는 숨이 고르지 않다.

"지난번 결혼 얘기 때도 그랬잖아. 니가 먼저 결정한 다음에 통고하는 거. 딸이 어느 날 갑자기 결혼 발표 하는 것도 당황스러운데… 해외 나가는 거. 그것도 다 결정하고 나서 통고하고 있잖아."

엄마가 다시 심호흡을 한다.

사실, 하민으로서도 급작스러운 유턴이었다. 하민과 엘리사는 계획대로 다음 달 초 서대문 빌라에 입주하려 했었다. 적어도 퀴어퍼레이드 이전까지는. 페스티벌은 좋았다. 할렐루야 부대도 대세에 지장 없었다. 행사가 끝나고 종로3가역에서 지하철 3호선을 타겠다고 무교동으로 빠져나올 때였다. 맞은편에서 대학생쯤으로 보이는 남자애들 셋이 뭐라고 떠들며 힐끔거리는 게 거슬린다 싶었는데 하민 옆을 비껴 갈 때 그중 하나가 내뱉는 소리가 귀에 들어왔다.

"호모년들. 재수 없어."

처음엔 이게 뭔가 싶었다. 엘리사는 여전히 명랑한 표정이었다. 돌아보니 하민이 머뭇거리는 사이에 청년 1, 2, 3이 저만치 멀어져 가고 있었다. 하민은 엉겁결에 소리쳤다.

"저, 거기."

가운데 청년 2가 돌아보았다.

"그 옆에!"

하민은 오른팔을 앞으로 쭉 뻗어 검지로 청년 1을 지목했다. 청년 1이 돌아보았다. 하민은 목에 핏대가 확 섰다.

"방금 뭐랬지?"

청년 1이 앞으로 두 걸음쯤 나오면서 대꾸했다.

"흥, 뭐라는 거야?"

하민은 오른쪽 어깨에 멘 에코백을 벗어 손잡이를 오른손으로 거머쥐었다. 지갑하고 몇 가지 잡동사니에다 생수병 하나가 들어 있었다. 생수병 덕분에 헝겊가방이 제법 무게감이 있었다. 하민이 비장의 무기를 들고 전진

하자 청년 1도 말리는 청년 2, 3을 뿌리치며 마중 나왔다. 가까이 다가서서 보니 남자애는 운동을 제대로 했는지 어깨가 떡 벌어진 데다 하민보다 머리 하나는 컸다. 남자애가 어이없다는 듯 하민을 내려다보며 혀를 찼다.

"어쭈."

하민은 마치 하룻밤 사이에 꽃을 피우겠다고 뿌리로부터 수액을 펌프질하는 봄 나무처럼 두 다리의 근력까지 끌어올려 힘차게 에코백을 휘둘렀다. 청년의 머리를 겨냥했으나 왼쪽 어깨에 부딪쳤다. 청년은 오른손 손바닥으로 하민의 가슴을 밀쳐냈다. 하민은 휘청했다. 곧 청년 2, 3이 양쪽에서 청년 1을 붙잡고 엘리사가 하민의 팔을 붙들었다. 어디서 나타났는지 경찰 유니폼의 남자가 끼어들었다.

"왜들 이러십니까?"

무궁화 꽃봉오리 두 개의 계급장을 단 경찰관은 예절 바른 경어체를 구사했지만 말투는 다소 고압적이었다.

"일단 이리로 들어가시죠."

어디로 들어가란 말이야, 했는데 다행인지 불행인지 일행이 격돌한 곳이 바로 태평로지구대 문 앞이었다. 다섯 남녀가 파출소로 들어갔다. 하민과 청년 1은 순경의 책상 앞 의자에 나란히 앉았다. 순경이 "두 분 다친 데는 없으신가요?" 하고 물었다. 하민이 "네" 하자 청년 1도 "네" 하고 대답했다. 순경은 싸우게 된 계기를 물었다.

"이 사람이 나한테 '호모년, 재수 없어'라고 말했어요."

하민의 대답에 순경은 한심하다는 표정이 역력했다. 그는 청년 1에게 화해를 권했다. 이 함량 미달의 사안을 신속 처리해서 성가신 남녀들을 지구대 바깥으로 내보내고 싶어 했다.

"그렇게 말하셨으면 사과하시는 게 좋겠어요."

"저는 그렇게 말한 적 없는데요."

청년 1은 완벽하게 오리발을 내밀었고 그것이 하민의 투지를 자극했다. 그녀도 처음엔 사과받고 끝내겠다는 생각이었지만 목표를 수정했다.

"이 사람은 분명히 그렇게 말했어요. 이 사람은 혐오 표현을 썼어요. 나는 이 사람이 처벌받길 원해요."

순경의 거듭된 질문에 하민과 청년 1이 똑같은 주장을 몇 번 되풀이한 다음 하민이 "저는 이분을 고소하고 싶어요"라고 말하자 청년 1이 하민을 노려보았고 순경은 두 사람에게 신분증을 달라고 했다. 둘의 인적사항과 사건 개요를 정리해서 관할지서인 종로경찰서로 넘기겠다고 했다. 고소는 경찰서에 가서 하면 된다고 했다.

지구대 입구의 긴 의자에 나란히 앉은 청년 2, 3과 엘리사는 들어오자마자 서로 인사를 트더니 대화가 무르익어 웃음도 터지고 시끌시끌했다. 오, 이스탄불. 라스트 이어 아이 웬트 데어. 온 어 투어 어라운드 유럽. 유 룩 쏘 영. 아이 엠 인 로스쿨. 이런 대화에다가 BTS, K팝 얘기도 튀어나왔다.

순경이 청년 2, 3을 차례로 불렀다.

"친구분이 호모 어쩌고 하는 말을 들었나요?"

"아니요."

"못 들었는데요."

청년 2, 3은 다시 자리로 돌아갔고 화제가 '스트레인지 로이어 우영우'로 건너뛰었다. 청년 1, 2, 3은 어느 대학 법전원 학생들이었다.

순경이 엘리사는 부르지 않았다. 엘리사에겐 증인 자격을 허락지 않았다. 엘리사도 동성애와 관련해서 무슨 갈등이 빚어졌다는 것 정도는 눈치채고 있는 것 같았다.

순경이 사건 개요라는 걸 정리하느라 컴퓨터 자판을 두드리고 있을 때 청년 1이 새로운 진술을 했다.

"이 여자분이 먼저 폭력을 썼어요."

혐오 표현은 결단코 인정하지 않더니 이제 폭력 사건으로 초점을 살짝 틀고 있다. 법을 아니까 쉽게 빠져나갈 구멍을 만드는 것이다.

하민이 순경 앞에서 무려 두 시간을 보내고 태평로지구대를 나설 때는 저녁 7시가 넘어 있었다. 이케아 고양점은 9시까지인데 이미 늦어버렸다. 뺨의 무지개 보디페인팅은 땀에 먼지에 얼룩져 있었다. 하민은 지쳤고 배가 고팠다.

하민은 길거리 시비를 몇 번 구경은 해봤지만 직접 시연해 보긴 처음이었다. 그런 일에 전문인 특정한 인간유형이 있는 줄 알았는데, 운 나쁘면 길 가다 바지 솔기가 터지기도 하는 것이다. 호르몬이 폭동을 일으켰나. 여름날 오후 서울광장 잔디밭 위의 축제 세 시간에 피가 데워져 열혈이 끓었는지도 모른다. 400미터 달리기를 꼴찌로 들어오고 팔굽혀펴기 열 번을 못 채우는 체육 지진아 주제에 근육이랄 것도 없이 비쩍 마른 팔로 에코백을 휘두르다니. 사실 엘리사를 위해서는 모른 척 지나가는 편이 나았을 것이다. 하지만 하민은 엘리사가 이 나라에서 이 나라 언어로 자신도 모르는 사이에 모욕을 당하고 지나가는 일을 참을 수 없었다.

"아빠나 나는 의논 상대도 못 됐던 건가. 너 인생에서 이렇게 중요한 결정을 내리는데."

할 말 많은 엄마에게 시간을 양보하는 것이 아빠의 매너지만, 아빠의 입장까지 대변해 주는 것이 또한 엄마의 매너다.

"꼭 그런 건 아닌데. 나도 머리가 너무 복잡해서…."

서운함과 괘씸함, 그 끈적한 감정의 덫에 걸려 있는 이슈를 꺼내서 다분히 실무적인 안전지대로 옮겨놓는 것은 아빠.

"너 독어는 안 했잖아. 베를린에서, 괜찮나?"

"영어만 하면 크게 불편하진 않다고 그래."

"영어권 나라가 더 편할 텐데. 영국이나."

"베를린에는 터키시가 많아. 엘리사 엄마네 형제들이 다 베를린에 살거든. 그리고 독일이 제일 개방적이라서. 법도 그렇고."

아빠가 고개를 끄덕인다.

"맞아. 요새는 독일이 제일 낫지. 정치도 그렇고. 3개월은 무비자인데 그다음은 어떻게 하지?"

"엘리사가 취업하고 내가 배우자 비자를 받으면."

배우자 비자 얘기에 엄마가 놀란 모양이다. 귤을 까다

말고 접시에 내려놓고는 하민의 얼굴을 들여다본다. 동성애 결혼과 입양을 허용하는 독일에서도 외국인 신분으로는 몇 가지 장애물이 있다. 하민은 그런 복잡한 얘기를 하려다 만다.

"엄마, 예전에 〈캐롤〉 같이 본 거 기억 안 나?"

"〈캐롤〉?"

"영화 보고서 나도 여자끼리 사는 것에 대한 판타지가 있어, 그랬잖아."

"내가? 이번에 〈캐롤〉 보면서 이거 언제 한번 본 거 같은데, 싶더니. 그게 언제였지? 너 엘리사하고 사귄 다음이었던가?"

"아니, 그 한참 전."

"다행이다. 나는 작년에 본 걸 완전 까먹었나 했네. 하기야 몇 년 전에 본 걸 까먹은 것도 정상은 아니지. 치매 초기."

하민은 착잡했다. 나도 30년 후에는 저럴까. 엄마는 명석한 사람인데, 정보가 풍부하고 판단이 빠른 사람인데, 몇 년 전에 본 영화를 기억 못 하다니.

"생각해 보니까 그때 내가 거실에서 영화 보고 있는데 엄마가 들락날락하면서 봤던 거 같아. 그래서 기억이 잘 안 나나 보다."

"아, 그랬구나."

크게 안도하는 표정이다. 하지만 엄마는 처음부터 하민과 같이 앉아서 봤었다.

"한국사회는 외국 피가 좀 섞여야 된다고 아빠가 얘기했던 거 기억나. 2, 30프로쯤 섞여야 진짜 진보가 된다고."

"맞아. 단일민족 어쩌고 하지만 사실 다양성이나 관용의 문제에선 그게 장벽이거든. 민주주의는 다양성인데."

엄마가 인상을 썼다.

"그거 이상주의 아냐? 지금 우리 사회에 인종 문제까지 끼어들어 온다고 생각해 봐. 끔찍해."

하민은 황당했다. 엄마가 말을 바꾼 건지 아니면 생각을 바꾼 건지. 예전에 엄마도 아빠하고 같은 입장이었다. 하민의 선택에는 진보 리버럴 부모의 영향이 없다고 할 수 없었다.

"혹시… 그러니까."

엄마가 뭔가 까다로운 질문을 준비 중인 모양이다.

"강남역 사건 때문은 아닐까. 그때 너네 세대 여자들 사이에 남혐이 확 퍼졌잖아. 그래서 독신주의나 레즈도 늘어났다고 어디서 읽은 적 있는데. 너도 혹시….."

"엄마. 그건 아냐!"

하민의 목소리가 히스테리로 튄다. 이런 얘기 듣는 게 벌써 세 번째다. 어른들이 그렇게 생각할 수는 있겠는데 친구한테도 같은 질문을 받은 적 있다. 하민은 일베들이 함부로 내뱉는 여혐 발언들이 소름 끼치지만 또래들의 상투적인 남혐 어법도 지겹다. 강남역 살인 사건 때 하민도 강남역 10번 출구에 가서 추모의 글을 포스트잇에 써서 붙여놓고 왔었다. 그게 2016년이었던가.

"내가 형민이하고 사귄 게 그다음이었잖아."

엄마는 쉽게 포기하지 않는다.

"근데 레즈라는 것도 DNA 문제일 수 있는데 넌 분명 아니거든. 줄곧 남자친구만 있었잖아."

가끔 엄마의 질문들이 하민을 짜증 나게 했다. 엄마는 대학 때 서울로 오면서 부모의 시야를 벗어났고 직장 다닐 때는 부모가 다 돌아가셔서 완전히 독립된 성인이었다. 하지만 엄마는 지금도 딸을 자신의 관리 아래 두려 한다.

"요새 영페미들이."

엄마는 대체 무슨 말을 하려는 거지? 그게 무슨 말이

든 하민은 접수할 의사가 없다.

"엄마, 나를 너무 마이크로매니징하려고 하지 마. 엄마가 왜 나를 다 안다고 생각해?"

엄마가 할 말을 한가득 문 채 입을 닫았다. 하민이 기억하는 한 성인이 된 다음 엄마하고 사이에 이처럼 날 선 대화는 없었다. 모녀 사이엔 늘 배려와 양보의 푹신한 쿠션이 있었다. 하지만 이번 이슈에 관한 한 비켜나거나 물러설 공간이 없다. 동민은 기타를 메고 홍대 앞으로 갔지만 하민은 지금 베를린으로 가출하고 싶다.

"나는 내 파트너도, 일도, 자유롭게 선택해 보고 싶어. 내가 사는 나라도, 사회도, 내 맘대로 골라 가져보고 싶어. 여기가 좀 갑갑해. 사람을 틀에 집어넣으려 하고. 고정관념들이 숨 못 쉬게 할 때가 있어."

대학 들어갈 때까지는 인서울이니 스카이니 했고 대학 졸업하면 취직을 언제 하나 어디에 하나 대기업이냐 공공기관이냐 했는데 이제 결혼할 때 되니 다세대냐 아파트냐 전세냐 자가냐 아파트 평수는 얼마냐 하고들 있다. 엄마나 아빠는 우리를 자유롭게 키운 편이지만 그렇다고 이 총총한 계급사회에서 자유로울 수 있는 건 아니다.

"한국사회가 좀 피곤해. 혐오 스피치가 너무 많아. 내가 앞으로 그걸 견딜…."

엘리사는 대가족 속에서 자라는 동안 섹슈얼 허래스먼트를 겪었고 엄마가 적극 해결해 주지 않았다는 상처가 있다. 엘리사가 한국에서 험한 꼴 당하게 하고 싶지 않았다.

"독일은 동성 결혼이 합법이라. 자녀 입양도 할 수 있고."

말처럼 간단한 문제는 아니었다. 하지만 집요하고 끈질긴 엄마의 미련을 녹다운시키려면 좀 쎈 한 방이 필요했다.

접시 위의 귤들이 어느새 껍질만 남았다. 엄마 얼굴이 노랗게 귤 색깔이 되었다.

"2년 휴직이라 그러지 않았어? 입양이라니. 아주 살 작정인 거야?"

하민은 대답을 하지 않았다. 베를린에 가면 혼인신고 절차를 알아보자고는 했지만 입양은 아직 멀고 먼 얘기였다. 하지만 모든 가능성은 열려 있다. 이제 미지의 시간 속으로 발을 들여놓는 것이다.

엄마는 저녁 식사를 시작하던 한 시간 전보다 확 늙어 보였다. 어딘가 진이 빠진 목소리였다.

"나는 너가 아이 낳으면 정말 잘해주고 싶었는데. 내 인생의 마지막 에너지를 담뿍 쏟아붓고 싶었는데. 손주가 생기면. 너한테 못 해준 거 갚고 싶었는데. 너 키울 때는 내가 엄마를 해본 적이 없어서 뭘 어떻게 해야 할지 몰랐어. 일이 너무 바쁘고 애가 둘이나 딸려가지고 직장에선 또 일중독이어가지고. 내가 책임을 맡은 일이 제대로 안 풀리면 또 견디지 못해가지고. 유능하다고 칭찬받는 게 좋아가지고. 12시 넘어 술 취해서 들어와서 너네 둘은 이모 집에서 재우고. 아침에 얼굴도 못 보고 출근하고. 오르다 한 세트 사놓고 게임이 스무 가지는 되는데 박스 한 번 뜯어보지 않은 것도 있어. 두뇌개발시켜 주는 유대인 보드게임이라 그래서 사놓았는데. 그거 안 버리고 TV장 아래 그대로 있는 거. 내가 손주 생기면 저거 가지고 놀아줘야지 하고 이사하면서도 안 버리고 끌고 왔는데. 언젠가는 저거 가지고 놀아줘야지, 그러고."

엄마가 TV 아래 서랍장을 바라보았다. 서랍 하나에는 오르다 게임 박스가 들어차 있다. 수납공간이 부족한 아파트에서 서랍 하나를 20년 넘도록 오르다 박스가 차지하고 있다. 하민은 엄마가 물건을 잘 못 버린다고, 헝그리 세대의 습성이라고 생각했었다.

엄마가 식탁 의자에서 몸을 일으켰다. 눈물을 감추고 있었지만 몸 전체로 울고 있었다. 엄마는 방으로 들어갔다. 방에서 울음소리가 들릴까 봐 하민은 겁이 났다.

"한국사회가 좀 깝깝하긴 하지."

아빠의 말이 귓전을 겉돌았다. 하민은 자신의 말이 자신의 생각보다 더 단호했던 것을 후회했다.

"일단 가보겠다는 건데. 돌아올 수도 있어… 엄마가 입양 얘기에 좀 놀랐나 봐… 무슨 계획이 있다는 건 아니고. 그냥 법이 거기까지 갔다는 거지. 사실 미국 어학연수는 했지만 외국생활이 약간 두렵기도 해. 아프면 어떻게 하나. 독일은 병원 예약도 쉽지 않다는데…."

엘리사는 퀴어퍼레이드 이후에도 여전히 서울을 흥미진진해하고 한국을 좋아했다. 베를린을 원한 건 하민이었다.

하민은 청년 1을 고소할 생각이었다. 하지만 그 뺀질뺀질한 로스쿨 학생들을 상대로 연장전에 들어간다고 생각하면 벌써 지치고 피곤했다. 경찰서 드나들면 회사에 어떤 식으로든 다시 커밍아웃 절차를 가져야 할 것이다. 정년퇴직하겠다는 생각은 해본 적 없지만 연봉 늘려가고 승진을 하고 역할이 달라지고 업무에 자신감이 붙어가는 재미에 30대를 이 회사에서 보내게 되겠구나 싶었었다. 이 회사도 5년 다녔으니 대학보다 더 긴 시간이다. 하민은 뭔가 좀 바꿔보고 싶었다.

5.

아침에 욕실에서 샤워를 하고 주방에서 과일 샐러드를 만들어 먹고 출근하러 방에 들어올 때까지 집 안이 조용하다. 카톡방도 조용하다. 아빠는 요새 요가를 시작했는데 요가를 간 모양이다. 엄마도 어디 외출한 건가.

하민은 책상 앞에 앉아 모니터를 켜서 출근 메시지를 남기고 팀 동료 한 사람과 채팅을 한 다음 가족 카톡방에 들어가 본다. 역시 조용하다. 어제저녁 엘리사와 영화 한 편 보고 자정 무렵 돌아왔을 때는 이미 엄마 방에 불이 꺼져 있었다. 하민은 엄마가 신경 쓰였다. 엄마가 일찍 외출할 때는 식탁 위에 메모를 남겨두거나 카톡방에 메시지를 올리는데.

하민은 엄마 방문을 노크해 보았다. 두 번째 노크에 엄마 목소리가 들린다.

"어, 왜?"

목소리가 좀 이상하다 느끼며 하민은 방문을 열었다. 엄마는 침대에 누운 채 눈꺼풀을 반쯤 들어 하민을 올려다보았다.

"물속에 잠겨 있는 거 같아. 귀가 먹먹하고. 머릿속이 윙윙거려. 일어나려면 어지러워."

물먹은 솜 같은 목소리였다. 엄마를 부축해 침대에서 일으켜 거실로 나와 식탁 의자에 앉히고 나니 등줄기에 땀이 흘렀다. 하민은 머그컵에 미숫가루와 꿀을 넣고 우유를 부어서 엄마 앞에 놓았다.

하민은 회사에 하루 월차를 냈다. 식사 마치기를 기다려 하민은 엄마를 부축해 집을 나섰다. 좀 걷고 나니 어지럼증은 가라앉았는데 이명은 심해진 모양이다. 집 안에서는 머릿속이 웅웅거렸는데 차량 소음이 심한 거리에 나오니 머릿속에서 클클클 자동차 시동 거는 소리가 들린다고 했다. 예전에 이석증이 와서 어지럼증이 한참을 간 적은 있지만 이명은 처음이라 한다.

의사 얘기를 들어봐야겠지만 이것도 스트레스 문제 아닐까. 엄마가 아픈데 하민이 죄의식을 느낀다. 아들이 기타 들고 집 나간 지 2년이지만 엄마가 앓아누운 적은 없다. 딸이 튀르키예 여자애와 베를린으로 가는 게 훨씬 큰 사건인가. 하민이 유치원과 초등학교 다닐 때 엄마는 유괴공포가 있었다. 엄마는 신문사 그만두고 집에 있었는데 하민이 어두워져도 집에 들어오지 않으면 이웃 아파트 놀이터들을 찾아다녔다. 친구 집에서 놀다가 집에 와 보면 엄마가 눈이 퀭해져 있었다. 나중에 엄마에게 물었던 적 있다.

"동민이한테도 그랬어?"

"걔는 아들이잖아."

이비인후과 대기실 전광판에 엄마 이름이 떠 있다. 일곱 번째 순서. 아직 많이 기다려야 한다. 하민은 대기실 의자에 엄마와 마주 보고 앉았다.

엄마의 메마른 입술에 검은 점이 눈에 들어온다. 새로 생긴 건가, 원래 있던 점인가. 립스틱 바른 엄마를 본 기억이 가물가물하다. 엄마가 아빠하고 외출할 때 화장기 없는 얼굴에 립스틱도 바르지 않는 건 이해할 수 없다. 나도 엄마 나이가 되면 그렇게 될까. 예뻐 보이고 싶은 욕심을 접고 나면 마음의 평화가 올 테지만 인생의 재미도 덜해질 것 같다.

"엄마, 우리 어렸을 때 엄마랑 동민이랑 오르다 게임

많이 했지. 메모리 게임이랑 매틱스, 카멜레온, 몇 개는 진짜 많이 했지. 여행 갈 때도 갖고 다녔잖아."

"그랬나?"

"핑구 비디오도 많이 봤는데. 곰돌이 푸도. 나는 어렸을 적에 좋았는데. 엄마는 나쁜 엄마 아니었거든."

청력검사실에서 엄마 이름을 불렀다.

하민은 엄마가 아이들을 제대로 돌보지 못했다고 자책하면 때론 불편해진다. 추억의 앨범을 행복한 사진들로 예쁘게 꾸며놓았는데 엄마가 엉망진창이었다고 말해버리면 어린 시절이 칙칙해지면서 과거로부터 어떤 불행감이 밀려 올라온다.

어렸을 적엔 엄마가 집에 있는 아이들이 부러웠다. 유치원 방과 후 교실에서 다른 아이들은 엄마가 와서 데려가면 혼자 남아서 놀다가 무섭고 슬퍼서 울었던 기억도 있다. 하지만 지금은 엄마가 자기 일을 가지고 당당하게 살고 있는 게 자랑스럽다. 엄마 때는 육아휴직도 없었다니 워킹맘들은 어떻게 살았을까. 엄마는 나름대로 최선을 다했을 것이다.

엄마가 청력검사실에서 나왔다. 엄마가 하민 옆에 나

란히 앉았다.

"거기서 뭘 했어?"

"귀에 헤드셋 끼고 소리 듣는 거야. 너도 건강검진 때 해봤지? 근데 이건 그것보단 좀 정교해."

집을 떠날 때는 얼굴이 노르스름하고 머리는 부스스하고 어깨도 구부정하고 병자 같았는데 보라매공원을 통과해 병원으로 걸어오는 동안 혈색이 돌아오고 기운이 살아난 것 같다.

"엄마, 나 있잖아. 어렸을 땐 누구나 다 엄마가 되고 다 그렇게 하는 건 줄 알았거든. 그런데 점점 엄마처럼 할 자신이 없어졌어. 내 친구 중에 일찍 결혼해서 벌써 아이 낳은 애들 있잖아. 유진이. 미리. 다 너무 힘들어해. 삶의 질이 확 떨어진다는 거야. 호텔 잡아서 일박 생파 할 때도 얘네는 못 나와. 유진이는 오빠가 집안일 많이 하는 편이거든. 그래도 너무 힘들대. 기본적으로 불공평한 게 심리적으로 부대끼나 봐. 아무래도 애 낳는 건 여자니까."

모든 일에 유능하고 씩씩한 엄마, 그래서 넘사벽이었다. 하민은 엄마처럼 청소와 정리정돈을 잘할 수 없고 무엇보다 자식 일에 내 시간을 그렇게 무한정 들일 자신이 없다. 직장 다니면서 결혼해서 아이까지 낳는 건 철인3종경기다. 체력도 필요하고 정신력도 받쳐줘야 하고 돈도 열라 벌어야 하고. 엄마는 내가 엘리사와 만났기 때문에 손주를 안을 수 없게 됐다고 생각하는 것 같지만 형민이하고 결혼했대도 아이를 낳을지는, 글쎄다.

"엄마 때는 대학 졸업하고 취직하는 여자도 드물었어. 여학생 다섯에 하나쯤 됐을까. 취직할 데도 없었지. 일단 기업체가 여자를 안 뽑았으니까. 선생님 되거나 공무원 하거나 아니면 대학원 가는 거였는데. 나는 기자 되고 싶었는데 신문사 방송사도 몇 개 안 됐고 그나마 여기자 뽑는 데도 별로 없었어. 수습기자 모집공고에 떡하니 병역 필한 남자에 한함, 그렇게 나왔으니까."

"진짜? 신문사가 군필만 뽑았다고?"

"신문사 둘에 하나는 여자 안 뽑았어. 지금은 신문사 편집국에 여기자가 절반이래. 그때는 졸업하고서 취직하겠다고만 해도 페미니스트였는데."

"지금은 직업은 필수고 결혼이 옵션이니까. 엄마가 예전에 그런 말 한 거 기억나? 이혼한 친구들한테 빚진 거 있다고. 이혼이 자연스러워져야 이혼 부모 아이들도 상처 없이 자란다고. 뭐 그 비슷한 얘기였는데."

"그건 맞는 말이야… 근데 나는 이제 페미니스트 아닌

가 부다… 늙은 페미는 없어. 한때 페미였던 할머니가 있을 뿐이지. 세상이 변하는 속도가 워낙 빠르니까."

이명 때문일까. 엄마의 말이 가다 서다를 반복했다. 진료실 앞에서 간호사가 엄마를 호명했다. 하민이 따라 일어났다. 하지만 진료실 문 앞에서 엄마가 "바깥에 있을래?" 하고는 혼자 들어갔다.

하민은 닫힌 진료실 문을 잠시 바라보다가 대기실 의자에 돌아와 앉았다. 엄마의 프라이버시? 딸이 들으면 안 될 얘기가 있다는 걸까. 아니, 그보다는 엄마의 자존심일지도. 보호자가 필요한 노인이기를 거부한 것이다.

언젠가 하민이 회사 일 얘기하다가 "3, 40대는 시스템 업그레이드해도 잘 따라오는데 5, 60대 노인층을 끌어들이려면 접근성이 편한 서비스가 필요하다"고 하자 엄마가 "요새 누가 오십을 노인이래? 육십도 노인 아니야. 얘가 아직 시간이 많이 남았다고 말 쉽게 하네. 너 오십 되고 나서 누가 노인이라 그래 봐. 기분 좋겠니?" 하고 즉각 반발했다. 하민은 스스로 말해놓고도 깜짝 놀랐다. 회사에서의 통상적인 세대 구분법인데, IT 회사 마케팅의 세계에서 사람들은 더 빠르게 노인이 되어간다.

병원을 나와 약국에 들러 처방전을 내고 약을 받았다.

의사는 이명 증세에 하루 두 번 알약 하나씩을 처방하고 2주 뒤에 다시 와서 경과를 보자 했다 한다.

모녀는 병원 앞 죽 전문점에 들어갔다. 점심으로는 이른 시간이라 손님이 없어 다행이었다. 엄마의 이명은 소음이 심한 곳에서는 심해지고 조용한 곳에서는 조용해진다 했다.

하민은 요사이 일들을 이야기했다. 퀴어페스티벌과 태평로파출소 얘기는 뺐다.

"우리 하민이 엘리사를 정말 사랑하는구나. 별로 안 흔들리네. 그럼 좋아. 그럼 괜찮아. 우리가 살면서 그런 사랑을 만나는 건 몇 번 없어. 아니 한 번도 없는 사람도 많을 거야. 상대가 남자든 여자든. 너는 행복한 거지. 그래. 최선의 삶을 사는 거야. 대충 때우면 안 되지."

'대충 때운다'는 말, 엄마하고 사이에 어떤 역사를 가진 관용구다. 엄마가 가끔 "오늘 점심 대충 때울까. 식은밥도 있고." 그렇게 말하면 하민이 저항한다. "엄마, 나는 대충 때우는 거 싫어. 나는 최고로 잘 먹고 싶어." 엄마가 컨디션 나쁘지 않은 날엔 이렇게 대꾸한다. "그래그래, 최고로 잘 먹어보자. 너는 선진국의 딸이지."

결혼이라면 지금이 처음이자 마지막이라고 엄마는 생

각하고 있는지 모른다. 하민은 단지 지금 최선의 선택을 하고 싶을 뿐이다. 바로 지금!

하민이 하루 휴가를 내고 엄마와 시간을 같이 보내기로 한 건 잘한 일이었다. 그런데 다시 보라매공원을 통과해 집으로 돌아오는 길에 엄마가 아빠 얘기를 꺼낸 건 뭘까. 딸을 붙들어 두려는 마음을 아직 접지 못한 걸까.

"아빠가 좀 안 좋은 거 같애. 책상 위에 병원 처방전이 있더라고. 서랍에 감춰두는 걸 깜빡했나 봐. 가족들 걱정 끼치는 거 극도로 싫어하는 사람이잖아. 신경안정제하고 또 딴것도 있는데."

아빠에게 무슨 일이 있는 걸까. 아빠는 모두가 인정하는 '멘탈 갑'인데 그 멘탈이 무슨 공격을 받아서 신경 안정이 필요해진 걸까. 그러고 보면 동민에게 핸드폰을 날릴 때 이미 갑종 멘탈에 비상등이 깜빡였었다. 아니, 어쩌면 멘탈 갑은 포장일 뿐이었는지도 모른다.

"재봉가위 있잖아. 얼마 전에 그게 없어져서 집 안을 발칵 뒤졌었거든. 근데 그거 니 아빠 침대 매트 아래 있더라고."

"맞아. 엄마가 재봉가위 어디 갔나 그랬었지."

"설마 와이셔츠 단추 달 때 쓸라고 갖다 둔 건 아닐 테고. 가위는 내가 도로 가져다 반짇고리에 넣어뒀는데."

뭘까. 아빠가 가족 몰래 빚을 져서 빚쟁이한테 시달리기라도 하는 걸까. 그건 아빠하고는 거리가 먼 얘기인 거 같고. 이 역시 대선 후유증일까. 하민은 울적해졌다.

어릴 적 하민에게 엄마 아빠는 거인들이었는데 어느새 노약자가 돼버린 느낌이다. 곧 부서질 듯한 고치의 느낌. 고치를 벗고 나오는 일이 서른 나이에도 너무 이른 것인가. 고치를 벗고 나오는 몸짓이 너무 거칠었나.

가을

애
믐

1.

정치가 안 보였으면
소리도 안 났으면
오른쪽이다 왼쪽이다
다들 엄청 화나 있어
무슨 얘기 하려는 거야
목소리 낮추고 Calm down

가사는 일찌감치 써놨는데 작곡이 한없이 늘어지고 있
다. 동민은 메탈리카풍의 하드한 드럼비트 위에 이리저
리 멜로디를 올려본다. 컴퓨터 앞에 앉아 헤드셋 끼고 미
디 작업을 하는데 이게 지금까지 스타일하고 달라서 재

미있기도 하면서 엄청 헤매는 중이다.

지난여름은 지독했다. 에어컨 고장 난 원룸이나 에어컨 없는 연습실이나 푹푹 찌고 습했다. 아빠 집에 있을 땐 그게 얼마나 쾌적한 인프라인지 못 느꼈는데 집을 나오자 계절이 학대하기 시작했다. 여름엔 습하고 무덥고 겨울엔 습하고 추웠다. 이제 늦은 장마가 끝나고 아침저녁으로 서늘한 바람이 불면서 비로소 컨디션이 돌아오고 있다. 길고 길었던 코로나의 터널도 끝이 보인다. 오프라인 행사들도 거리 두기가 조금씩 풀려서 홍대 앞 거리에 카페나 클럽의 이벤트 벽보들이 나붙고 있다.

동민은 창문을 온종일 활짝 열어놓았다. 창문으로 바람만 들어오는 건 아니지만, 고시원 지하에서 창문이 있는 지상으로 올라오니 차량 소음조차도 정겹다.

작곡을 하면서 멜로디를 흥얼거려 볼 때 가끔 짜릿한 판타지의 순간이 찾아온다. 오오, 음악의 신이 강림했나. 자아도취의 황홀경에서 기타를 딩딩거리다 더럭 겁이 난다. 이거 카피 아냐? 밤낮으로 흘러 들어온 음악들 중에 어느 조각 하나가 무의식 속에 잠자코 있다가 굴러 나온 거 아냐? 의심과 자학의 인증 절차를 통과하느라 불안한 얼마간이 지난 다음 "아니야, 이건 내 거야! 진짜 내 거야!" 하고 나지막이 소리친 동민은 다시 자뻑 모드로 풍덩 다이빙한다. 역시, 내가 재능이 있단 말이야.

동민이 기타를 내려놓을 때 책상 위의 핸드폰에 문자가 뜬다. 94다.

나 쫓겨났다. 한 시간 후에 들어간다.

판타지가 무참히 깨진다. 동민은 "어휴" 하고 한숨을 내쉰다. 참 노답이다. 한번 해보겠다고 갔으면 한 달은 버텨야지. 신체검사하고 피 뽑은 게 아깝다.

동민은 서랍 안쪽에 꼬불쳐 둔 담뱃갑에서 담배 한 대를 꺼내 문다. 일주일 참았는데 94 때문에 금연 모드에 금이 갔다. 지난 일주일은 자고 싶을 때 자고 먹고 싶을 때 먹고 작업하고 싶을 때 하고 생활이 정돈된 느낌이었는데 이제 다섯 평짜리 원룸에 최악의 룸메이트가 돌아온다.

동민은 마음을 다잡아본다. 이제 좀 냉정해져야겠다. 새벽 2시 넘으면 컴퓨터게임 금지. 바깥에 돌아다니다 오면 발 씻기. 그리고 월세 40만 원을 정확히 분담, 20만 원씩 내자고 해야겠다.

동민은 입사지원서 1백 번 쓰고 지쳤을 때 밴드 하자

고 꼬시는 94에게 넘어가 통기타 하나 달랑 들고 집을 나왔다. 홍대 앞으로 온 동민을 맞이한 건 코로나였다. 인디 뮤직 신의 초심자는 자부심과 열패감 사이를 널뛰듯 하다가 작년 가을부터 지독한 슬럼프에 빠져들었고 지난 봄, 밴드 멤버가 이탈하면서 슬럼프는 바닥을 쳤다. 코로나 때문인지 코로나 때문에 안 풀리는 음악 때문인지 코로나와 상관없이 부족한 재능 때문인지 알 수 없었다. 슬럼프 때문에 아빠하고 부딪쳤는지 아빠 때문에 슬럼프가 왔는지 알 수 없지만 고시원 지하는 확실히 슬럼프와 관련 있었다.

동민이 연희, 연남 일대에서 가장 싼 지하 고시원과 홍대, 상수, 망원 일대에서 가장 싼 지하 연습실을 왕복했던 1년 반 동안 성대도 이상해졌다. 환풍구 없는 월세 20만 원짜리 지하실에서 연습을 하고 녹음도 했다. 월세 20만 원짜리 고시원 지하방은 곰팡내와 음식물 냄새가 늘 배어 있었는데, 창문이 없어 기타 소리가 새 나가지 않으니 음악하기엔 낫겠다고 처음엔 좋아했었다.

동민은 집 나와서 고시원에 왔을 때 엄마가 오겠다는 걸 못 오게 했다. 엄마는 아들이 어떤 곳에서 먹고 자고 하는지 몹시 궁금했을 것이다.

"창문이 있니?"

"네."

"남향이니?"

"네."

"아침에 일어나면 꼭 창문을 열어 환기를 시켜야 돼."

"네."

동민은 엄마한테 월 50만 원 용돈 받고 편의점 알바해서 월세 내고 담배 피우고 통신비 내고 밥 사 먹다가 작년 가을 용돈을 끊은 다음부터 편의점 알바를 주간 이틀에서 나흘로 늘리고 담배를 끊었다. 법정 최저임금보다 낮은 시급을 받지만 편의점은 꿀알바다. 그런데 주 4일을 오후 2시부터 12시까지 편의점에 있다 보면 편의점 알바하러 집 나왔는지 음악하러 집 나왔는지 한심해졌다.

동민은 94와 월세를 나눠 내기로 하고 지난봄 다세대 원룸을 얻어 고시원 지하를 탈출했다. 동민이 '마더 펀드' 끊은 걸 아는 누나는 월세를 보태줄 테니 일단 방을 옮기라 했다.

2020년 초, 집 나오자마자 코로나가 들이닥쳐 음악공연계에 빙하기가 시작됐다. 카페들은 텅텅 비고 페스티벌은 취소되고 공연 자체가 없었다. 처음에는 음원 준비

해서 유튜브로 돌리다가 코로나 끝나면 뮤직페스티벌이
든 홍대 앞이든 소극장 무대든 나가면 된다고 생각했다.
하지만 코로나는 생각보다 길게 끌었고 지난봄 거리 두
기가 끝나가나 싶을 때 여자 보컬 미호가 밴드를 나갔다.
이제 취직하고 돈 벌고 결혼도 하겠다고 했다. 여자 보컬
을 구하려고 동아리 후배들도 만났지만 잘 안됐고 동민
과 94는 밴드를 해체한 것도 활동을 하는 것도 아닌 어정
쩡한 상태에서 제각각 슬럼프에 빠졌다. 동민과 94, 미호
의 3인조 밴드 '카운트다운'은 데뷔 무대를 갖기도 전에
해체된 거나 마찬가지였다.

미호가 떠난 다음 동민은 갈피를 잡을 수 없었다. 음악
도 인생도 낭떠러지였다. 올해 다섯 곡을 만들겠다고 야
심 차게 2022년을 시작했지만 이제야 두 번째 곡에 매달
려 있다.

94는 밤낮을 거꾸로 살면서 컴퓨터게임을 하거나 SNS
사이트들 사이를 메뚜기처럼 튀면서 댓글을 달았다. 녀
석은 대상을 가리지 않고 무차별 쌍욕을 입에 달고 살았
고, 소음 공해가 밤에는 수면을, 낮에는 작업을 방해했다.
동민은 집으로 돌아갈까 진지하게 고민해 보기도 했지만
남기로 한 이유는 두 가지였다. 음악을 끝장 볼 만큼 충분

히 하지 않았다는 것, 돌아갈 집이 없는 94를 혼자 남겨 둘 수 없다는 것.

생일이 9월 4일이라 94라는 닉네임을 갖게 된 경수는 밴드 동아리 같이하던 대학 때부터 친구인데 동민이 아는 건 할머니 아래서 자랐고 할머니가 요양원 가신 다음 혼자 살게 됐다는 정도다. 아버지한테 "디지게 맞았다"는 것 말고 부모님 얘기는 안 하는데 아마도 이혼한 거 같다. 인디밴드 한다는 애들도 집이 잘살든 못살든 다들 집에 빨대 꽂고 사는데 경수는 빨대 꽂을 집 자체가 없다.

친구들 중에 이과 출신들 대부분은 졸업하자마자 취직해서는 건실하게 데이트도 하고 코로나 풀렸다고 여자친구 데리고 해외여행 어디로 갈까 하고 있다. 방황하는 애들은 주로 문과다.

한 친구는 SNS로 모인 또래 셋이 1년간 해외 일주 무전여행을 떠났다. 대륙 간 비행기 티켓값만 미리 준비해서는 가는 곳마다 아르바이트로 돈 벌고 그걸 찍어서 유튜브에 올릴 거라 했다. 요사이 한국이 뜨는 나라여서 일자리 구하기 쉽다 한다. 그것도 현지 유학생이나 체류자 얘기지, 여행자가 알바 구하기 쉬울까. 워킹홀리데이 신청해서 아보카도 농장에서 아보카도 따고 오렌지 농장에서 오렌지 따고 그런 일들이겠지. 셋 다 영어만 한다니 영어권은 그럭저럭 통할 테지만 비영어권에서는 어떻게 한다는 건지. 지난봄에 떠났으니 지금쯤 유럽에 있어야 하는데 인스타그램에서 아직 캐나다인 걸 보면 세계 일주가 계획대로 되는 것 같지는 않다.

그래도 이런 애들은 희망적이다. 야심이 있고 아이디어와 실행력이 있으니 여행에서 돌아오면 기업에 취직하거나 스타트업을 만들거나 아니면 유튜버라도 될 거다.

아이템 한 개 잘 걸려서 셀럽 되고 부자 되는 게, 공기업이나 대기업에 줄서기를 거부한 또는 줄 섰다 탈락한 우리 또래 야심가들의 꿈이다. 완전히 터무니없는 건 아니다. 실제로 그런 2, 30대 벼락부자들이 한둘이 아니다. 다만 그 가능성이 1만 명에 하나나 될까.

동민이 대학 신입생 때 장기하와 얼굴들이 3집 앨범을 냈다. 실용음악과 계통하고는 다른 문과생의 인디밴드인데다 일찍이 인디 신에는 없던 스타일이라 혹 갔던 건데, 인디밴드 시작해서 장기하처럼 될 가능성은 1만 분의 일이다. 아니 대한민국에 장기하는 하나뿐이다. 동민은 장기하를 바라고 집을 나왔는데 나오자마자 금세 알게 됐다. 그리로 가는 다리 같은 건 없다는 것, 따라갈 수도 흉

내 낼 수도 없다는 것.

동민은 어느새 손가락 끝에 바짝 타들어 오는 담배꽁
초에서 마지막 한 모금을 길게 빨아들인다. 니코틴이 라
면사리 찌꺼기가 붙어 있는 텅 빈 위장을 휘저어 놓는다.
머릿속에서는 어긋나고 깨진 계획과 희망의 부스러기들
이 뒤숭숭 굴러다닌다. 더 이상 작업에 진도를 빼기 틀렸
다. 오늘 준비한 에너지를 모두 소진했습니다! 동민은 컴
퓨터를 끈다.

94가 오기 전에 약간의 준비가 필요하다. 동민은 개수
대의 라면 냄비를 씻고 방을 치운다.

94는 일주일 사이 얼굴이 깨끗해졌다.

"왜 쫓겨났는데?"

"담배 피다가. 화장실에서 폈는데 범인 찾는다고 침대
를 다 뒤지고 킁킁 냄새 맡고. 씨발."

"중간에 나오면 일주일 치는 받나?"

"미쳤냐? 실험 결과가 안 나왔는데 돈을 왜 줘."

"세끼 챙겨 먹고 규칙적인 생활을 해서 그런가 얼굴 좋
아졌다."

"학교 교실만 한 병실에 베드가 다닥다닥 붙어 있어.

인간들이 나란히 누워서 종일 핸드폰을 들여다봐. 유튜브 보고 게임하고. 책을 잡고 독서하는 사람도 있어. 자세히 보면 만화나 찌질한 잡지 같은 것들인데 그래도 책을 보니 존나 지성인이지."

"그런 데에 와서 한 달씩 짱박혀 있을 수 있는 사람은 어떤 사람들이지?"

"한마디로 잉여인간들. 고시원이 바닥인 줄 알았는데 거기는 더 밑바닥이야. 근데 내가 좀 덜 억울한 게 뭐냐면. 사실 담배 처음 핀 거 아니거든. 세 번째에 걸린 거야. 아싸!"

제대로 마치고 나오면 150만 원 받는다고 했는데. 그거 받고 롤 게임에서 현질 쎄게 한번 붙어보고 홍대 앞에 진출해서 놀 거라더니. 엄청 실망했을 텐데 별거 아니라는 듯 허세 부리고 있다.

"내가 거기서 랩 하나 만들어서 나왔잖아."

94가 벗어놓았던 야구 모자를 집어 들고 푹 눌러쓰더니 오른팔을 치켜들고 흔들며 랩을 한다.

"갈 데 없는 인간들. 인간 모르모트. 인간 생쥐. 인간 막장. 인간 막창. 백만 원에 몸을 팔지. 백만 원에 자존심도 팔아. 피 뽑고 주사 맞아. 주사 맞고 피 뽑아. 생동성 실험. 생체 실험. 이상한 주사를 맞으면 하루는 열이 올라. 이상한 주사를 맞는데 하루는 열이 내려. 백만 원 벌다가 목숨까지 파는 거 아냐? 뭐가 걱정이야. 어디 가서 조용히 뒈져도 당신 찾을 사람 없어. 찌질한 인간. 맨날 남 탓만 하지. 니 몸에 나는 냄새나 맡아봐. 여긴 어디야? 여기도 대한민국이야? 아우슈비츠야? 여기 다시 들어오면 인간이 아니야. 내 손으로 내 머리 깨부술 거야."

랩 가사를 제법 쓴다. 이러다 곧 〈쇼미더머니〉 나간다고 설치겠군. 동민은 차라리 녀석이 맘 잡고 랩을 하루 대여섯 시간씩 연습해서 〈쇼미더머니〉라도 나가겠다고 나오면 나쁘진 않겠다고 생각한다.

드러머인 94, 경수는 연습광이라 하루 대여섯 시간씩 연습에 매달렸는데, 연습을 끊은 지도 꽤 됐다. 올봄 이후로 연습실 나가는 걸 보지 못했다. 경수는 동아리 후배들에게 '드럼의 신'으로 불렸지만, 드럼 칠 때 가장 폼 났지만, 이제 아무도 드러머를 찾지 않는다. 전자음으로 찍으면 값도 싸다. 드럼은 10년은 해야 실수가 없다고 하는데 전자음악 비트파일은 칼박을 맞추고 절대 삑사리 내는 법이 없다. 〈위플래쉬〉 뺨치는 경력 15년의 선배 드러머는 빌딩 유리 닦으러 지방에 다닌다. 가장 파워풀한 악기였던 드럼이 이젠 슬픈 악기가 됐다. 경수가 기타 치는 자신보다 더 우울한 거 이해가 간다.

동민은 반쯤 남은 담뱃갑을 녀석에게 건넨다.

"실컷 펴라."

혼자 지내는 것의 나쁜 점은 잘 안 챙겨 먹게 된다는 것이다.

"저녁 먹으러 가자. 나도 오늘 배 속에 들어간 게 신라면 한 개뿐이야."

"거기선 세끼를 칼같이 멕이는데 밥도 쬘끔, 반찬도 쬘끔. 그리고 풀때기만 멕여."

동민이 10리터 쓰레기봉지를 묶어서 들고 현관문을 연다. 경수가 따라나선다. 원룸 10여 세대가 들어 사는 다세대빌라 입구에 쓰레기봉지를 내려놓고 골목을 돌아 나오자 건너편으로 스윙스의 4층 빌딩이 눈에 들어온다.

"풀때기들은 질렸겠고. 한우 등심 먹으러 갈래?"

"그거면 뜨끈한 국밥 스무 그릇! 돈까스나 먹을까?"

"돈까스가 먹고 싶었어?" 하다가 동민이 헛웃음을 픽하고 웃는다.

돈까스는 〈쇼미더머니〉의 빅스타 스윙스의 별명이다. 스윙스 건물은 통유리창에 불이 환해서 빌딩이 더 높아

보이고 더 커 보인다. 스웡스가 〈쇼미더머니〉로 왕창 떠서 60억에 샀다는 빌딩이다. 경수가 상체를 꺼떡거리고 오른팔을 치켜올리면서 랩을 질러댄다. 스웡스가 〈쇼미더머니 2〉에 나와서 불렀다는 랩이다.

"난 이겨낼 거야. 난 이뤄낼 거야. 헐크처럼⋯."

2.

이태원 알페도 베이커리&커피숍 앞에 줄이 늘어서 있다. 동민은 문 앞 세 번째쯤에서 하민과 엘리사를 발견한다. 엘리사는 누나보다 두 살 아래, 동민하고 동갑이다. 동민은 뒷순서의 젊은 한국인 남녀에게 양해를 구하고 줄에 끼어든다.

"How is your music going?"

"Uneasy. 괴로워요."

"왜? What happened?"

"설명하기 복잡해요. 음⋯ 내 재능을 못 믿어서. 내가 천재인 거 같다가 바보인 거 같다가."

엘리사가 얼핏 독해가 안 되는지 어리둥절해 있고 하

민이 대꾸한다.

"글쎄다… 내가 보기에 너는 필요한 만큼의 재능은 있는 거 같아. 근데 재능이 기회를 만나야 천재가 되는데."

"그런 거 같아. 기회…."

하민은 이태원에 오면 어떤 해방감을 느낀다고 했는데 동민은 그게 뭔지 알 것 같다. 일단은 거리의 사람들이 사이즈도, 피부 빛깔도, 생김새도 제각각이어서 울타리가 헐리는 느낌이랄까. 언어의 경계도 뒤죽박죽이다.

"동민은 누구 좋아해요? 누가 favorite이에요? BTS? NCT?"

"Are you kidding me? 내가 걔들을 왜 좋아하겠어요?"

엘리사가 놀라고 하민이 웃는다.

"남자들은 inevitably 여자 아이돌을 좋아하지. 블랙핑크. 뉴진스. 아이유."

호기심 소녀인 엘리사는 질문이 많다. 엄마와 아빠 앞에서 커밍아웃하기 전에 하민은 동민에게 엘리사를 소개했었다. 4인 가족 안에서 하나의 전투를 준비할 때 동생을 교두보로 만드는 건 당연한 작전이었다. 엄마 아빠의 시야 바깥에서 남매의 연대라는 게 있다.

결혼기념일 파티를 빙자한 커밍아웃 이벤트에서 아빠

는 의연했고, 아니 의연하려 하는 것 같았고, 엄마는 많이 놀랐다. 동민은 주말에 한 번씩 집에 가지만 누나가 향수부터 헤어스타일까지 뭔가 달라졌다는 걸 눈치챘는데, 엄마 아빠가 같이 살면서 아무것도 몰랐다는 게 이해가 가지 않았다.

창가에 자리 잡은 다음 하민이 카이막 세트와 함께 커피를 주문했다.

"베를린에 집은 구한 거지?"

"응, 6개월짜리 구했어. Airbnb로."

"독어 공부하고 있어?"

"내가 고등학교 때 제2외국어를 독어 선택했었거든. 그동안 전혀 안 써서 다 까먹은 줄 알았는데 숫자를 외워보니까 글쎄 100까지 되더라. 아인스 쯔바이 드라이 피어."

엘리사가 씨익 웃더니 같이 외우기 시작한다.

"핀프 젝스 지벤 아흐트 노인 젠 엘프 즈벨프 드라이젠 피어젠 핀프젠 젝젠 집젠 아흐젠 노인젠 즈반치히 아인스운트즈반치히 즈바이운트즈반치히."

하민이 숫자 퍼레이드를 중지한다.

"여기서부터는 쉬워. 1부터 9까지가 반복되니까. 근데

100까지 세고 나니까 자신감이 확 생기는 거야."

"누나는 독일 가서 재밌게 잘 지낼 거 같아."

"Sure!"

엘리사가 맞장구친다. 동민은 누나와 성격이 많이 다르지만 공통점 한 가지는 지루하고 반복적인 것을 싫어하는 기질이다. 그것이 동민의 직업 선택에 결정적인 기준이 되었는데 누나의 경우 배우자 선택에 결정적인 영향력을 행사하고 있다.

카이막 세트가 나오자 하민이 카이막을 시미트 참깨빵에 듬뿍 발라서 동민에게 건네준다. 식탁 위에서 대화는 이리 튀고 저리 튀었다. 이제 튀르키예가 된 터키의 음식에서 시작해서 한국 음식으로 왔다가 한국의 웹툰으로 넘어갔다. 세 사람 다 웹툰을 좀 보는 편이다. 공통의 레퍼토리도 있다. 〈미래의 골동품 가게〉에서 미래와 을지는 인사동을 떠나 인왕산으로 무대를 옮겼는데 인왕산 에피소드에 등장하는 악귀는 자식과 손주의 몸을 빼앗아 영생을 얻으려 한다.

"지금까지 나온 악귀 중에 제일 끔찍해. 부모자식 관계가 나오니까 리얼해서 그런가 봐."

"How to draw like that?"

"진짜 그림이 대박이지."

동민은 가난한 인디음악이 힙합 트렌드에 밀려 멸종위기인 것에 대해, 그들의 밴드 '카운트다운'이 코로나 슬럼프 끝에 해체될 지경인 것에 대해서도 이야기했다.

"이름을 잘못 지었나 봐. 우리는 로켓처럼 솟아오르는 거 생각하고 카운트다운이라 지었거든. 그런데 카운트다운만 하다가 말게 생겼어."

"엘리사, 우리 동민이 얼마나 talkative한지 몰라. 그런데 엄마 아빠는 동민 is silent하다 그래."

엄마는 쟤가 어렸을 땐 수다쟁이였는데 나이 들면서 과묵해졌다고 말한다. 모든 남자아이들이 다 그런 거 아닌가. 하지만 동민이 집에서 좀 과묵해진 건 사실이다.

하민은 회사에 휴직계를 내놓고 요사이 독어를 공부하면서 독일 미디어들의 영문 서비스나 한인 사이트 '구텐탁코리아'를 챙겨 본다고 했다.

"독일도 이제 완전히 포스트 코로나로 넘어갔어. 외국인 입국 규제도 다 풀리고 옥토버페스트도 올해 다시 열리잖아."

"Oktoberfest, fantastic! 5 years ago I went to München during Oktoberfest."

"Elisa like festival very very very much."

"All the European love festival. All kind of party. 우리 Türkiye 사람들도 파티 좋아해."

"한국인들은 일벌레야. 극동 아시아 사람들은 다 일벌레야. Workaholic."

누나의 속마음이 비쳤다. 일중독의 나라에서 파티의 나라로 튀겠다는 것. 하민이 바깥에서 따로 보자고 한 용건이 있었다. 자신이 떠나면 동생이 집에 돌아와 주길 바랐다.

"이제 2년 넘었지? 충분히 해본 거 아냐?"

동민이 포크를 내려놓는다. 꿀 바른 참깨빵이 아니라 겨자 한 덩어리를 삼킨 듯 얼굴이 일그러진다.

"지금, 음악을 접으라는 얘기야?"

"그러니까. 그게. 큰돈 아니지만 이젠 나도 휴직하니까."

하민이 말을 더듬는다. 동민은 누나를 좋아하지만 이 대목에서 역한 감정이 확 치민다. 스폰서라고 해서 음악을 하라 말라 할 권한은 없지 않나.

"집에 들어가는 거하고 그건 딴 얘기지."

충분히? 어디까지를 충분하다 할 수 있을까. 3년을 달리고 나면 길이 보일까. 9년을 헤매다가 10년째 빛을 보는 수도 있지 않을까.

"아까 우리 밴드 얘길 괜히 했나 보네."

"아니. 그래서 하는 말 아니야. 독일 가기로 하고 나니 엄마 아빠가 마음에 걸려서. 내가 엄마하고 병원 간 얘기 했잖아. 엄마도 엄마지만 아빠도 요새 좀 안 좋은 거 같아."

"아빠가 왜?"

"글쎄다. 관심 좀 가져봐."

아직은 아빠하고 매일 식탁에 마주 앉을 준비가 안 돼 있다. 그것도 누나가 없는 집에서. 집에 돌아갈 생각을 안 해본 건 아니지만 당장의 이슈로 닥치자 머리가 복잡해진다. 대통령선거가 5년마다 돌아온다고 생각하면 끔찍하다. 책 안 읽는다는 잔소리도 지겹다.

동민이 일반상식 공부를 하던 취준생 시절이었다. 어느 날 밥 먹으면서 "4.19, 6.29, 10.26, 5.18, 5.16. 숫자들이 비슷비슷해. 자꾸 5.16하고 5.18이 헷갈려" 하고 솔직하게 말했다가 아빠한테 한 시간 강의를 들었다. 아빠는 학생들에게 좋은 선생님이었을 것 같다. 하지만 아들에게 꼭 좋은 아빠는 아닌 거 같다. 강의가 끝난 다음 아빠는 동민의 책상 위에 책 세 권을 놓아두고 갔다.

동민은 입사원서 백 번쯤 쓰고 백 번쯤 떨어진 다음 인생 바꿔볼까 하고 노래 하나 만들면서 '엄마 아빠가 이걸 들으면 뭐라 할까' 걱정하는 자신이 한심했다. 그때 94가 불러냈다. 집에 있으면 보이지 않는 CCTV에 감시당하는 기분, 정신세계가 스캔당하는 기분이었다. 나의 음악, 나의 예술을 하려면 나의 공간이 필요했다.

대한민국 평균으로 치면 아빠는 좋은 아빠일 거다. 다만 동민이 졸업하고 집에서 기타나 딩딩거리며 취준생으로 죽치고 있을 때 아빠가 조기퇴직해 집으로 돌아오면서 부자 관계가 질적으로 바닥을 쳤다. 2년 반 사이에 달라진 건 없다.

"생각 좀 해보고. 경수하고도 의논해 보고."

동민이 인디밴드 하겠다고 집을 나온 건, 중고등학교 때 남들 다 하는 가출 한번 안 해본 범생이 처음으로 해본 꼴통짓이었다. 언젠가는 식구들이 깜짝 놀라 자신을 우러러보는 날이 올 거라고, 아니 그런 날이 오기 전엔 집에 들어가지 않겠다는 결심이었다. 이렇게 클라이맥스도 없는 엔딩을 원했던 게 아니었다. 음악을 접고 실패를 인정하는 건 자존심 부대끼는 일이다. 하지만 누나가 휴직했고 이제 월세를 보태줄 수도 없게 됐다. 편의점 알바를 다시 이틀 늘려야 하나.

하민은 출국 전에 핸드폰을 바꿔야겠다고 했다. 카이막 접시는 꿀만 조금 남고 깨끗이 비워졌다. 세 사람은 알페도를 나왔다. 길 건너에 단말기 대리점이 있었다.

"우리 식구는 다 아이폰이잖아. 처음에 엄마 아빠가 아이폰을 쓰니까 우리도 아이폰으로 시작했는데. 외국에 나가게 되니 애국해야겠다는 생각이 드는 거야. 독일에서 한국인이 최소한 아이폰을 들고 다녀선 안 되지."

'상담환영'이라는 캐치프레이즈가 붙어 있는 유리문을 밀고 들어가자 하얀 와이셔츠의 남자 직원이 환한 표정을 지으며 자리에서 일어선다. 삼성 갤럭시Z 플립4를 보여달라고 하자 쇼윈도 안의 모델 네 개를 꺼내서 유리 상판 위에 올려놓는다.

"네, 요새 가장 잘나가는 모델이지요. 네 가지 컬러로 나왔어요."

하민은 엘리사에게 어떤 색깔이 마음에 드는지 물어본다. 엘리사가 핑크골드와 블루 두 가지를 짚는다. 요금제에 대한 긴 설명이 있고 기깃값을 요금에 얹어서 24개월

할부로 하면 지금 20만 원만 내면 된다고 한다. 하민은 곧 해외로 나갈 거라 일시불이 좋다고 한다.

"지금 제가 쓰는 아이폰하고 어디까지 호환이 되나요? 주소록은 다 옮겨지죠?"

"물론이죠. 사진, 동영상도 옮겨드릴 수 있어요."

"앱 깔아놓은 게 네 페이지가 넘어가네. 이건 다 새로 깔아야 하나요?"

"네, 번거롭지만 다 새로 까셔야 됩니다."

"혹시 메모장을 옮기는 방법은 없을까요? 일지를 여기다 쓰기 때문에 분량이 장난 아닌데."

"그건 좀… 컴에 다운받아 놓으시고…."

"그게 핸폰에 있어야 꺼내 보기 쉬워서."

하민이 오른손 검지를 질근질근 씹으면서 고민을 거듭한다. 친절한 남자 직원은 인내심을 갖고 기다리다가 데스크의 전화가 울리자 "제가 전화 좀 받고요. 천천히 생각해 보세요" 하고는 자리에 앉는다.

하민은 손가락을 한참 더 물어뜯다가 단말기 대리점을 나온다.

"핸폰 갈아타는 게 간단치가 않구나. 애국하기 힘드네."

그러더니 특이한 방식으로 정신승리를 시도한다.

"신세계 정용석인가 하는 애가 선거 때 대놓고 윤석열 선거운동 했지. 멸치 콩 사가지고 멸콩 어쩌고 하면서 사진 찍어 올리고. 재수 없는 놈. 삼성도 크게 다르겠어? 사촌들인데 다 거기서 거기겠지."

"근데 정용석은 '우영우'에 나온 착한 변호사 아냐?"

동민이 검색창에 신세계백화점을 쳐본다.

"정용진이네."

하민이 "나 요새 스타벅스 안 가잖아" 하고는 엘리사에게 신세계와 스타벅스와 멸공에 대해 설명한다.

동민은 손잡고 떠들면서 걸어가는 하민과 엘리사의 뒷모습을 바라본다. 그 모양이 경쾌하다. 처음 만났을 땐 둘다 좀 튄다 싶었는데 오늘은 대화에서 몸짓에서 케미가 팍팍 터진다. 서로에게서 특별한 뭔가를 발견한, 대체 불가능한 파트너 인증이다.

동민은 누나가 부럽다. 연인과 함께 있는 것, 멀리 떠나는 것, 가고 싶은 곳이 있다는 것, 결정을 한다는 것, 자신의 결정을 수용하라고 식구들에게 요구하는 것. 자기 쓸돈을 벌고 있으니까 자기 일을 스스로 결정할 수 있는 거 아닐까. 하민은 동민보다 두 살 위지만, 어른이다.

이태원역 승강장에서 전철을 기다릴 때 하민이 동생의 안색을 살핀다.

"너 아직 아빠한테 화나 있지?"

"아니, 그런 건 아니고."

"아니긴 뭐가 아니야."

"엄마 아빠는 너무 정치적인 거 같아."

"정치적이라니?"

"엄마 아빠한테는 정치적인 문제가 너무 중요한 거 같아."

"그 세대의 공통점 같기도 해."

전철을 내려 집으로 들어가는 길에 동민은 정엽이나 한번 만나봐야겠다는 생각을 한다. 졸업하자마자 바로 스타트업에 들어간 친구인데 3년째 잘 다니고 있다. 누나 얘기에 발끈했었는데 어느새 음악 접고 집에 들어가는 쪽으로 마음이 기울고 있다. 직장을 갖고서 음악은 취미로 해도 되지 않냐? 동민에게 그렇게 말한 사람은 아빠뿐이 아니었다.

지난봄, 미호가 밴드를 떠났을 때 동민도 음악 접고 집에 들어가 버릴까 했었다. 그 후 6개월의 시간을 뭉개놓은 건 자존심 절반, 미련 절반이었다.

내 문제를 나 대신 결정해 줄 타인이 필요할 때가 가끔 있다. 동민은 지금이 바로 그때일지 모른다는 생각이 들었다. 상황이 이렇게 됐고 누나가 떠밀어서 집에 들어간다고 하면 94에게 덜 미안할 거 같다.

한때 인디밴드 하자고 뭉쳤었지만 지금 셋이 공유하고 있는 건 밴드의 기억뿐이다. 미호는 미호의 길을 갔고 94는 스윙스를 싸구려 졸부 취급하면서도 힙합 쪽을 기웃거린다. 동민이 떠나주면 94가 더 가뿐할 수도 있다.

입사원서를 또다시 백 번 써야 하나. 동민은 막막해진다. 내 방황은 언제까지일까. 보이지 않는 건물을 지었다 허물고 지었다 허물고… 연애도 깨지고 밴드도 깨지고 무직의 스물여덟 살.

하민과 엘리사를 만나고서 동민은 다시 미호 생각을 한다. 미호를 잡을 자신이 없었다. 비겁하고 무능했다. 코로나 트랩에 발목 잡혀 전진도 후퇴도 할 수 없었고 당장 미호에게 보여줄 수 있는 게 없었다. 코로나가 우리 셋의 프라임타임 2년을 말아먹었지만 어쩌면 코로나 탓만이 아닌지도 모른다. 처음에 94가 나를 불러냈고 내가 미호를 불러냈는데 나도 갈팡질팡 헤매느라 자존감 챙기기도 힘들었다.

미호에게 다시 만나자고 해볼까.

3.

"오늘 내가 낼게."

테라 두 병과 처음처럼 한 병을 시켜놓고 미호가 큰소리친다.

"그 대신 주종은 테라처럼으로 제한!"

94는 주량 무한대, 동민과 미호도 만만치 않기 때문에 주종을 제한하지 않으면 새내기 직장인의 월급이 하룻저녁에 홀랑 털릴 수 있다. 연남동 뒷골목 밥집을 벗어나 오랜만에 경의선숲길공원으로 나와서 그럭저럭 분위기도 괜찮고 무엇보다 테라 큰 병을 4000원에 파는 착한 술집을 찾아 들어왔다. 맥주를 작은 병만 파는 집은 돈 내줄 사람이 있어도 앉아 있기 불편하다.

"회사는 다닐 만해?"

"응, 아직까지는."

미호美虎. 밴드 '카운트다운'의 아름다운 호랑이. 본명은 정현. 연습 스케줄을 잡고 점심으로 김밥을 사 올지 라면을 끓일지 결정하는 사람. 정현은 경수가 연습을 펑크 내거나 하루씩 핸드폰도 안 받고 잠수 탈 때 엄한 담임선생님처럼 혼을 냈다. 미호는 베이스, 94는 드럼, 동민은 기타인데, 셋 다 노래를 만들고 노래를 불렀다.

미호가 밴드를 나갔을 때 동민은 한 달 동안 아무것도 할 수 없었다. 당장 무엇을 해야 할지 막막했다. 미호의 포지션을 대체할 후배를 찾으러 다니는 것 외엔 기타를 잡지도 곡을 만들지도 못했다. 베이스가 받쳐주지 않으면 기타는 쓸쓸하고 빈약하다. 미호가 밴드를 떠난다는 건 동민과의 관계도 정리하겠다는 얘기였다. 이제 취직하고 돈 벌고 결혼하겠다고 했다.

"너는 직장생활 잘할 거야. 우리 셋 중에 가장 정상이잖아."

동민은 미호를 응원하고 싶었다. 진심이었다. 미호는 돈 벌고 결혼도 하겠다 마음먹으면 그렇게 할 것이다.

"맞아. 우리 같은 사패하고는 다르지."

머리 모양이나 옷 입은 것부터 누가 봐도 사이코패스인 94가 은근슬쩍 동민을 끼워팔기 하고 있다.

"이 자식이 날 간단히 사이코패스로 만들어버리네."

미호가 폭소를 터뜨렸다.

"있잖아. 너네들 이거 몰랐지? 사실은 나도 사이코패스야. 너네들이 워낙 잉여들이니까 너네 눈에 내가 정상으로 보인 거지. 우리 회사에서 내 별명이 뭔지 알아? 안드로메다. 날 보고 4차원이래. 내 딴에는 범생인 척 고분고분 잘하고 있다고 생각했는데 딱 보면 아는 거지. 요새 여자들도 타투 많이 하지만 누가 귀에 하냐고. 다들 처음에는 점인 줄 알아. 북두칠성을 알아보는 센스쟁이도 있긴 한데."

미호의 명랑한 수다에 동민도 기분이 급명랑해져서 소맥 한 컵을 원샷하고 새로 한 잔 말았다. 그러고 보니 미호가 나가면서 우리 밴드에 빠진 것이 베이스와 여자 보컬만은 아니었다. 동민은 그동안 미호의 명랑한 수다를 그리워하고 있었다는 생각이 들었다. 그 어떤 엑스터시의 순간들을 그리워하고 있었다. 미호가 있을 때 내 세계는 꽤 자주 완벽했었는데….

대학 밴드 동아리를 함께했던 정현은 동민이 군대 간 사이에 졸업해서 일찍 취직했고 2년 다니다가 동민의 꼬임에 넘어가 직장 때려치우고 나왔다. 그것도 남들이 다 부러워한다는 공기업이었다. 남들이 철밥통이라 부르건

신의 직장이라 부르건 정현 자신이 이미 조직에 흥미를 잃고 있었다.

"안정적인 직장, 나쁘진 않은데. 그런데 고작 이런 일을 하자고 내가 동아리 공연도 끊고 그렇게 죽어라고 취직 준비 했나 싶은 거야. 학교 때 내신 성적 가지고 치사하게 경쟁하던 거 있잖아. 여기 오니 사람들이 급여, 승진, 근무평가, 업적급 이런 것 가지고 한도 끝도 없이 따지고 같은 팀 사람 뒤통수치고. 여기서 할머니가 돼서 나간다고 생각하니 끔찍한 거야."

모범생의 몸 안에 들어 있는 자유로운 영혼, 그런 점에서 미호는 동민과 통했다.

"다시 취직하게 돼도 절대 철밥통 쪽으로는 안 갈 거야. 차라리 스타트업이 낫지"라고 하더니 '음악 부랑자' 생활 2년이 준 깨달음인지, 공기업 경력이 끌어당긴 것인지, 이번에는 좀 작은 공공기관에 다시 들어갔다.

"근데 로켓은 언제 발사되는 거야? 카운트다운 언제 끝나?"

미호가 웃었다. 두 번째 소맥 폭탄을 해치운 다음이었다. 밴드 이름을 잘못 지었다는 것, 코로나 때문에 일정이 틀어지고 미뤄질 때 자주 하던 농담이었다. 그때는 틀어지고 미뤄져도 언젠가 0에 도착하는 날이 올 거라는 기대가 있었다. 하지만 맥 빠진 카운트다운은 결국 0에 이르지 못한 채 중지되었다.

밴드를 해체하고 각자의 길을 가기로 94와 정리를 끝내고 마지막으로 술 한번 '쎄게' 마시기로 했을 때 동민이 미호를 부르자고 했다. 태어나지도 못한 밴드지만 우리가 공유한 20대의 한 시기를 떠나보내는 쫑파티였다.

동민은 그동안 용돈을 쪼개고 알바를 해서 사 모은 악기들을 중고악기 사이트 '뮬'에 올렸다. 동민이 가진 악기 중에 신품은 없었다. 언젠가 프로 뮤지션으로 뜨게 되면 그때 신품을 사기로 하고 모두 몇 년 된 중고를 사들였다. 결국 뮬에서 와서 뮬로 돌아가는군. 전자피아노와 스피커, 컴퓨터, 전자기타 두 개는 팔렸고 베이스 기타 하나가 남았다가 오늘 마저 팔렸다. 악기가 하나씩 사라질 때마다 한편으론 후련하고 한편으로는 쓰라렸다. 악기를 가지러 오는 사람들은 대개 음악을 취미로 하는 직장인이거나 실용음악과 다니는 대학생이었다. 오늘 베이스 기타를 사러 온 청년은 친구들과 3인조 밴드를 결성한다고 했다. 대학생인지 졸업은 했는지 취미로 하는 밴드인지 직업으로 하는 밴드인지 설마 베이스를 이제 연습하겠다는 건지 궁금했으나 물어보지 않았다.

어쨌든 오늘까지 동민은 통기타 하나와 전자기타 하나만 남겨두고 악기들을 모두 처분했다. 비로소 집에 들어갈 준비를 끝냈다. 집을 나올 때처럼 두 개의 기타를 들고 들어간다. 기타 두 개는 직장인으로 살아갈 내 인생의 장난감, 뮤지션 시절의 기념품으로 간직하기로 했다. 그중 통기타를 오늘 들고나왔다. 최소한 한 곡씩의 자작곡을 갖고 있는 3인조 밴드로서 단 한 번도 공연 무대를 가져보진 못했지만 비운의 '카운트다운' 해단식에서는 각기 자기 노래를 부르면 좋겠다 싶었다.

94는 연남동에 월세 20만 원짜리 고시원 방 하나를 구해놓고 왔다고 했다. 오래되고 낡은 고시원에서도 20만 원이면 뭔가 문제가 있는 경우다.

"제일 싼 방은 옵션이 두 가진데 길가 아니면 지하야. 길가는 예전에 살아봐서 노 땡큐! 트럭 한 대 지나가면 창문이 흔들리면서 모래가 창에 튀어. 기타 치면서 노래 부르면 위아래 옆에서 조용히 하라고 난리 나. 그래서 이번엔 지하를 택했지. 창문이 없고 깜깜한 방인데 잘됐지 뭐. 바깥으로 소리가 안 나가니까."

동민이 고시원 지하로 들어갈 때하고 똑같은 소리를 하고 있다.

"고시원 지하, 그거 우울증 걸리는데."

"일단 들어가서 살아보고. 편의점 알바를 하루 늘리면 지상으로 올라온다. 씨바."

94는 지금 일주일에 이틀씩 편의점에 나간다. 취직하기로 하면 불가능하지는 않겠지만 조직생활에 적응할 자신이 없는 것, 음악에 대한 미련을 못 버리는 것, 두 가지가 94를 연남동 고시원에 붙들어 두고 있다. '짱깨 새끼들 코로나 때문에 우린 다 좆됐다'는 말을 입에 달고 사는 녀석이니 코로나만 끝나면 기회가 있다고 여기는 거 같다.

우울과 흥분이 반죽된 94의 수다를 들으며 동민은 너나 나나 참 운이 더럽게 없구나, 싶다. 하필이면 20년 봄이었을까. 94는 왜 그때 나를 불러냈을까. 그때는 코로나가 한 계절 유행하다 여름이 오기 전에 사라질 거라 여겼었다.

떠버리인 것 같으면서도 개인사에 과묵한 94가 처음으로 부모님 이야기를 길게 했다. 얘도 알고 보니 IMF 키드였다. IMF로 아버지가 다니던 건설업체가 부도나고 실직한 아버지는 맨날 술 취해 들어오고 경수가 어느 날 유치원 끝나고 집에 돌아왔을 때 엄마가 없었고 아버지도 들어오지 않았고 혼자 울면서 잠들었는데 다음 날 할머니가 집에 오셨고 할머니 따라가서 거기서 초등, 중등, 고등학교까지 다니고 대학 때 할머니가 요양원에 들어가면서 경수는 혼자가 됐다. 할머니는 그다음 해 세상을 떠나셨다고 했다. 할머니가 살아 계실 때는 아버지를 가끔 만났는데 할머니 돌아가시고는 아버지와도 연락이 끊겼다.

"어디 찌그러져 있다가 내가 TV 오디션 프로 나가서 뜨면 연락이 올지도 모르지. 자식하고 연 끊은 부모들이 자식이 어찌어찌해서 유명해지면 전화한대."

94가 맥주 한 병을 원샷하고는 빈 병을 테이블 위에 내려놓자마자 일어나서 화장실로 간다. 울려는지 토하려는지 오줌 누려는지 알 수 없다.

다시 조용해졌을 때 동민이 미호를 보았다.

"취직은 했고 이제 남친만 만들면 되겠네."

궁금하지만 감히 묻지 못했던 소재.

"남친? 생겼어."

"벌써?"

"응, 소개팅 몇 번 했어."

동민은 갑자기 목구멍에 모래알이 붙은 듯 까끌까끌해져 소맥 한 컵을 원샷한다.

"일단 만나보는 거야. 두 살 오빠인데. 은근 동민이 너하고 닮았다?"

동민은 술이 확 깬다. 너하고 닮았다는 말… 소폭의 거품 아래 잠수하던 머리 위로 희망의 부표가 뜬다.

경수가 돌아오고 각기 이유는 다르겠지만 어느새 셋이 모두 달리고 있다. 소폭 제조에 가속도가 붙었다. 하나가 일어나서 화장실 다녀오면 다음 타자가 일어나서 화장실로 갔다. 미호와 94가 번갈아 떠들고 어떤 때는 동시에 스테레오로 떠드는 동안 동민은 조용히 잔을 비우고 채우고 비우고 채우고 또 비우고 채웠다.

"미호야, 그 오빠 사진 있어?"

"뭐? 얘가 무슨 배추밭에 떨어진 드론 같은 소릴 하고 있어?"

목구멍에 들이부은 소폭이 식도를 수직낙하한 다음 위장, 소장, 대장으로 계곡물처럼 굽이굽이 졸졸졸졸 흘러내려갔다. 지난 2년 반의 시간, 고시원의 먼지, 코드를 잡는 왼손 손가락 마지막 마디에 굳은살이 생길 때까지 무수히 잡혔다 터지고 잡혔다 터진 물집들, 코로나 풀리면 다음 달부터 이번 가을부터 내년 봄부터 하며 집행유예된 계획들, 꺼졌다가는 다시 부풀어 오르는 희망과 되풀이되지만 익숙해지지 않는 실망, 그 부스러기들도 폭탄주 거품에 쓸려 내려갔다. 딱히 누구 들으랄 것도 없이 제각기 통성기도하듯 소리를 질러대는 세 사람이 삼키는 폭탄주에는 서로 다른 또는 같은 성분들이 들어 있었다. 사라진 꿈, 깨진 가족, 오지 않는 기회, 안정에 대한 욕망과 안정에 대한 두려움, 동경하는 마음과 거부하는 마음, 곧 지나가 버릴 젊음.

동민은 지난 2년 반의 실패와 좌절이 앞으로의 생애에 무한 반복될지도 모른다는 생각이 들자 무서워졌다. 마음에 드는 일과 달콤한 휴식이 있는 워라밸의 나날은 영영 오지 않을지도 몰랐다. 저 울타리 안에서는 화기애애한 웃음과 떠들썩한 소리들이 들려오는데 어쩌면 이 사회의 주최 측, 그 호스트들의 리그에는 들어가지 못한 채 울타리 바깥에서 서성이다 인생 종 치게 될지도 몰랐다.

벌써 가을, 올해도 얼마 남지 않았다. 출렁거리는 젊음, 돈 안 되는 방황도 20대의 특권이라 여겼는데, 이룬 것 없고 이 사회에 진입조차 못 한 채, 이제 곧 서른이 된다.

셋은 엉망으로 취해서는 노래를 불렀다. 유튜브에 올

렸지만 가족과 친구 외에는 아는 사람이 거의 없는, 뜨지 못한 자작곡 하나씩을 불렀다. 미호가 기타를 가져가서 맨 먼저 불렀다.

"정오에 내게 와줘. 너무 일찍 와도 안 돼. 너무 늦게 와도 안 돼. 너에 대한 내 마음이 하늘 가운데 가장 높이 떠 있을 때 그때 와줘."

발라드를 샤우팅으로 부르는 건 좋았는데 목젖을 자극한 탓인지 미호는 노래 부르다 말고 기타를 내려놓고는 입을 싸쥐고 화장실로 달려갔다.

동민의 머릿속으로 필름이 감기며 흘러갔다. 그때가 미호와 나의 정오였을까. 우리는 연주하다 말고 제각기 기타를 팽개치고는 연습실 라꾸라꾸 침대에 뛰어들었다. 두 평짜리 고시원 지하방의 싱글치고도 비좁은 침대 위에서 아크로바트처럼 섹스를 했다. 94 말대로 창문이 없어 깜깜하고 바깥으로 소리도 안 나가니 최고였다.

94는 '퍽큐'가 다섯 번쯤 나오고 '씨발'이 열 번쯤 나오는 랩을 불렀다. 드럼 스틱을 손에서 놓더니 입만 열면 랩이다. 노래가 끝나고 기타를 내려놓은 다음 94가 소폭을 말아서 들고 "인생 뭐 있어? 이렇게 살다 객사하지 뭐. 노래 만들고 내 노래 부르다 죽는 거지" 하고는 원샷

했다.

만들고 싶은 노래 만들고 부르고 싶은 노래 부르다 객사하자. 동민도 가끔 그런 말을 했지만 이제 미호도 떠나고 자신도 떠나고 혼자 남게 된 경수가 '객사하지 뭐'라고 할 때 동민은 착잡했다.

동민은 집에 들어가기 전에 녹음까지 끝낸다고 서둘러 만든 인디 신에서의 마지막 노래를 불렀다.

코로나 끝나면 데뷔 무대에서 화음을 맞추겠다고 지하 연습실에서 합주 연습을 해온 유튜브 솔로들의 해단식은 그냥 통기타 치며 노래 부르는 보통 젊은 남녀들의 술자리처럼 보였다.

아침에 일어났을 때 동민은 머리가 깨질 듯 아팠다. 집에 어떻게 들어왔는지 기억나지 않았다. 현관부터 침대까지 재킷과 티셔츠와 청바지가 순서대로 널려 있었다. 졸도 직전까지 마시고 어느 순간 필름이 끊겨버렸는데 술집을 나섰을 때의 필름 몇 컷이 화질도 선명하게 떠오른다.

술집 종업원이 따라 나와 그들을 불렀다.

"저기요. 우리 사장님이 기타 부서진 것 좀 가져가시면 안 되냐고 하시는데요. 그거 분리수거 안 돼서 저희도 종량제봉투에 넣어서 버려야 되거든요."

술집으로 다시 들어가니 주인이 까만 비닐봉지 하나를 주었다. 까만 봉지에 들어가기엔 부서진 기타가 너무 컸다. 동민은 몸통이 밟혀 찌그러진 통기타를 들고나와 목을 잡고 화단 모서리에 몇 번 내리친 다음 발로 몸통을 밟아 잘게 조각냈다. 94는 옆에서 담배를 피웠고 미호가 같이 기타를 밟았다. 기다란 목은 두 동강 냈다. 기타의 잔해들을 비닐봉지에 넣었는데 제법 큰 봉지였지만 기타의 머리 쪽이 바깥으로 삐져나왔다.

술집을 나설 때 이마에 부딪치는 서늘한 바람이 뇌세포를 각성시켜 마치 단편영화처럼 이 분량을 복원해 놓았다. 동민이 노래를 마치면서 왼손으로 마지막 코드인 A마이너를 잡은 채로 기타를 바닥에 내리치고는 오른발로 기타의 몸통을 밟았더랬다. 혹시 꿈은 아니었을까. 동민은 방 안을 둘러보았다. 기타가 없다. 까만 비닐봉지도 보이지 않았다. 책상 위에는 못 보던 애플워치가 놓여 있다. 저 애플워치는 또 뭐지?

뒤죽박죽 기억의 파편들이 튀어 올랐다. 동민은 미호와 함께 밤을 보내고 싶었다. 택시를 기다리다 미호의 손목을 잡았다. 미호는 잠자코 동민의 얼굴을 바라보다가 동민의 손을 떼어내더니 손 아래 잡혀 있던 애플워치를 풀어서 동민의 손에 쥐여주었다.

"너 이제 취준생이지? 이거 차고 좀 계획적으로 살아."

미호를 택시 태워 보내고 동민은 잔디공원 옆 길바닥에 벌건 피자 한 판을 만들었다.

동민은 미호의 손목을 잡았던 일이 기억나자 얼굴이 화끈 달아올랐다. 미호는 이제 인생 포기자의 섹스는 졸업하기로 한 것이다.

술집에서 노래를 부르는 사이사이 엔도르핀과 아드레날린이 뒤섞인 대화가 엇갈리는 가운데 94가 한 번 울었고 미호도 한 번 울었던 것 같다. 동민은 운 기억이 없다. 다만 지금, 부서져 사라진 기타 생각에 눈물이 난다.

기타의 잔해를 담은 비닐봉지는 돌아오는 길에 어느 길가 쓰레기 더미에 던져버린 모양이다. 동민은 화가 났다. 아무리 술이 엉망으로 취했어도 한때의 베프를 그렇게 인정머리 없이 대접한 어제의 자신을 용서할 수 없다. 동민이 자기 돈으로 구입한 첫 악기였고 10년 동안 오른손 다섯 손가락 끄트머리에 긁히고 시달려 마치 중년 아저씨의 대머리처럼 몸통 가운데 동그랗게 칠이 벗겨지고 판자의 결이 나달거리는, 오래된, 정든 기타였다.

4.

누나가 쓰던 방인데 엄마가 이불과 시트를 새로 바꿔주었다. 엄마는 동민이 철이 들어서 집에 돌아왔다고 믿고 있다. 하민이 가고 동민이 왔으니 타이밍이 딱 떨어진다고 여긴다. 누나가 배후라고는 짐작도 못 하는 것 같다. 동민은 집에 들어오면서 가족 카톡방에도 복귀했다.

"엄마, 이제 나한테 용돈 안 줘도 돼요."

엄마 눈이 동그래졌다. 기대로 눈동자가 반짝 빛났다.

"어디 돈 나오는 데가 생겼어?"

"아니, 악기를 팔았잖아. 당분간 그 돈 쓰면 돼요. 그거다 떨어지기 전에 아무 데나 들어가야지."

동민은 집 나간 다음부터 엄마 아빠한테 존댓말을 섞는데 엄마가 눈에 띄게 어색해한다.

"아무 데나 들어가면 안 되지."

"아니야, 아무 데나 들어갈 거야."

다시 구직 전선에 나서자니 막막하지만 예전에 비해

담담하다. 동민이 대학 졸업하고 취업을 준비할 적엔 남들처럼 직장인 트랙으로 직진해야 하나, 내게 다른 재능은 없나, 나만의 길은 없는 걸까, 마음이 출렁출렁했다. 이제 그 마지막 일탈의 카드를 쓰고 난 다음, 스스로에 대해 고소해하는 마음도 있다.

'짜식, 알겠지? 세끼 김볶 먹으며 살 수 있겠어? 봐, 너는 딱 여기까지야.'

이제는 내 길 막았다고 엄마 아빠를 원망할 수도 없다. 진로에 옵션이 없어지고 자의식에 거품이 빠지고 나니 마음이 차분히 가라앉는다.

94는 캐리어 하나 끌고 지하 고시원으로 갔다. 물어보지는 않았지만 궁금했다. 30년 가까이 살다 보면 잡다구리한 물건이 벽장 속에 침대 밑에 쌓인다. 옷가지, 사진 앨범, 책, 일기장, 노트, 카드와 선물 받은 것들. 녀석은 그걸 어디다 맡겨두고 다니는 걸까. 아니면 캐리어 하나에 들어갈 수 있는 거 외엔 다 버리는 걸까. 연남동 원룸 앞에서 헤어질 때 94가 "동민이 너는 좋겠다. 돌아갈 집이 있어서"라고 했다. 동민은 갑자기 건달 나부랭이나 된 것처럼 어깨를 거들먹거리며 "짜샤, 그것도 머리 아파"라고 대답했다.

금수저는 아니지만 은수저쯤은 물고 있다는 자의식 때문에 동민은 늘 94에게 마음이 약했다. 새삼 94에게 미안해졌다. 돌아갈 집이 없다는 게 무엇을 의미하는지 한 번도 깊이 생각해 보지 않은 공감능력 지진아 주제에 겉멋으로 함부로 지껄였다. 하지만 깊이 공감했다 한들 어쩌겠나. 대신 살아줄 수도, 덜어줄 수도 없는, 그게 제각각 인생의 몫인걸.

동민이 집에 온 다음 일주일 동안 엄마는 매일 아침 점심 저녁 세끼를 차려주었다. 예전에 엄마는 늘 바쁘고 저녁 약속도 많았고 집에 들어와서 주로 하는 말이 "뭐 챙겨 먹었어?"였다. 그랬던 엄마가 지난 일주일간 딱 한 번 저녁에 외출했는데 "동민아, 너 좋아하는 고등어 구워놨다. 그릴에 있으니 식기 전에 꺼내 먹어" 하고 나갔다. 하루는 점심에 "우리 동민이, 김치볶음밥 좋아하지? 나와서 점심 같이 먹자"고 했다. 순간 동민은 토가 나올 뻔했다. 동민이 오래 못 먹어봤다고 생각해선지 엄마는 큰 접시에 김치볶음밥을 수북이 담아놓았다.

"아, 김볶!"

집 나가 있던 2년 반 동안 첫 1년 반은 고시원에 살았는데 고시원 공동부엌엔 밥과 김치가 있었고 어떤 때는 밖에 나가기 귀찮아서 또는 돈 아끼겠다고 일주일 내내 밥과 김치만 먹은 적도 있다. 밥과 김치를 먹기 지겨우면 밥과 김치를 프라이팬에 볶아서 김볶을 만들었다. 엄마의 김치볶음밥은 햄도 들어가고 계란프라이를 올린 고품격이지만 그래도 김볶은 김볶이다. 접시를 비운 다음 동민은 혹시 아들이 좋아하는 김볶을 점심때마다 해준다고 할까 봐 솔직히 말했다.

"엄마, 김치볶음밥은 이제 안 해줘도 돼요. 고시원에서 평생 티오 다 채웠어요."

그러잖아도 뭔가 석연치 않았던 엄마가 "아이고야" 하더니 울상이 됐다. 엄마 표정을 보며 동민은 집에 돌아오길 잘했다고 생각했다. 아들이 굶는지 먹는지 발고랑내 나는 밥을 먹는지 알 수 없는 동안 엄마가 얼마나 속이 탔을지 알 것 같았다.

아빠하고는 아직도 눈 맞추기 어색하다. 며칠 전 엄마가 집을 비운 오후에 군것질거리 찾으러 나왔다가 마침 거실로 나온 아빠와 맞닥뜨렸을 때 동민도 아빠도 움찔했다. 궤도를 이탈한 행성 둘이 충돌 직전에 위기를 모면하듯, 동민은 군것질을 포기하고 방으로 들어와 버렸다. 그다음부터 집에 아빠와 단둘이 있다 싶으면 동민은 외출하거나 아니면 방에서 나오지 않는다.

동민은 노트북에서 예전에 썼던 이력서와 자기소개서를 열어본다. 이력서가 남부끄럽게 헐렁했다.

"대한민국 육군 병장 만기 전역, 군대 2년이 제일 뽀대 나네. 군대 안 갔으면 고등학교 졸업, 대학교 졸업, 두 줄로 끝날 뻔했잖아."

2018년 졸업 이후 4년이 텅 비었다. 취직 준비 1년 반에 밴드 준비 2년 반. 이력서에 띄울 메뉴가 아니다.

"역시 그놈의 코로나. 오나가나 코로나."

카운트다운 멤버 셋에겐 치명적인 전염병이었다. 이력서에 커다란 싱크홀이 뚫려버렸다. 동민은 좀 뻔뻔스러워지기로 했다. 싱크홀을 메우긴 메워야 했다.

'3인조 밴드 카운트다운 결성. 자작곡 4곡 유튜브 업로드. 곡명…'

틀린 것도 부풀린 것도 아니었다. 졸업증명서 같은 증빙서류가 없어서 그렇지 솔직한 이력이었다.

동민이 대학 갈 때는 입시학원에서 상담할 때마다 선생님들이 읊어대는 족보가 있었다. 스카이서성한이중경외시건동홍숙. 컴퓨터코딩 공부하는 친구가 '네카라쿠

배'에 들어갈 거라 해서 '회사 이름 참 특이하다' 했더니 네이버, 카카오, 라인, 쿠팡, 배달의민족의 이니셜이었다. 한국사회는 사방에 족보들 천지다. 재벌기업, 대기업, 중소기업, 영세기업, 자영업, 그리고 번외로 스타트업, 이런 족보도 있지만 이제 닥치는 대로 원서를 내고 부딪쳐 보기로 했다. 가장 먼저 오라 하는 데 아무 데나 취직해 놓고 천천히 생각해 보기로 했다. 스물여덟 살에 부모한테 용돈 타 쓰는 것도 쪽팔리고 집에서 세끼 얻어먹으면서 취직 공부 하는 것도 갑갑했다. 2년 전에 받아놓은 토익 점수가 너무 구려서 어찌 됐든 영어학원은 좀 다녀야 할 거 같다.

"요새는 서른 넘어서까지도 취직들을 하니까. 동민이는 스물일곱이고, 아니 스물여덟이던가? 어쨌든 여유 있지."

아빠가 나이 가지고 더듬거리는데 동민은 신경질이 났다. 평소에 관심도 없다가 갑자기 관심을 보이려니 삑사리가 나는 거다. 아빠는 혹시 대통령보다 아들에 대해 더 관심이 없는 거 아닐까.

"동민이가 95년생이잖아."

다행히 아빠가 아들이 몇 년생인지는 알고 있다. 동민

이 예민해 있는 걸 아는 엄마가 수습하고 나섰다.

"나이가, 이게 1년에 한 번씩 바뀌니까 좀 정신없어. 6월부터 만 나이를 쓴다고 하니까 더 헷갈려."

그러고 보니, 올해 나이 체계가 바뀌었다. 아빠는 분명 옛날 나이 기준으로 얘기한 건데. 엄마의 변호가 훌륭했다. 아빠가 동민에게 무심해서 엉뚱한 말을 한 게 처음이 아니다.

엄마 아빠 모두 동민이 어찌하여 음악을 접고 집으로 돌아왔는지 궁금해했다. 두 분은 아들이 영영 집을 떠났다고 생각했던 것 같다.

"내가 그쪽으로 재능이 없는 것 같아요. 인디밴드도 독립운동 같은 거예요. 요새는 힙합으로 가고 방송으로 가요. 완전 상업주의 물결이에요."

"독립운동. 하하."

아빠가 웃었다.

"어쨌든 판단을 빨리 내렸으니 다행이다."

동민이 무심코 대꾸했다.

"세상이 빨리 변하니까."

엄마가 웃었다.

"근데 여보, 젊은 애가 이렇게 얘기하니 되게 웃기다.

늙은이 같잖아."

"그러게. 부자지간에 닮은 꼴이구나. 인디밴드나 사회학이나. 우리 학교는 사회학과 없애고 그 정원을 경영학과가 가져갔잖아. 장사 되는 학과만 살려두겠다는 거야. 그래, 상업주의지. 근데 학교 탓만 할 수도 없어. 학생들이 지원을 안 하는데 어쩌겠어."

사회학과가 없어져서 아빠가 학교를 그만둔 건 이미 아는 얘기였다. 하지만 인디밴드가 오버랩되니 느낌이 확 와닿았다. 동민은 아빠 얼굴을 물끄러미 들여다보았다.

엄마 아빠는 주관이 강한 사람들이라 여전히 부딪치기는 하지만 이젠 티키타카가 좀 맞아 돌아가는 느낌이다. 엄마와 둘이 식사하다가 동민이 물었다.

"엄마, 예전엔 아빠하고 엄청 싸웠잖아."

"야, 우리가 그래도 가정교육 차원에서 주로 너네 없을 때 싸웠어. 밤에 너네 잘 때 조용조용 싸웠는데. 그러니까 진짜로는 니가 아는 것보다 훨씬 더 많이 싸웠어."

"허걱! 리얼리?"

"너네 크고 나니까 집안일이 줄었잖아. 내가 덜 힘들어서 아빠를 용서해 주는 거야. 너네 한창 자랄 때, 아빠가 일주일에 삼사일은 학교에 내려가 있고 서울 왔다 해도 집에 안 붙어 있어서 내가 거의 독박육아를 했잖아. 내가 죽도록 힘드니까. 뭐, 더 자세한 얘기는 생략하자. 사람 치사해져서."

아빠는 나름대로 은퇴생활에 잘 적응해 가는 것 같았다. 그런데 무슨 문제가 있다는 걸까.

"아빠 요새 뭐가 안 좋아요?"

"으응, 좀 안 좋았던 거 같은데. 튀는 행동이 나올 때는 내부가 좀 복잡하다는 거지. 너한테도 엄마가 많이 미안하고. 근데 아빠도 좀 괜찮아지고 있는 거 같애."

엄마의 몇 마디 말속에 지난 한 해의 일들이 휘리릭 지나갔다.

동민에게 지난 2년 반이 긴 시간이었지만 엄마 아빠에게도 많은 일이 일어났음에 틀림없다. 같은 은퇴생활이지만 엄마보다 아빠가 적응에 더 큰 노력이 필요했던 거 같다. 집이라는 곳이 아빠에겐 낯선 공간이었을 테니까. 어느 날 점심을 마치면서 아빠가 "오늘 저녁에 내가 샤부샤부 해볼까. 슈퍼에 가봐야겠다"고 했다. 아빠에게 이건 또 처음 보는 매너다.

"동민아, 니 누나 가고 나서 우리가 요새 고기 좀 먹어. 식생활이 아주 자유로와졌잖아. 대충 때울 때도 많아"라면서 엄마가 깔깔깔 웃는다.

한번은 아빠가 주문한 택배 박스가 도착했는데, 박스에서 나온 것은 조금 특이하게 생긴 커다란 냄비였다.

"이거 굴라쉬 만드는 찜기인데. 알루미늄 재질이라 가벼운데 원리는 압력밥솥하고 같아."

아빠는 유튜브에서 익힌 레시피로 낯선 요리를 시도했다. 새로운 요리를 개발하면 새로운 기구부터 사들이는 것 같았다. 엄마도 조금 놀란 눈치였다.

"굴라쉬 만들려고?"

"응, 유튜브마다 레시피가 조금씩 다르긴 한데 핵심은 소고기, 감자, 양파, 토마토 같은 재료들을 썰어 넣고 푹 끓이는 거야. 이런 거는 조리에 무슨 기술이 필요한 것도 아니고 넣으라는 재료만 확실히 챙겨 넣으면 돼. 원래 헝가리 겨울 음식이었대."

"굴라쉬라는 말이 그러니까 헝가리어구나."

대학교수가 초보 요리사가 되면 저런 거구나. 동민은 처음으로 아빠가 귀엽다는 생각을 했다. 그런데 엄마는 따로 고민이 있었다.

"굴라쉬는 좋은데 이 냄비, 이거 상당히 크네. 이걸 어디다 두냐? 우리 싱크대에는 더 이상 들어갈 데가 없어.

여보, 물건 살 때는 수납공간을 먼저 생각해야 돼."

역시 집안의 크고 작은 모든 일을 관장하는 위치에 있는 사람만이 가질 수 있는 안목이었다. 실제로 이 특별한 기능성 냄비는 대단히 컸다.

동민은 집 안에서 달라진 걸 또 하나 발견했다. 네 식구가 한집에 살 때 식탁은 늘 시끌벅적했다. 동민을 빼고는 세 사람 모두 할 말이 많은 사람들이었다. 정치 이슈에도 관심이 많았고 자주 언쟁이 벌어졌다. 부모 자식 간의 갈등도 있었고 엄마와 아빠가 충돌하기도 했다. 동민은 주로 맥락을 벗어난 엉뚱한 소리를 해서 분위기를 싸하게 만드는 담당이었다.

그런데 어쩐 일인지 식탁에서 정치토크가 싹 사라졌다. 우리 집이 언제부터 정치적 비무장지대가 된 거지? 지난봄만 해도 달랐다. 대통령선거 전후로는 가끔 살벌했고 동민이 자주 타깃이 됐다. 아빠가 동민의 얼굴에 핸드폰을 던졌고 동민은 엄마 아빠 앞에서 난생처음 쌍욕을 했다.

엄마 아빠가 오랜만에 귀가한 아들과 관계를 회복하려고 장애물을 치워놓은 것일까. 3인 가족체제를 평화롭게 출발시켜 보자고 부부가 약속했는지도 모른다. 아니면,

다음 선거부터는 이탈이 없도록 정치교육을 제대로 시작해 보겠다고 밑밥 까는 전략? 일단 정서적 유대를 회복한 다음에 정치적 결속을 다지겠다는?

하민과 동민은 진보적인 부모의 영향을 받으며 자랐다. 집안은 정치적으로 평화로웠다. 하민과 동민이 각기 스무 살이 됐을 때는 민주당 표 두 장을 네 장으로 단순 복제한 거나 마찬가지였다. 지방선거 때 동민은 솔직하게 까놓고 물었다.

"엄마, 교육감은 누구 찍어야 돼? 번호가 없으니 헷갈려."

하지만 대학을 졸업할 즈음 하민도 동민도 부모 외에 다른 레퍼런스를 갖게 됐다. 그럴듯한 말을 하는 친구들도 제법 있었고 SNS에서 이 동네 저 동네 돌아다니며 놀아보기도 했다. 게다가 동민은 집을 나오면서 엄마 아빠의 타격 거리, 침 튀는 반경에서 벗어났다. 대신 가장 가까이 붙어 있는 94에게서 무차별로 파편이 튀어왔다. 94는 매일 서너 개씩 유튜브 동영상을 투척했다. 동민은 94의 유튜브가 서너 개 오면 하나쯤 열어 보았다. 하지만 94의 유튜브 폭탄이 늘어날수록 집에서 아빠하고 부딪치는 일도 늘어났다.

작년 가을의 사건 이후 동민은 정치니 선거니 하는 것에 셔터를 내려버렸다. 지금 돌아보면 그것이 슬럼프의 시작이었다. 동민은 경수에게 경고했다.

"이딴 거 한 번만 더 보내면 니하고도 끝이다. 밴드고 뭐고 없다."

지난 3월 어느 날 늦잠을 자고 오후에 일어나니 94가 엠바고를 깨고 간만에 유튜브 몇 개를 투척해 놓았다. 사전투표 첫날이었다. 유튜브 하나는 이재명에 관한 것이었다. 이재명이 성남시장 시절에 대장동 아파트 단지를 개발해서 수백억 뒷돈을 챙겼고 대통령이 된다 해도 감옥에 가야 하기 때문에 대통령을 할 수 없다고 했다. 또 하나는 문재인 얘긴데, 문재인 때 청와대 비서실에 고정 간첩이 몇 명 있었고 한국 경제를 망하게 만들어 북한과 평준화해서 적화통일을 하려 한다고 했다. 다른 유튜브도 대략 엇비슷한 내용이었다.

동민은 심심풀이로 94의 유튜브를 팩트체크해 보기로 했다. 아빠는 동민에게 '크로스체크하라'고 하면서 정작 본인은 실천하는지 잘 모르겠다. 동민이 똑똑한 유권자가 돼보겠다고 공약을 검색하고 크로스체크를 하면서 간

만에 정치적으로 부지런을 떨었더니 공약은 다 쓰잘데없다는 식으로 김새게 만들었다.

"그렇게 자존심 테러하고 나온다면 나도 거꾸로 간다. 씨바."

동민은 책상 앞에 앉았다가 침대에 누웠다가 자세를 바꿔가며 핸드폰을 들여다보다가 문득 눈이 따가워졌고 유튜브 한 개도 못 풀었는데 투표장 마감 시간이 다가오고 있었다. 미디어도 너무 많고 기사도 너무 많고 팩트를 채굴하는 일이 만만치 않았다. 똑똑한 유권자가 되는 일도 생각처럼 쉽지가 않았다.

선거 며칠 전 주말에 봄옷 챙긴다고 오랜만에 집에 들렀더니 아빠는 없고 엄마가 반가워했다. 동민이 "사전투표했어" 그랬더니 "너 집에 안 왔었잖아" 그런다.

"집에 왜 들러요? 사전투표는 아무 데서나 할 수 있어요. 우리 빌라 동네에서 했어요."

"누굴 찍었는데?"

동민은 잠깐 엄마를 노려보며 서 있다가 대답 대신 질문을 던졌다.

"종량제봉투 어디 있어요?"

동민은 20리터짜리 쓰레기봉지 두 개를 들고 방으로

들어가서 봄여름 옷을 되는대로 쓸어 담아 양쪽 손에 들고 5분 만에 집을 튀어나왔다. 버스정류장으로 걸어가는 동안 동민은 공연히 억울한 마음에 씩씩거렸다. 동민은 최소한 자신의 부모가 자식을 표 한 장으로 취급하는 그런 저렴한 사람들은 아니라고 믿고 싶었다.

결혼기념일 점심에 아빠를 봤을 때는 아빠가 서너 달 만에 갑자기 확 늙어 보였다. 말수가 줄고 풀이 죽은 느낌이었다. 구정 설에 집에서 떡국 먹다 "씨바" 하고 나올 때는 고시원 지하에서 평생 썩는 한이 있어도 집에는 안 들어갈 작정이었다. 아들이 인생 막장으로 개판 치는 꼴을 보면서 아빠 얼굴이 시커멓게 타들어 가는 상상을 하면 고소한 기분이 들기도 했다. 하지만 누구를 미워하는 건 기 빨리는 일이다. 더구나 엄마 아빠가 저축해 놓은 따뜻한 기억들과 싸우는 일은 몇 배 진 빠지는 일이었다.

5.

동민은 빌딩의 회전문을 나선다. 3년 만의 면접인데 그럭저럭 'not bad'인 거 같다.

면접관은 세 사람이었다. 임원 면접이라니 가운데 앉은 사람이 사장이었나 보다. 사장이 먼저 질문을 했다. 요새 젊은 층에게 우리 회사 이미지는 어떻냐. 우리 회사의 약점과 강점은 뭐라고 생각하냐. 우리 회사의 어떤 파트에서 일하고 싶냐. 예상 질문이라 동민은 준비된 답변을 유창하게 풀어놓았다. 하지만 반전! 자, 그러면 지금 그 대답을 영어로 해보세요. 정말 잔인하다. 동민은 방금 전 예상 질문이라고 신나서 답변을 길게 늘어놓은 걸 후회했다. 하지만 엎질러진 물. 동민은 떠듬떠듬 영어 작문을 했다. 영문과 출신인 동민에게 꼭 불리하지만은 않았다.

동민은 정엽이 원서 내는 곳에는 다 원서를 내보고 있다. 이번 회사는 통신 미디어 쪽 중견기업이다. 정엽이 면접에서 동민 다음 순서라 20분쯤 어디 가서 시간을 때워야 한다.

회사 건물에서 조금 떨어진 길가에 '구두수선/광택'이라고 쓰인 부스가 있다. 3년 만에 구두를 꺼내 신었더니 한쪽 뒷굽에 틈이 벌어져 있다. 신지 않고 두었더니 해체 직전이다. 가끔 신어주면 멀쩡한데 처박아 두면 망가지는 이유를 모르겠다. 가게를 들여다보니 손님이 한 분 앉아 있다. 순서를 기다리자니 시간 맞추기 힘들 거 같다. 동민은 슬렁슬렁 걸어 다니며 시간을 보내기로 한다.

종로도 오랜만이다. 연남동에서 살다 종로에 오니 촌놈이 도회지에 나온 거 같다. 고층 빌딩들이 날렵하게 솟아 있고 거리의 사람들은 모두 어딘가 취직해 있는 사람들 같다. 동민은 연남동 뒷골목에서 사람을 만나면 다 잉여인간처럼 보였다. 딱히 목적지도 없는데 그냥 어딘가 가보는 사람들. 시간 때울 곳을 찾아 기웃거리는 사람들. 자던 옷차림 그대로 '쓰레빠' 끌고 나온 사람들.

동민이 이번 회사에 취직하면 종로의 직장인이 된다. 종로로 출퇴근한다. 강남, 테헤란로에 비해 종로나 광화문은 왠지 편안하다. 취직 시험 붙으면 정현에게 만나자고 할 생각이다.

"애플워치 돌려줄게."

동민이 종각사거리에서 청계천 쪽으로 방향을 틀었을 때 정엽에게서 전화가 온다.

스타트업에 들어갔던 정엽이 지금은 동민의 구직 파트너가 됐다. 정엽은 대학 졸업하던 해에 선배 두 사람이 차린 회사에 입사했다. 그때는 "대기업 들어가서 한 달에 50만 원씩 갚아도 학자금 융자 다 갚는 데 4년 걸려. 언제 결혼하고 언제 전세보증금 마련하냐고. 선배 형들이 스타트업 5년 안에 아이템 하나 예쁘게 만들어서 회사 가치 확 키우고 투자받겠다고 하는데 그렇게 되면 학자금 융자 일시불로 갚고 나도 목돈 쥐고 엑시트하는 거야"라고 했었다. 하지만 최초의 아이템은 다른 큰 회사에서 먼저 나왔고 새로운 아이템은 기술적으로 안 풀렸다. '예쁜 아이템'은 유산과 사산을 거듭했다. 두 선배의 '마더 파더 펀드' 2억이 네 사람 인건비로 2년 만에 소진된 다음 월급 대신 지분을 받기로 하고 새 아이템 개발하다 6개월이 지났을 때 정엽은 형들에게 몹시 죄송해하며 퇴사했다. 학자금 대출은 밀리고 당장 생활비도 필요했다.

"스타트업이 대기업 되는 건 정자가 인간이 될 확률과 같아."

동민은 정엽을 만나 카페로 들어갔다. 둘은 면접 후기를 교환했다.

"황당하지 않냐. 지금 그 대답을 영어로 해보세요."

"그거 나 한번 해본 적 있어."

정엽은 모두 예상질문이었을 뿐 아니라 영어로 말하는 것도 미리 준비했다고 했다. 앞의 대답도 나중에 번역하기 쉽도록 간단히 했다는 것이다. 헉! 기가 막혔다.

"뛰는 놈 위에 나는 놈!"

정엽은 이미 취준계의 베테랑인 것이다. 사장 다음 순서의 아저씨는 역사와 상식에 관한 질문을 했다. 예상질문 리스트에는 없는 문제였다. 1980년대에 우리나라에서 무슨 일이 있었는지 한 가지만 얘기해 보라. 아득했다. 우리가 태어나기도 전, 선사시대의 일. 동민은 우선 "전두환"이라 말한 다음 "5.18 광주… 사건" 하며 머뭇거리는데 면접관은 기다려주지 않고 다음 질문으로 넘어갔다. 동민은 운동권 부모한테 광주 얘기를 들었고 아빠한테 참교육을 당한 적도 있지만 아빠의 어법대로 갔다가 면접에서 찍히지나 않을지 머리를 굴리다 말을 더듬었다.

"엽아. 1980년대에 뭐라고 대답했냐?"

"88올림픽."

"그게 정답이네. 난 왜 올림픽이 생각 안 났을까. 그러면 1990년대엔 뭐라고 대답했어?"

"그거야 IMF지."

"맞아. IMF. 정답들이 다 있었구나. 근데 왜 나는 그게 하나도 생각이 안 났을까."

"넌 뭐라고 대답했는데?"

동민은 이미 의욕을 상실해 버렸다. 길게 한숨이 나오고 두 어깨가 머리에서 분리될 것처럼 내려앉았다.

"서태지 데뷔."

"서태지와 아이들이 1990년대에 나왔냐?"

동민은 3년 전에 비해 노숙해져서 크게 긴장하지 않고 대체로 면접을 잘하고 나왔다 생각했었는데 정엽과 얘길하면서 점점 자신감을 잃어갔다.

정엽과 헤어진 동민은 다시 구두수선 가게에 들르기로 했다. 앞으로는 이 구두를 좀 더 많이 신게 될 거 같다. 종로 거리로 출퇴근하기는 당분간 쉽지 않을 거 같다. 동민은 걸어가면서 중얼거렸다.

"난 알아요. 이 밤이 흐르고 흐르면 누군가가 날 떠나 버려야 한다는 그 사실을 그 이유를 이제는 나도 알 수가 알 수가 있어요. 사랑한다는 말을 못 했어…"

어쨌거나 지금은 너무 늦어버렸어. 미호는 너무 아름다웠어. 동민은 노래의 마지막 소절을 바꿔 불러본다. 미호는 평범한 얼굴이지만 스무 살엔 누구나 아름답다. 우리도 스무 살에 만났지. 스무 살에 저 노래를 부르며 데뷔한 서태지가 지금 오십이 됐다는 건 이상하다. 우리도 결국은 오십이 될까. 그럴 리 없어. 우리가 어떻게 오십이 될 수 있겠어. 하지만 내후년이면 서른인데 그다음에 마흔이 되고 나면 또 자동으로 오십이 되고 마는 거지.

구두 가게 아저씨는 이번에는 혼자 계셨다. 동민은 들어가서 앉았다. 동민은 슬리퍼로 갈아 신고 구두를 내밀었다.

"구두 굽을 갈 필요는 없을 거 같아요. 거의 새 거라. 그런데 안 신고 놔뒀더니 굽이 떨어질라 그래요."

아저씨가 구두를 받아서 들여다본다. 아저씨는 구두 두 짝을 바닥에 놓고 선반에서 본드 그릇을 내린다.

"구두를 안 신고 놔두면 왜 망가질까요?"

아저씨는 동민의 얼굴을 한번 올려다보더니 대답 대신 창틀에 걸린 핸드폰을 본다. 가로로 놓인 핸드폰 화면에서 뉴스가 나오고 있다. 서해 공무원 피살 사건 어쩌고 하는 뉴스였다. 서해에서 공무원이 북한군에 살해당했다고 했다. 시체가 불태워졌다고 했다. 아니, 그런 일이 있었단 말이야? 요새 시험 준비 하느라 뉴스를 다시 보기 시작했는데 이런 사건이 있었는지 몰랐다. 좀 더 들어보니 최신 뉴스가 아니라 몇 년 전 사건이었다.

구두 아저씨는 구두 두 짝에서 굽을 모두 떼어내고 먼

지를 닦고 가스 불에 그을리고 단면에 본드를 바르는 동안 쉬지 않고 말을 했다.

"개판이야. 공무원이 거긴 또 왜 올라가. 죽이긴 또 왜 죽여."

2년 전 사건인데 이것 때문에 벌써 문재인 정권 때 국방부장관이 구속되고 해양경찰청장도 구속됐다고 했다. 어업지도원 한 명이 실종됐다가 북쪽으로 넘어가서 죽었는데 월북한 게 아닌데 월북했다고 발표했다는 거다. 감사원이 국방부, 국정원 등 아홉 개 기관을 조사하고 있는데 책임자들을 하나씩 검찰로 넘기고 있는 모양이었다. 곧 문재인도 조사하느니 소환하느니 했다.

아저씨는 말려두었던 굽을 구두 바닥에 붙여 거치대에 올려놓고는 두 손에 힘을 주어 단단히 고정시켰다.

"싹 다 잡아 처넣어야 돼. 사기나 칠라 그러고. 빨갱이 새끼들. 대통령이 돼가지고 책임을 져야지. 대한민국 국민이 한 사람 죽었는데."

아저씨가 구두 두 짝을 내밀었다. 굽이 제대로 잘 붙은 거 같았다. 그런데 오른쪽 구두 굽 이음매 부분에 본드가 찍 흘러나와 있다.

"저기요, 여기 본드가 튀어나왔어요."

아저씨가 구두 한 짝을 받더니 수건으로 본드를 쓰윽 닦고 다시 동민에게 건넨다.

"얼마예요?"

"오천 원."

동민이 5000원을 지갑에서 꺼내는데 아저씨가 "이천 원 더 내면 구두에 광도 내주는데"라고 한다. 동민은 잠시 멈칫했다가 5000원을 건네고 부스를 나선다.

"안 신는다고 다 이렇게 떨어지지는 않아. 처음 살 때부터 제대로 사야지. 몇 푼 아낀다고. 싼 게 비지떡이라니까."

아저씨가 동민의 등 뒤에서 구시렁댄다. 구두 굽에 본드를 칠하면서 핸드폰을 힐끔거리고 계속 떠들어대는 것부터가 마음에 안 들었는데 엔딩 멘트에서 뚜껑이 확 열려버렸다. 동민이 돌아보며 한마디 던진다.

"아저씨, 일할 때는 TV 보지 마세요."

다음 날 아침 동민이 느지막이 잠이 깼을 때 거실에서 어수선한 소리들이 들려왔다. 정규 뉴스 시간도 아닌데 TV에서 뉴스가 흘러나오고 있었다.

앵커인지 기자인지의 목소리가 들려왔다.

"참사 현장은 참혹했고 또 급박했습니다. 흥겨운 핼러윈 축제가 악몽으로 바뀐 건 어젯밤 10시 15분쯤이었습니다. 이태원 해밀턴호텔…."

엄마 아빠의 목소리가 엇갈려 들려왔다.

"아이고 어쩌냐."

"저게 뭔 일이야."

뉴스 보도는 비현실적으로 들렸다.

"사망자 120명 중 병원 이송 74명, 현장 안치 46명…."

그러고 보니 어제가 핼러윈이었구나. 어제저녁부터 웹툰 밀린 것 열 개쯤 때려 보다가 새벽 2시 넘어 잠이 들었는데.

사망자가 계속 늘고 있다고 했다. 침대 옆 탁자 위의 핸드폰을 가져온다. 94에게서 문자메시지가 와 있다.

미호가 이태원에 갔었나 봐. 미호 동생 인스타 들어가 봐.

겨울

1.

토요일 아침 10시의 경복궁역 3번 출구 주위로 등산복 차림의 중장년 남녀들이 삼삼오오 모여 서서 웅성거린다. 이 시간에 이곳에서 만나는 이들은 인왕산이나 북악산으로 가볍게 오전 산행을 하고 점심 먹고 헤어질 사람들이다. 마치 같은 아웃도어용품점에서 유니폼을 맞춰 입은 듯 다들 검정 일색이다. 빨강이 간간이 끼어 있긴 하지만 비둘기 떼나 까마귀 떼처럼 칙칙한 풍경이 겨울로 접어들었음을 실감케 한다.

영한의 산행팀도 넷이 모두 도착했다. 일행은 한양도성 성곽길을 따라 숙정문에서 혜화문 거쳐 동대문까지 걷기로 했다. 산을 좋아하는 친구들이라 예전엔 주로 구기동에서 우이동까지 북한산 종주를 했고 때때로 도봉산 포대능선이나 수락산, 불암산까지 진출하기도 했다. 몇 해 전 태호가 쓰러져서 스텐트 시술을 받은 다음부터 무리한 코스는 피하고 있다. 어떤 때는 인왕산에 올라갔다가 자하문으로 내려와 만둣집에서 점심을 먹고 태호를 보낸 다음 단축 코스가 성에 안 차는 친구들이 다시 구기동으로 해서 비봉에 오르기도 했다.

고등학교 동창 모임은 재작년까지는 다섯이었는데 한 친구가 드문드문 나오다가 빠져버리는 바람에 넷이 되었다. 그는 시골에 집을 지어서 내려갔다. 결이 고운 친구인데, 서울이 피곤하다고 했다.

네 사람은 자하문로를 걷다가 청와대 앞길로 꺾어 들어간다. 청와대 담장을 끼고 뒤편으로 계단을 올라가면 바로 산속이다.

11월의 산은 심심하다. 꽃이 없고 잎도 지고 아직 눈은 오기 전, 무채색의 산. 10월 한 달 풍성했던 단풍나무가 노인의 머리숱처럼 성글어져서는 바람에 이파리들을 우수수 떨궈낸다.

"호스피스병동으로 옮겼대. 병원에서는 일주일에서 보름 정도라 한다는데 이 친구가 딸한테 주소록하고 핸드폰, 노트북 ID 패스워드도 다 넘겼다네."

1년 반 전에 폐암 3기 진단을 받은 친구 얘기다. 회계사인데 자신의 사후 처리에 대한 인수인계도 깔끔하고 엄정하다. 다만 하루 두 갑 담배를 끝까지 끊지 못했다. 청첩장이 밀려드는 시기가 지나면 부음이 밀려들기 시작한다더니 올해 영한은 친구의 부음이 벌써 두 번째다.

북악산에는 단풍나무가 많다. 산길을 오를 때 단풍나무와 떡갈나무의 낙엽들이 발밑에서 사각사각 바스러진다. 영한은 목이 마른 느낌에 걸음을 멈추고 생수병을 꺼낸다.

한국의 산은 봄이 절창이다. 봄꽃은 떼거지로 미친 듯이 피어나 온 산이 들썩들썩한다. 큰 나무들 사이에 엎드려 있는 관목들을 잊고 지나다가 봄에 문득 '아, 저것이 철쭉이었구나. 저것이 진달래였구나' 한다. 개나리와 산수유, 산벚꽃까지. 빨강은 빨강대로, 노랑은 노랑대로, 분홍은 분홍대로 봄의 색깔은 강렬하다. 봄꽃이 진 자리에는 눈에 띌 듯 말 듯 수수하게 생긴 들꽃들이 돋아난다. 구절초, 쑥부쟁이들이다. 여름부터 가을까지 사람들 무릎 아래서 잔잔하게 피어 있는데 봄꽃을 한번 헹궈서 나온 것 같은 희미한 빛깔이다. 노랑과 보라의 물 빠진 색깔들이 각기 조금씩 달라서 영한은 가끔 허리를 굽히고 들여다본다. 산에 다닌 지 수십 년인데 가을꽃을 발견한 것도 올해다. 지금은 구절초 쑥부쟁이들도 다녀간 다음.

영한은 일행을 앞세운 채 몇 걸음 뒤에 따라간다. 그들의 말소리가 어깨 너머로 날아온다.

"선거 끝나고 윤한테 누가 이제 당선됐으니 경제 공부해야 한다고 얘길 했더니 경제사범 많이 다뤄봐서 경제를 잘 안다고 하더래."

"국회의원 잡아넣어 봐서 여의도를 잘 안다고 생각하겠지. 대통령 일도 잘 안다고 생각했을 거야. 대통령을 둘이나 잡아넣었으니까."

덤불 사이 보라색 꽃이 낯설어 잠깐 멈춰 서서 들여다보던 영한은 저만치 멀어진 일행을 따라잡느라 잰걸음을 놓는다. 셋은 여전히 정치토론 중이다. 변호사 하는 장헌의 목소리다.

"공수처도 실무선이 다 물갈이되니까 애들이 전 정권 출신 처장하고 윗선을 깔고 뭉개나 봐. 공공기관 감사 임원도 검사 출신들을 보내는데 검사가 모자라서 수사관급에서 간다네."

"여기저기 난리도 아니네. 금융감독원에 이복현이라고

갔잖아. 검사 실세가 가니까 조직이 팍팍 움직이는데 또 애네가 금융위원회를 깔보는 거지. 금융위원회가 상급기 관인데. 지난 정권 때 끝난 사안들 재검사한다고 다시 뒤진대. 뭘 터뜨릴라 그러는지 모르지."

상운은 증권회사 다니다 오십도 되기 전에 은퇴했다. 증권 쪽은 은퇴가 빠르지만 주식 전문가라 퇴직 후에도 주식이나 채권, 외환을 만지니 생계에는 지장 없는 것 같다. 다만 주식 시세를 따라 컨디션이 오르내린다. 몇 해 전에는 얼굴에 화색이 돌고 밥도 잘 사더니 요사이는 목소리에 생기가 없고 얼굴도 수척해졌다. 활황 때 "지금 현금 들고 있으면 바보다. 베트남 지수 펀드 같은 데 넣어놔" 해서 영한도 때마침 들어온 퇴직금의 절반을 베트남 펀드에 넣었는데 얼마 못 가 시세가 폭락하면서 3년을 묻어두었다가 간신히 원금을 회수했다. 상운 자신도 중국 펀드에 집어넣었다가 올 초에 다 뺐다고 했다.

"민주평통 사무처장을 검사 출신이 가니 말 다 했지. 국가대표 축구팀 감독 새로 뽑는다는데 거기도 검사 보내는 거 아냐? 왕년에 뽈 좀 차본 검사 있지 않겠어?"

농담처럼 말하지만 영한은 좀 끔찍하다.

"나는 누가 내 노트북만 들고 가도 패닉일 텐데. 그

런데 얘들은 압수수색을 어째 그렇게 쉽게 생각하지? 100회, 200회 압수수색이라는 게 있을 수 있는 일이야?"

"그 싹쓸이 수사 방식이 이인규, 우병우 때 시작됐잖아. 근데 말이야. 이재명만 가지고 300번 넘게 압수수색 했잖아. 그러면 민주당은 어항이 됐다고 봐야 돼. 그 동네는 다 털린 거야. 검찰이 어항 속처럼 들여다보는 거지. 정보 쌓아놓고 타이밍 봐가면서 국면 전환이 필요하다 싶을 때마다 하나씩, 요놈이 요새 설치네 하면 또 하나씩 터뜨리면서 갖고 노는 거야."

장헌은 변호사 서른 명쯤인 법무법인에서 2인 공동대표의 한 사람인데, 파렴치한 소송은 피하고 수임 사건을 선별하며 부티크 로펌을 지향해 왔지만 요새 변호사도 많아지고 로펌 간 경쟁도 치열해지면서 고민이 많다. 최소한 초임 변호사 연봉을 쿠팡 배달 직원보다 못하지 않게 관리하려면 돈 되는 사건은 가리지 말고 받아야 할 처지라는 것이다.

"민주당은 아무것도 아니지. 국힘 쪽을 털면 저기는 대박일 텐데. 어느 쪽을 털지는 검찰 마음이니까."

"이제 국정원이 민간인 사찰 안 한다 했더니 검찰이 국정원 노릇도 하는 거지."

"근데 장헌이 너 괜찮냐?"

"아직은… 나야 기부금 영수증 끊고 정확히 해두는데. 얘네가 어디로 튈지 모르니까. 우리가 쟤들 보기에 문제적 사건들 수임을 여럿 했고 요새 분위기로는 로펌이라고 압수수색하지 말라는 법 없거든."

장헌은 지난달 핸드폰을 바꿨다. 번호도 기기도 다 바꿨다. 장헌은 시민단체나 정당에 기부도 상당히 하고 자문 역할도 하는데 지금 검찰 수사가 걸려 있는 곳이 여럿이라 어디로 엮일지 알 수 없는 상황이다.

묵묵히 듣고만 있던 태호가 한마디 던진다.

"그래도 옛날 군사정권보다는 낫지 않아?"

태호의 속사정을 이해 못 하는 건 아니지만 영한이 한마디 하지 않을 수 없다.

"군사정권은 불법인 걸 지들도 남들도 알고 있었거든. 그런데 검찰정권은 지들이 정의로운 척하잖아. 법을 내걸고 군사정권이 하던 짓을 하니까 문제지. 태호 니가 그렇게 얘기하면 쪼매 그렇다."

태호가 뭔가 그럴듯한 대응 논리로 각을 세울 법도 한데 그저 먼 데를 바라보며 한숨을 길게 내쉰다. 태호는 6년 전 대기업 건설회사 나와서 하청업체를 운영하는데 건설경기 침체가 길어지면서 회사를 접어야 하나 버텨야 하나 고민하고 있다. 코로나에다 우크라이나 전쟁에다 자잿값 오르고 안전규제 강화되고 임금은 오르는데 직원을 함부로 내보낼 수도 없어지고 앓느니 죽는다고 문 닫는 편이 낫겠다 싶지만 차입금과 퇴직금, 공사비 미수금이 맞물려 있어 폐업도 간단치 않다고 했다.

영한과 고교 동창이면서 경영학과 동기인 태호는 전두환 정권 때 함께 야학 하다 감옥까지 같이 갔으니 검찰도 징하게 겪었고 영한의 절친 중 절친이었다.

올해는 여름이 무더웠기 때문에 겨울은 춥고 눈도 많이 올 거라 한다. 하지만 겨울이 지독히 춥기만 하고 눈은 하나도 오지 않으면 사기당한 기분이 든다. 어쩌면 이번에도 한강 물이 꽁꽁 어는데 눈은 오지 않는 그런 뻔뻔한 겨울이 될지도 모른다. 영한이 어렸을 적엔 아침에 일어나면 마당에 눈이 쌓여 처마의 고드름하고 맞닿아 있는 날도 있었다. 지금 서울은 폭설이 내려도 금세 허망하게 녹아버리는데 일주일쯤 뒤 산에 오면 음지에는 어제 내린 듯 눈이 쌓여 있다. 그래서 영한은 겨울 산이 좋다. 눈 쌓인 풍경은 어린 시절과 부모님 슬하와 고향 집의 아릿

한 느낌을 불러일으킨다.

가파르다 싶은 오르막길을 올라서면 숙정문이다. 깔딱고개에선 태호 걸음에 맞춰 영한도 속도를 늦춘다. 스텐트맨인 태호를 앞세우고 뒤따라가면서 영한은 아까 입바른 소리로 무안 준 것을 후회한다. 하청업체를 차려 독립한 다음부터 단 한 해도 무난히 넘긴 적이 없었으니 뇌혈전증이라는 것도 스트레스 탓 아니었을까. 영한은 태호가 쓰러져 병원에 실려 간 지 일주일 만에 전신마비에서 회복 중이라는 연락을 받고 문병 갔었다. 태호는 스텐트 시술을 받고 물리치료실에서 회복 훈련 중이었는데, 컵에 든 콩을 젓가락으로 집어서 바깥으로 꺼내는 작업을 반복하고 있었다. 다행히 뇌 쪽으로는 이상이 없다고 했다. 영한이 태호에게 농담을 걸었다.

"머리가 멀쩡한 게 사실이야? 임진왜란이 몇 년에 일어났지?"

태호가 대답을 하지 못했다.

"좀 쉬운 거 물어봐. 임진왜란 몇 년에 일어났는지는 내가 쓰러지기 전에도 몰랐어. 인마."

친구 둘이 먼저 올라가 숙정문 바깥에서 쉬고 있다. 영한은 태호와 함께 숙정문 밖으로 나가서 소나무 숲을 잠

시 바라보며 몇 번 심호흡을 한다. 일행은 다시 들어와 성
곽 안쪽 길로 접어든다.

일행은 말바위 앞 쉼터에서 쉬어가기로 한다. 태호가
귤 하나씩 나눠 준다. 상운은 초코바를 나눠 준다. 영한은
초코바는 받아서 호주머니에 넣고 귤만 까서 먹는다.

"광화문 육의전 거리하고 사대문 안이 조선시대 그대
로 보존됐더라면 서울이라는 도시가 참 근사했을 텐데.
파리나 런던처럼. 구시가지가 있는 현대 도시."

"잘살게 되면 옛날 개다리소반 왜 버렸나 싶지. 하하."

"식민지하고 전쟁 안 겪었으면 옛날 한옥들이 더 남아
있었을 텐데. 한양도성도 그래서 많이 없어졌잖아."

"근데 이 한양도성 복원은 언제 한 거지?"

"박정희 때 시작했잖아. 1970년대에. 내려가다 보면
안내판이 나와. 도성 산책길은 박원순 시장 때 다 만들어
놨고. 순성길이라고."

"도성 복원한 거는 확실히 잘한 거 같아. 처음에는 돌
색깔들이 달라서 생뚱맞아 보이는데 몇 년만 지나도 거
무튀튀해져서 오래된 성곽 같아 보인단 말이야."

"돌 틈에서 풀들 자라는 것 좀 봐. 참, 생명이라는 것이
대단하지."

도성 안쪽을 걷다가 바깥으로 나오니 시야가 트이고 성북동 일대와 북악산 능선이 눈에 들어온다. 북정마을 달동네의 함석지붕들이 순성길 축대 아래로 깔려 있다.

헤화칼국수는 가끔 줄을 서기도 하는데 오후 1시쯤이라 손님이 좀 빠졌는지 몇 분 기다리지 않아 "네 분 들어오세요" 한다. 칼국수 네 그릇이 주문한 지 5분 만에 나온다. 손님이 줄을 서니 회전이 빠르다. 국수를 빨리 먹어서 보내는 것이 답이다. 국수를 흡입하는 막간에 영한의 요가 수업이 화제가 된다.

"도 많이 닦았냐? 요새 좀 과묵해졌어."

"딴 건 몰라도 오전에 요가 수업은 안 빼먹고 나가. 내가 선생을 해봐서 성실한 학생이 사랑받는다는 걸 알거든."

"할 만하냐, 늙어서? 와이프 친구 하나가 요가 하다 허리 다쳐서 관뒀대."

"내가 이거 죽지 않으려고 시작한 건데. 근데 일생에 안 하던 짓 하는 거, 그게 정신 수양이더라고."

요가는 안 쓰는 근육을 쓰고 굳은 몸을 풀어주지만 마음의 근육도 스트레칭이 필요하다. 생각도 수십 년 똑같은 길로만 흘러서 골이 파이고 나면 경로를 바꾸기 쉽지 않다. 뇌세포를 나긋나긋하게 풀어주는 것. 지금 영한에게는 몸의 요가보다 마음의 요가다.

"여기 오전반은 다 아줌마들이고 아저씨는 나 혼자야. 수업 끝나면 가끔 선생이 간식을 차려와. 나는 달달한 거 먹으면서 아줌마들 수다를 듣기만 하는데 이제 이 아줌마들 집안 사정이 어떤지 현안 문제가 뭔지 웬만큼 다 알아. 이 여자들도 다 여기서 처음 만난 사이 같은데 자기들 프라이버시를 공개하는 데 얼마나 대범한지. 내가 6개월 관전하면서 어떤 패턴을 발견했는데 대체로 남편은 흉보는 거하고 자랑하는 거를 7 대 3으로 섞고 자식은 자랑하고 흉보는 거를 7 대 3으로 섞어. 너무 나가면 왕따 되니까 절묘하게 공수 배합을 하는 거라. 내가 요새는 요가 끝나면 오늘은 간식 안 주나, 은근히 기다린다니까. 우리 요가 동기생들이 또 뭔 얘기 하나 궁금해서."

"영한이, 이거 갑자기 수다스러워진 거 봐. 아줌마들하고 놀더니. 근데 너 책 쓴다는 건 어떻게 됐어? 왕년의 베스트셀러 저자가 너무 오래 쉬는 거 아냐?"

"어, 그게 말이야. 쓰긴 써야겠는데…."

국숫값을 영한이 계산한다. 칼국수 네 그릇 44000원.

"퇴직 교수가 무슨?"

"연금술사라고 못 들어봤냐? 연금 받아서 술 사는 사람."

"근데 우리 이제부터 회비 걷기로 했잖아."

"그래, 다음 달부터."

혜화문 앞에서 횡단보도를 건넌 다음 나무계단으로 낙산 성곽길을 올라가는데 성곽길이 제법 가파르다. 오른쪽은 성곽이고 왼쪽은 장수마을이다. 장수마을 너머로 한성대와 성신여대, 그 너머로 멀리 수락산, 불암산이 보인다. 깔딱고개를 오르느라 중지됐던 정치한담이 다시 시작됐다.

"예전에는 검찰이 야당 두 개 때리면 여당도 하나 치고. 여론 눈치 보느라 밸런스 맞췄잖아. 얘넨 그런 것도 없어."

"총선 전에 KBS, MBC 사장 다 바꾸겠다고 방통위 탈탈 터는 것 봐."

"문재인 때 환경부장관 했던 김은경이 산하기관 인사 개입했다고 2년 6개월 실형 살고 있잖아. 그 기준으로 하면 지금 저거 다 문제거든. 기소하고 말고는 검찰 마음이니까 정권 바뀌어도 걱정 없다는 건지⋯ 정치는 조심스

러워야 하는데… 저자가 지금 폭군놀이에 푹 빠져 있는
데 주위에 그걸 말릴 사람이 없는 모양이야."

"글쎄다. 한 80프로는 그 재미에 같이 빠져 있고 20프
로쯤은 머릿속이 복잡하겠지."

집이든 산이든 요새 정치토크를 피할 수 있는 장소는
없다. 다만 태호가 과묵해졌다. 고개를 숙이고 묵묵히 언
덕길을 오르는데 머리도 다리도 무거워 보인다.

나이 육십이면 인생의 칠부 능선이고 시야가 제법 트
이는데 어느 코스냐에 따라 세상 풍경이 사뭇 달리 보인
다. 네 사람에게는 네 개의 앵글이 있다. 서로 딴 데를 보
고 있다면 말을 섞기 힘들 것이다. 다만 고개를 돌릴 줄
안다면 친구로 남을 수 있는 것 아닐까.

낙산은 작은 산이지만 꼭대기 전망대는 볼만하다. 봄
에서 가을까지 시야를 가리던 나무숲이 치워지자 거의
360도 파노라마다. 불암산, 수락산에서 도봉산, 북한산,
북악산, 인왕산, 안산, 그리고 남산, 멀리 관악산까지. 이
곳에 서면 서울이 분지라는 사실이 실감 난다.

전망대 광장에는 외국인들도 많이 눈에 띈다.

"서울이 요새 동아시아에서 최고로 핫한 도시라는 거

라. 그러니까 1997년 중국 반환 이전에 옛날 홍콩 같은 거지."

전망대에서 내려오면 이제 동대문 쪽으로 내리막길이다. 성곽길 바깥은 창신동이고 안쪽은 이화동이다. 이화동 쪽에 요새 카페들이 많이 생겨났다.

2.

서재 정리 이틀째인데 진도를 못 빼고 있다. 책 버리는 일이 생각보다 쉽지 않다. 책 한 권을 놓고 이 책을 앞으로 보게 될까 하다 보면 남은 생애에 내가 무엇을 하고 무엇을 하지 않을지, 무엇이 필요하고 무엇이 필요 없을지, 생각이 길어지고 머리가 복잡해진다. 처음엔 전공 서적을 남기고 그 밖의 책부터 버릴 생각이었다. 특히 소설이나 에세이가 만만해 보였다. 영한이 소설을 꽤 보던 시절이 있었다. 황석영, 박완서, 이문열 소설을 많이 샀고 이광수, 최서해 같은 '쎄미 고전'들도 보았다.

영한은 일단 이문열의 책들을 골라냈다.《사람의 아들》부터《우리들의 일그러진 영웅》《젊은 날의 초상》《황제

를 위하여》《영웅시대》까지 다섯 권 모두 책장에서 뽑아
내 박스에 넣었다. 영한은 박스를 한참 들여다보다가《황
제를 위하여》를 도로 꺼내 책장에 다시 꽂았다. 처음《황
제를 위하여》를 읽었을 때의 충격은 상당했다. 소설은 이
런 이야기도 지어낼 수 있구나, 놀라웠고 사회학과 대학
원생이 엉뚱하게 소설 습작을 하기도 했었다. 그가 지금
이상하게 늙어가고 있다 해도 과거의 정전을 땅에 끌어
묻을 수는 없는 일이다.

　어제는 문학 서적 칸에 대한 숙청 작업을 하겠다고 했
다가 결국 서재 바닥에 쭈그리고 앉아서 진종일 지나간
소설과 에세이 몇 권을 다시 읽고 말았다.

　박완서 에세이《한 말씀만 하소서》도 버리겠다고 빼
내 들었던 책인데 첫 페이지를 무심코 열었다가 시작부
터 정주행하게 됐다. 영한은 외아들을 잃고서 밥 대신 깡
소주만 마시며 자신의 질기게 남은 목숨을 말려버리자고
기를 쓰는 작가가 바로 지금 자기 나이라는 사실을 문득
깨닫는 순간 자신의 딸과 아들, 혈육이라는 것에 대한 실
존적인 사색에 빠져들면서 책 정리 사업이 또 삐딱선을
탔다. 그랬던 작가도 이미 오래전에 세상을 떠났다. 언제
였더라. 검색해 보니 2011년이다. 10년이 넘었구나. 영

한은 5년 전 세상을 떠난 아버지를 생각했다. 아버지는 박완서 씨보다 한 살 위였고 다 같이 개성 사람들이다.

영한은 우선순위를 바꾸기로 했다. 소설이나 에세이는 직업적인 필요와 무관하게 각기 까닭이 있어서 산 것들이다. 제각각의 존재 이유가 강력한 책들이다. 퇴직하고 강의 준비나 논문 생산에서 자유로워졌으니 앞으로 더 자주 보게 될지도 모른다. 문학은 사람에 대한, 인생에 대한 학문이다. 자신을 들여다보게 하는 학문이고 타인을 엿보게 하는 학문이다. 문학의 문장들은 딱딱한 머리를 몰랑몰랑하게 만져준다. 영한은 자신의 공감능력과 자아 성찰이 평균치 이상이라면 그건 전적으로 소설과 에세이를 좀 읽은 데서 온다고 생각한다. 아니, 그건 역지사지의 좌우명, 그러니까 아버지로부터 온 것일 수도 있다.

영한의 아버지는 6.25 때 월남해서 새 가정을 이뤘고 평생의 저축을 말년에 병원과 요양원에 다 쓰고 가서서 자식에게 줄 재산이 남아 있지 않았다. 아버지가 남긴 유산은 돈이 아니라 역지사지의 좌우명인 셈이다. 전쟁을 겪고 고향을 잃고 식구들 먹여 살리며 궁핍하고 험난한 시대를 통과해 온 아버지가 삼 남매에게 늘 이르던 말씀이 "입장 바꿔서 생각해 봐라"였다. 이해가 안 돼도 입장

바꿔서 생각하고 화가 나도 입장 바꿔서 생각해 보라고
하셨다. 그것이 아버지가 전쟁을 겪고 고향을 잃고 낯선
땅에서 세상과 화해하고 새 가족과 친구들과 원만하게
지낼 수 있었던 비결이었을 것이다.

　몇 년에 한 번씩 책을 정리하는 사람도 있고 이사할 때
정리하는 사람도 있고 한 권 사면 한 권 버린다는 사람도
있다. 영한은 이사할 때 책을 정리하는 쪽인데 서울에서
중저가 지대의 아파트에 살면서 평균 15년에 한 번 이사
를 하다 보니 집 안의 다른 수납공간도 그렇지만 서재도
신진대사가 시원찮다. 학교 그만두고 연구실 책들까지
들어올 때 했어야 할 서재 정리를 3년이나 뭉개는 동안
책에다 잡동사니까지 서재가 창고가 됐다.

　서재 가운데 요가 매트 하나 깔 자리도 없어졌지만 영
한이 서재를 정리하기로 한 것은 요가 매트 때문은 아니
었다. 책을 쓰자고 작정은 했으나 머릿속이 어지럽고 산
만한 것이 가닥이 잡히지 않았는데 그것이 서재 꼴과 흡
사했다. 영한은 서재부터 정리하면서 머릿속도 정리해
보기로 했다.

　용돈의 절반으로 책을 사던 때가 있었다. 대학원 가고

시간강사를 시작한 이래 학교를 퇴직하기까지 30년 내내 그랬다. 1990년대에는 마르크스 원전과 러시아혁명, 중국혁명에 관한 책들이 쏟아져 나왔는데 열정의 30대에 월급도 나오겠다 신간은 눈에 띄는 대로 사들였다. 그것은 군사정권 아래 사상의 사막지대를 통과해 온 한국의 지식인들에게 한바탕 시원한 샤워 같았다. 공산권이 무너지는데 공산주의 서적이 해금된 건 아이러니였다.

영한은 한국에 지각도착했던 당대의 유행 서적들을 대폭 정리하기로 했다. 서가에 마르크스, 러시아혁명, 중국혁명에 관한 책들이 선반을 서너 칸쯤 차지하고 있다. 김수행 선생 번역으로 나온 1989년판 《자본론》 다섯 권과 《가족, 국가, 사유재산의 기원》 그리고 《공산당선언》만 남겨두고 마르크스 엥겔스의 원전과 해설서들도 모두 버리기로 한다. 러시아혁명과 레닌에 관해서는 E. H. 카의 《러시아혁명》과 김학준의 《러시아 혁명사》만 남긴다. 중국은 고심 끝에 까치글방에서 나온 중국 현대사 두 권과 《중국의 붉은 별》 《주은래》를 남기기로 한다. 책을 집어 박스에 넣기 전에 책갈피에서 밑줄 친 곳을 읽다가 마음이 바뀌기도 한다. 《두 사람: 마르크스·엥겔스 공동전기》 는 바닥에서 다시 책장 위로 올라간다.

마르크스라는 이름이 들어간 책만 두 박스를 채워서 청테이프로 봉할 때 만감이 교차한다. 좌파는 맑시즘의 취지를 주로 생각하고 우파는 맑시즘의 결과를 주로 생각한다. 맑시즘의 시작과 끝은 알파에서 오메가만큼 극과 극으로 벌어져 있다. 카를 마르크스는 140년 전 세상을 떠나 땅에 묻혔지만 영한은 오늘 그의 책들을 장사 지내고 있다. 영한은 마음으로 추모사를 한다.

마르크스, 당신은 우리 인류에게 구원의 이름이자 저주의 이름이다. 아마 영원히 그럴 것이다. 당신은 20세기 인류를 반으로 갈라서 싸우게 만들었다. 절대권력과 독재정치가 당신의 이름을 빌리기도 했다. 하지만 당신은 식민침략과 제국주의로 질주하던 자본주의의 악마성에 제동을 걸었다. 식민침략을 당했던 조선의 지식인들에게 당신은 복음이었다. 당신의 이론과 레닌의 혁명은 역설적이게도 당신들을 추종한 공산주의 세계를 행복하게 만드는 대신 반대편의 자본주의 세계를 더 인간답게 만들었다. 이제 편히 잠드시라. 당신이 남긴 것을 구원의 도구로 쓰거나 파멸의 장치로 쓰거나는 후대 사람들의 선택이다.

영한은 '에리히 프롬의 권위주의 개념과 한국 군사정권 치하의 대중심리'를 주제로 박사 논문을 썼다. 에리히 프롬의 책은 지금까지 국내에 나온 번역본 모두, 그리고 《자유로부터의 도피》와 《건전한 사회》 영어본이 있다. 프랑크푸르트학파는 에리히 프롬과 허버트 마르쿠제를 빼고는 모두 서가에서 내렸다.

막스 베버와 에밀 뒤르켐을 비롯해 사회학 전공 서적들도 셋에 하나꼴로 서가에서 내려왔다. 사회학은 사회구조와 사회현상을 다루지만 그래서 모든 것이지만 또 아무것도 아닌 것처럼 보이는 학문이다. 영한의 학교 신입생들 중에는 사회학이 사회과학과 같은 뜻인 줄 알거나 사회학이 사회주의를 연구하는 학문인 줄 아는 아이들도 있었다. 사회학은 1980년대와 1990년대에는 인기 최고였지만 새로운 천년으로 넘어오면서 인기가 차갑게 식어버렸다. 사회학뿐 아니라 인문사회과학 전체가 시들해졌다. 사회학 과목은 사회에 대한 분석 능력을 갖게 하는 수업이지만 분석 능력이 취업에 도움이 되는 건 아니다. 사회학 전공이라는 이력서가 구직에 도움이 안 될 뿐 아니라 맑스주의 수업을 받았다고 자소서에다 자랑하는 건 거의 자살골이다. 사회학 수업에 열정을 불태우는 일은 사회학으로 석박사를 하고 나중에 교수가 될 학생에게만 필요하고 그런 학생은 전국을 통틀어 몇 명 안 된다. 엉뚱하게도 논리 추론 때문에 로스쿨 시험에 도움된다고 사회학과를 선호하는 경향도 있다는데 그것도 수도권 대학 얘기다.

영한은 대학 4학년 때 노동야학 했다가 조직 사건으로 엮여서 학교에서 제적되고 1년 4개월 형을 받았을 때 황당했다. 1년이면 1년이고 1년 6개월이면 1년 6개월이지 1년 4개월은 뭐야. 1년 6개월이면 병역면제인데 2개월 모자라 30개월 군대를 가야 하는 것이다. 영한이 감옥 살고 나와 겨울 잔디처럼 1~2센티쯤 올라온 머리칼을 다시 빡빡 밀고 논산훈련소로 갈 때, 그 20대는 암담했었다. 군대 마치고 7년 만에 학교에 복적이 된 영한은 뒤늦게 전공을 바꿔 공부를 시작했고 이름도 잘 몰랐던 어떤 지방대에 전임 자리를 얻었다. 도청 소재지인데도 KTX가 가지 않는 도시의 작은 사립대였다.

수도권 대학으로 업그레이드해 보려는 은근한 시도들은 좌절되고 수강 신청하는 학생이 줄면서 전공 선택 과목이 하나씩 폐강되던 끝에 학교 당국은 사회학과 폐지를 결정했다. 사회학과는 전공 과목 세 개가 교양 과정으로 들어가고 정원 30명은 경영학과에 가서 붙었다. 미국 유학파인 후배 교수는 영어 강의가 가능하기 때문에 다목적으로 용도가 있었지만 영한은 국내 박사였다. 그는 사회학과가 없어질 때 사직하고 싶었다. 하지만 뒤늦게 교수가 된 영한이 사학연금을 받으려면 구차하지만 몇 년 더 버텨야 했다.

사학연금 20년 기준을 채우고 학교를 떠나던 마지막까지도 영한은 그 구차함에 적응하지 못했다. 학과가 폐지됨으로써 학자의 자존심과 더불어 직장인의 체면이 1차 타격을 받았는데 전공 학과가 사라지자 강의실에서의 지위가 시간강사 시절의 보따리장수로 돌아갔다. 예전 사회학과 학생들도 수업 시간에 꾸벅꾸벅 졸긴 했지만 이제 타과생들은 숫제 책상 위에 엎드려 잤고 수업 도중에 전화받으러 나가는가 하면 강의실에서 전화를 받는 학생도 있었다. 학교에서 젊은 세대의 무례함에 지쳐 있던 나머지 집에서 애꿎은 동민이 화풀이를 당했다. 영한에게 대통령선거는 실망과 좌절로 점철된 여러 해의 파노라마 끝에 마지막 한 방이었다.

영한은 '돌아온 보따리장수' 신세와 섹스리스 부부생활과 함께 동시다발로 닥쳐온 갱년기 슬럼프를 상대하느라 현대 의학의 도움을 받았다. 정신과 의사인 고등학교 동창 L은 띄엄띄엄 보는 사이였는데 갱년기를 통과하는 동안 절친이 되었다.

어느 날 이른 오후 집에 왔는데 영한은 현관문 잠금장치의 비번이 기억나지 않았다. 불편한 기억과 부정적인 감정들을 무의식의 아래 칸으로 쓸어냈더니 무차별 망각의 쓰나미에 몇 안 되는 실용적인 정보도 딸려 내려가 버린 모양이었다. 집엔 아무도 없었다. 영한은 현관문 앞에 한참을 서 있다가 아파트 뒷산을 넘어 보라매공원에 가서 아내가 집에 돌아오기를 기다렸다. 해가 와우산숲 위로 넘어가고 오리들도 사라져 텅 빈 연못에 어둠이 내릴 때 영한은 내 인생도 헛되고 헛된 공부들 끝에 이렇게 막이 내리고 있구나, 하는 비감에 젖었다.

영한이 어느 날 꾹 짜면 물이 뚝뚝 떨어질 것처럼 젖은 얼굴을 하고 L을 찾아가 '바르는 남성호르몬제'를 처방해 달라고 했을 때 L은 "니 몸 안에 좁쌀만 한 암세포가 있어도 이걸 바르면 순식간에 커다란 암 덩어리가 돼"라면서 일단 종합검진을 받고 오라고 했다. 암세포는 없는지 확인한 다음에야 호르몬제를 쓸 수 있다는 것이다. 영한의 막무가내에 L이 마지못해 써준 처방전으로 약을 받아 오던 날 영한은 까짓것 온몸이 암 덩어리가 돼서 죽어야 한다면 죽지 뭐, 하는 기분이었다.

책을 골라낼 때는 갈등했지만 일단 비워내고 나니 무겁고 복잡했던 머리가 가볍고 개운해졌다. 머릿속의 숙변을 치웠다 할까. 그때는 맞고 지금은 틀린 지식도 있다. 막스 베버는 예술품은 낡지도 않고 추월당하지도 않지만 학문 연구는 10년, 20년, 50년 지나면 낡은 것이 되며 이것이 학문 연구의 운명이자 목표라고 했다. 그래, 모든 생명체는 진화하고 원숭이가 인간이 된 판에 오늘의 학문을 넘어서야 내일의 학문이 열리는 거지. 하지만, 시장이 학문의 랭킹을 매기는 시대에 내일의 학문은 어느 쪽에서 열리게 될 것인가.

영한은 과거 독일 사람들이 쓴 책은 많이 버렸지만 지금의 독일에 관한 책 몇 권은 모두 그대로 두었다. 이것들은 우리의 내일에 관한 실용서다. 하민이 독일로 떠날 때 영한은 가볍게 읽을 수 있는 책 두 권을 뽑아서 주었다. 《베를린, 베를린》과 《독일 리포트》. 하민이 베를린을 택한 것은 뜻밖이었다. 그저 자기 파트너하고 지내기 제일 나은 곳을 골랐을 것이다.

20세기에 지성의 나락으로 떨어진 것도, 최선에 도달한 것도 마르크스의 후손들이었다. 독일인들은 20세기 전반에는 나치의 집단 광증을 앓았고 20세기 후반에는 지구상에서 가장 세련된 정치제도를 만들어냈다. 독일사회를 야만의 바닥까지 처박았다가 가장 높은 수준의 시스템으로 끌어올린 변증법. 영한은 독일인들이 그렇게 할 수 있었던 건 한때 회까닥했어도 오래도록 훈련된 지성의 힘이 내장돼 있었기 때문이라고 생각했다.

'그래, 바로 그거야. 바닥을 쳐야 튀어 오르지.'

영한의 어두컴컴했던 머릿속에 전등이 켜졌다. 이제 어쩌면 유용한 책을 쓸 수도 있겠다는 생각이 들었다.

책을 어떻게 처분할지 고민이 많았다. 알라딘 중고서점에 팔까도 생각했었다. 책 몇 권을 검색창에 넣어보니 매입대상 도서가 네댓 권에 하나꼴이었다. 공급에 비해 수요가 별로인 것이다. 그나마 영한의 책들은 책장 귀퉁이를 접거나 밑줄을 긋거나 해서 상태가 불량한 책들이라 매입불가 판정을 받기 십상이었다.

아내가 예전 신문사 동료 얘길 꺼냈다. 양평에서 도서관카페를 열었다 했다.

"이백 평쯤 되는 공장 건물을 리모델링해서 카페를 만들었어. 근데 카페 인테리어가 다 책이야. 그냥 전신만신에 책이야. 손님들이 와서 책을 읽다가 마저 읽어야겠다 싶으면 한 권은 그냥 가져가도 된대. 나중에 돌려주면 좋지만 안 줘도 그만이래. 헌책 기증하겠다는 사람이 줄 섰다니까. 인문사회과학 위주인데 주인이 나름의 기준으로 엄정하게 고른대."

"어, 존경스럽다. 그러니까 일종의 도서관 운동인데. 컨셉 잘 잡았네. 집집마다 책들이 쏟아져 나오고 있으니 공급이 무제한이고."

"내가 물어봤거든. 남편 책은 밑줄도 긋고 메모도 하고 좀 지저분하다고. 근데 그런 거 좋대. 읽은 사람의 흔적이 있는 그런 책이 더 좋다는 거야."

"책이 쓰레기장으로 가지 않고 다른 사람한테 가는 거는 다행이다. 근데 좀 서글프네. 우리가 한때 책깨나 읽었던 세대인데 이제 이 지상에서 물러가고 있다는 거. 책 읽는 인류가 사라져 가고 있다는 거."

책을 입양해 줄 새 가정을 만났으니 책 버릴 때 부담이 좀 덜해졌다. 기증할 책을 다 골라내면 차에 싣고 아내와 함께 양평에 가기로 했다.

이제는 되도록 책을 사들이지 않기로 한다. 짐을 줄이고 몸을 가볍게 해야 하는 나이다. 영한은 책을 사는 대신 빌려볼 생각이다. 자치구 도서관에서 한 번에 다섯 권을 2주씩 대출할 수 있고 도서 목록에 없으면 구입 신청을 하면 된다.

영한은 버릴 책들을 한번 살펴보라고 아내를 부른다. 무심코 붙였던 청테이프를 다시 뜯어낸다.

"어머, 이 책 왜 버리려고 그래?"

아내는 아르놀트 하우저의 《문학과 예술의 사회사》 네 권을 박스에서 꺼내 도로 서가에 꽂는다.

"그러게. 내가 버리는 데 재미가 붙어서 제정신이 아니었구나."

여섯 개의 박스가 만들어졌다. 영한은 아내와 함께 박스를 싼다. 책 박스들이 서재 한쪽 구석에 쌓인다. 아내가 휑덩하니 빈 서가들을 보면서 착잡해한다.

"나중에 아이들이 크면 읽게 될 줄 알았는데."

영한도 아이들이 대학생이 되면 책들을 같이 읽게 될 거라 생각했었다.

"우리가 책을 읽는 마지막 세대가 될 거 같애."

"서재가 있는 집도 드물어질 거야. 요새 애들은 아파트에 옷방을 만들더라고."

아내가 덕담인지 위로인지 한마디 덧붙인다.

"여보, 요새 젊은 애들은 죄다 웹소설, 웹툰 보니까 넷플릭스 다큐멘터리 보는 정도면 지성인이래. 우리 동민이는 그래도 가끔 그것도 보는 것 같더라고."

3.

"근데 이상해요. 책임자 밝혀내서 처벌하겠다고 하는데. 그러면 대통령도 처벌받아야 하는 거 아니에요?"

동민이 밥 먹다 말고 고개를 갸우뚱했다. 표정이 심각했다. 아내가 놀라서 물었다.

"무슨 얘기야?"

"이태원 말이에요."

"어? 왜 갑자기?"

"나는 아무래도 이상해요."

어리둥절해진 영한이 수저를 식탁 위에 내려놓았다.

"너, 그거 누구한테 들은 얘기야?"

"아니, 딱 보면 그렇잖아요. 나는 그냥 그런 생각이 들던데."

영한도 지난 한 달 내내 뒤숭숭했다. 그저께 민주사회를위한변호사모임에서 참사 유족 기자회견을 하는데 아내가 도저히 못 보겠다고 방으로 들어간 다음 영한도 TV를 끄고 말았다. 아내가 말했다.

"대통령실이 용산으로 이사 안 갔으면 그런 사고가 날 가능성이 훨씬 낮았을 거다, 나도 그렇게 봐. 용산 경찰서나 구청이나 대통령실 커버하는 데 매달렸으니까."

영한은 한편으로 동민이 세상 돌아가는 일에 관심을 보이는 것이 반가웠다.

"우리 동민이, 요새 뉴스 좀 보나 부네."

흐뭇해서 웃음 짓는 아빠를 동민이 빤히 바라보았다. 다음 순간 동민은 두 눈이 빨개지는가 싶더니 고개를 숙이면서 일어나 자기 방으로 들어갔다. 공기에 밥이 절반 넘게 그대로 남았다. 아들의 방문이 닫힌 다음 아내가 인상을 쓴다.

"여보, 누구한테 들은 얘기냐니? 왜 애한테 그딴 식으로 얘기해? 자존심 상하게. 취직 준비 하느라 뉴스도 챙겨 보겠지."

영한도 동민의 반응에 당황했다.

"애가 여려가지고. 근데 쟤 요새 너무 우울해 보이지 않아?"

"좀 그런 거 같긴 해. 밥 먹는 것도 예전하고는 다르고. 입맛이 없는지. 예전엔 기타도 치더니 기타 치는 것도 잘 못 보겠고."

"얘 얼굴 봤어? 울 것 같더라고."

"확실히 좀 과민해진 거 같애. 면접 보러 다니는 거 같던데 소식이 없는 거 보니 다 잘 안됐나 봐. 여보, 우리가 이렇게 팔짱 끼고 보고만 있는 게 맞는 거야? 어디 좀 알아봐 줄 만한 데 없을까."

"글쎄. 지가 알아서 해야지. 우리가 어쩌겠어? 요새 졸업생들 안됐어. 코로나 기간에 올스톱이었으니 취업 재수생들은 쌓였을 거고."

"시국은 뒤숭숭하고. 이태원 저거 정말 너무 기가 막히잖아."

"참 난세다 난세."

영한은 식탁 옆 선반에서 연태고량주를 꺼낸다. 아내가 고량주 잔 두 개를 가져온다. 영한은 반찬 그릇만 대충 치우고 두 개의 잔에 고량주를 부었다.

"술 땡기네."

"술만 느는구나."

4.

"손바닥 발바닥으로 바닥을 누를 때 나무가 땅에 깊이 뿌리 내린다고 생각하세요."

요가 선생은 이렇게 말하고 카운트다운을 시작한다.

"아홉, 여덟, 일곱, 여섯…."

상하체로 피라미드를 만드는 다운독 자세. 선생의 말대로 손과 발이 나무처럼 바닥에 뿌리 내린다고 생각하면 팔과 다리에 힘이 들어가면서 팔꿈치와 무릎이 곧게 펴진다. 요가를 시작했던 여섯 달 전만 해도 이 기본자세조차 간단치 않았다. 다리 뒤쪽이 땅기고 발뒤꿈치가 바닥에 붙지 않았다. 뿌리 내리고 싶어도 나무가 자꾸 뽑히려 들었다. 하지만 이제 다운독 정도는 가뿐하다.

영한은 요새 매일 5분이든 10분이든 명상을 한다. 방문 닫아놓고 가부좌 틀고 앉아서 하는 명상이 아니라 어떤 때는 걸어가면서 또 어떤 때는 밥 먹으면서 명상을 한다. 요가 선생은 "명상이란 특별한 게 아니에요. 아침에 커피 마실 때는 커피만 마시는 거예요"라고 했다. 영한은 생각을 끊고 비우는 연습을 한다.

영한은 지금도 악몽을 꾸지만 요가와 명상을 시작한 다음 가위눌린 적이 없다. 요가 수업이 끝나자 요가 선생이 간식을 꺼내고 요가 친구들이 테이블 주위에 옹기종기 모여 앉는데 영한도 그들의 수다가 궁금하지만 호기심을 결연히 자르고 요가 센터를 나온다. 이제 영한은 해야 할 과제가 있는 사람이다.

집에는 아무도 없다. 영한은 샤워를 하고 점심을 간단히 챙겨 먹은 다음 노트북을 가방에 넣고 집을 나선다. 서재는 이제 정돈이 됐지만 집에 있으면 아내와 아들에게 민폐가 될 수도 있다. 다시 취준생이 된 동민도 집에 잘 붙어 있지 않는다. 취직 준비 같이하는 친구가 있다는데 둘이 카페 같은 데서 만나 공부하는 모양이다.

영한은 구립도서관 4층 디지털열람실에 자리 하나를 받아서 노트북을 열고 코드를 연결했다. 노트북 액정 화면에 '새 책'이라는 폴더가 뜬다. 몇 가지 메모 외에는 텅 빈 폴더다. 책 쓰기에 발동이 걸리려면 시간이 필요하다.

역사를 돌아보면 정답이 뻔히 보이지만 당대는 늘 혼

돈이고 집단적 착각이 난무한다. 얼마나 많은 주장들이 역사적 헛소리들인지. 당대를 규명하는 일은 거의 불가능에 가깝다. 영한이 사회학을 처음 시작할 때는 내가 이 세상의 혼돈을 규명해야겠다 생각했고 그 의협심이 경영학을 버리고 사회학을 택하게 했다. 하지만 지난 4년은 가르치지도 연구하지도 쓰지도 않았고 내부의 혼란과 세상의 혼돈에 스스로를 내맡겨 두었었다.

한 달쯤 전 영한을 노트북 앞에 앉게 한 하나의 계기가 있었다.

데이비드 조던이라는 과학자의 전기를 읽던 중이었다. 편집증에 가까운 탐구심을 타고난 그는 어린 시절 밤하늘의 별자리에서 시작해 지리, 식물을 거쳐 물고기로 관심 영역을 옮겨 분류학자가 되었고 오대양을 항해하면서 수천 종의 새로운 물고기를 발견해 알코올병에 담아 이름표를 붙였다. 1906년 샌프란시스코 대지진으로 표본실 선반의 알코올병들이 바닥에 쏟아져 깨졌고 물고기와 이름표가 흩어져 뒤섞이면서 그가 어렵사리 구축해 놓은 질서가 혼돈으로 돌아갔을 때 이 과학자는 바늘을 들고 물고기 몸에 이름표 태그를 하나하나 꿰매 붙였다.

영한은 그 대목을 읽을 때 섬뜩했다. 깨진 유리병 조각

과 물고기 시체들 사이에 게으르고 겉늙은 연구자 하나
가 넋 놓고 나자빠져 있었는데 그게 바로 자신이었다. 집
요한 생물분류학자가 바늘을 들고서 물고기의 살을 꿰매
며 혼돈을 수습하는 풍경은 엽기적이면서도 장엄했는데
그것은 샌프란시스코를 뒤흔든 지진처럼 게으른 지식인
의 뇌리에 번개가 치는 순간이었다. 사회학자로 첫발을
내딛던 30대, 세상의 혼돈을 규명하리라는 초심이 번쩍
눈을 떴다. 무기력증과 불가지론의 긴 잠에 빠져 있던 베
스트셀러 DNA도 돌연 꿈틀했다. 20년 전 영한이 사회학
이론을 한국사회에 적용해 알기 쉽게 소개한다고 쓴 책
《밀레니엄의 사회학》은 3만 부쯤 팔렸는데 사회과학 서
적치고는 베스트셀러였다. 운 좋게 책의 시대, 사회과학
시대의 막차에 올라탔던 것이다.

영한은 은퇴 이후 대기표 받아놓고 노화와 죽음을 기
다리던 자신의 삶에 뭔가 가치 있는 목표를 부여할 시간
이 남아 있다는 생각이 들었다. 인간은 영원히 번민과 권
태 사이를 시계추처럼 오락가락하도록 운명 지어졌다는
쇼펜하우어의 추종자로 보내온 나날에도 충분히 지겨워
져 있었다.

정신과 의사인 친구 L이 권한 것도 그것이었다. L은 신

경안정제와 수면제를 처방하면서 동시에 분노의 에너지를 생산적으로 승화시키는 '의약외적' 처방도 제시했다. 책을 써보라는 것이었다. L은 영한에게 좌절과 공격의 가설을 적용했다. 분노조절장애의 공격성이 좌절감에서 온다는 것이다. 악몽을 꾸고 가위눌리는 게 분노를 과도하게 억압하기 때문이고 영한이 외부 세계뿐 아니라 자신에게도 분노하고 있으며 무기력증도 자신에 대한 분노의 결과라 했다.

"맞는 얘기야. 사실 나도 내가 부끄럽다. 자칭 지식인이라면 지식인이 할 수 있는 일을 해야지. 그런데 지금 내 머리가 고도의 지적 활동을 할 수 있는 상태가 아니야."

영한은 지난 봄에서 여름 사이 심하게 우울했고 자주 화가 났다. 머릿속이 웅웅거렸고 홍수를 만나 뇌세포 절반이 침수된 느낌이었다. 물에 젖지 않은 50%의 뇌세포로 책을 쓸 수는 없었다. 영한은 처방받은 약을 하루 두 번 꼬박꼬박 챙겨 먹었다. 잠이 조금씩 돌아왔고 악몽이 줄었다. 하지만 언제까지 수면제를 먹어야 하나. 수면제 먹다가 결국엔 영원한 수면에 들게 될까. 영한은 요가를 시작했고 두 달 만에 수면제를 끊었다.

책 제목을 뭐라 붙일까. 폴더명의 빈칸에서 커서가 깜빡거린다. 영한의 머릿속에서도 아이디어가 깜빡인다.

'대한민국, 어디로 갈 것인가'. 이건 아니지. 국민교육헌장 쓸 것도 아니잖아.

'혼돈의 한국사회 여행자를 위한 씽킹맵'. 내용으로 치면 얼추 맞긴 한데 제목이 너무 길다. 결정적으로 'thinking map'인데 'sinking map'으로 오해할 수도 있겠다. 가라앉으면 안 되지.

'진보 대파산, 그 이후'. 한국사회 진보의 정체성, 진보정권의 오류가 무엇인지, 진보가 어떻게 바닥에서 새로 시작할지에 대한 이야기가 되겠지만 진보 대파산이나 진보 폭망 같은 부정적인 제목은 곤란하다.

'눈떠보니 후진국'. 어어, 이건 남의 책 제목 베낀 티가 너무 난다.

책 제목은 원고를 다 쓴 다음 붙여도 되는 것이라 시간을 두고 천천히 고민해 보기로 한다.

양평의 카페에 보낸다고 싸놓은 책들을 다시 점검해 봐야겠다. 《열린 사회와 그 적들》도 박스 안에 들어간 거 같은데 왜 그랬을까. 책을 버릴 때는 매정했는데 사람에게처럼 책에 대한 감정도 변덕을 탄다.

영한은 요새 노트북 액정 화면을 30분 이상 들여다보면 눈이 시리고 초점이 흐려진다. 노안이 오기 시작한 것도 50대 중반부터다. 영한은 고개를 들고 가볍게 목운동을 한다. 그때 복도 맞은편 열람실의 한 청년이 시야에 들어온다. 뒷모습이 낯익다. 동민이?

영한은 자리에서 일어나 복도 쪽으로 나가본다. 틀림없는 동민이다. 반가운 마음에 열람실 앞까지 다가갔다가 돌아선다. 집을 피해 나왔는데 이곳에서 아빠를 만나는 게 반갑지만은 않을 것이다.

영한은 일어선 김에 휴게실로 간다. 한쪽에는 일간지들이 비치돼 있고 다른 쪽에는 잡지가 진열된 서가가 있다. 일간지의 시커먼 헤드라인에 먼발치에서도 스트레스가 확 밀려온다. 영한은 잡지 진열대로 간다. 《월간 축산》《해양한국》《극지와 사람》《인권과 정의》《항공우주》《하늘사랑》《제지계 制紙界》… 한국에는 참 다양한 잡지들이 나오는구나. 《제지계 制紙界》는 제지업계 전문지인가. 영한은 이것저것 제목이 끌리는 대로 뽑아서 목차를 일별한 다음 책장을 넘겨본다.

"아빠."

영한이 고개를 드니 동민이 서 있다.

"어, 동민아."

"언제부터 여기 계셨어요?"

"음, 서너 시간 됐나?"

핸드폰을 들고 시간을 본다. 5시 16분. 좀 이르긴 하지만 저녁 시간이 다 되었다.

"우리 저녁 먹을까?"

"가방 챙겨서 올게요."

동민이 먼저 와서 말을 걸다니, 영한은 이 무슨 사건인가 싶다. 동민한테는 그동안 찜찜했는데 잘됐다. 집을 나간 2년 반은 동민이 대화를 거부했고 집에 돌아온 지 두 달이 넘었지만 대화는 번번이 핀트가 어긋났다. 노트북을 접고 자리를 정리하면서 영한은 부자간의 대화를 위한 마음의 준비를 했다. 책 안 읽는다고 타박하면 안 돼. 지적질 금지! 가르치려는 습관을 버려야 돼. 강의 금지! 너무 다 알려고 하지 마. 곤란한 질문도 금지! 영한은 대화 매너의 3금을 정해놓고 스스로에게 거듭 다짐을 준다.

도서관 뒷골목에는 찌갯집도 있고 분식집도 있지만… 당첨된 복권 용지를 뒷주머니에 구겨 넣을 수는 없지.

영한은 동민과 10분쯤 걸어 '한우 등심'이라는 배너가 나부끼는 고깃집으로 들어간다.

등심을 구우면서 이 동네 식당에 대해 이야기하다가 구립도서관의 시설과 문화 행사에 대해 이야기하다가 카타르 월드컵 한국-포르투갈전과 결승전에 대해 길게 이야기하면서 영한은 아들과 3금의 안전지대에서 시간을 보냈다. 그사이 참이슬 한 병이 비워졌다. 아들하고 둘이 바깥에서 술 마시는 것도 처음이다.

한국-포르투갈전은 12월 4일 자정에 세 식구가 거실에서 같이 봤지만, 역대급 드라마였다는 아르헨티나-프랑스 결승전은 동민이 혼자 노트북으로 봤다 한다. 그 대목에서 동민은 다시 또 흥분했다. 영한은 동민이 이렇게 말을 많이 하는 걸 오랜만에 보았다.

"호날두가 사우디 리그로 간대요."

영한은 동민의 수다가 반가웠다. 이래서 전지훈련이란 게 필요한 거지. 환경을 바꾸니까 대화가 풀리는구나. 물론 진로眞露에 대해 감사해야 하고말고.

"동민아, 집에 돌아와 줘서 고맙다."

"뭘요. 재능이 없는 거 알고 정신 차린 거죠."

동민은 고시원 건너편에 있던 스윙스 빌딩 이야기를 했다.

"스윙스가 뭐야?"

"아빠 모르시는구나. 〈쇼미더머니〉에 나와서 대박 뜬 스타 래퍼예요."

"〈쇼미더머니〉가 뭐야?"

"아, 〈쇼미더머니〉 모르시는구나. TV 오디션 프로그램 있어요."

다행히 영한은 오디션 프로그램이 뭔지는 알고 있었다. 영한은 감옥과 군대를 중복 이수했던 희귀 사례, 자신의 암울했던 20대를 이야기했다.

"딱 지금 너 나이에. 스물여덟에. 내가 사회학을 시작했잖아. 경영학과 나와서 사회학으로 돈 거야. 내가 뭐랬는 줄 알아? 경영학이 무슨 학문이야? 경영에는 '학' 자를 붙이면 안 돼. 그때는 사회학이 학문 중의 학문, 최고의 학문 같았지. 사회구조를 분석하고 갈등 원인을 규명하고 대안의 체제를 연구하고. 너희 엄마를 만날 때였는데 그 사람은 신문사에 다니고 있었고 나는 돈도 없고 나이는 너무 먹었고 그래서 유학은 포기했지. 근데 지난번에 사회학과 없어질 때 우리 학교는 사회학과 정원이 그대로 경영학과로 넘어갔거든. 젊었을 때 오만방자했다가 보복당하는 거야. 경영학은 학문도 아니라고? 이 자식

맛 좀 봐라."

영한이 하하하, 짐짓 호탕하게 웃었다. 동민이 씨익, 웃으면서 아빠의 술잔에 소주를 따른다. 둘은 식탁 가운데서 소주잔을 부딪친다. 험악한 군사정권 아래서도 푸른 꿈을 꾸었던 자신의 20대를 떠올릴 때 영한은 역시 만만찮은 질풍노도 한가운데 있을 동민에게 연민을 느꼈다. 평탄한 세상에 방만한 인생 같지만 안으로 경쟁에 멍이 들고 긴장이 곤두선 젊음. 소주 한 잔을 원샷으로 넘기는 동민을 바라보다가 문득 영한은 지금 거꾸로 동민이 자신에게 연민을 느끼는 중인지도 모른다는 생각이 들었다. 이 사회의 중심에서 비켜난 은퇴자에 대해, 시대의 트렌드에 용도 폐기당한 학문에 대해, 아들의 얼굴에 핸드폰을 던지고서 열두 달째 반성 중인 아빠에 대해.

"근데 너 요새 무슨 일 있어? 얼굴이 좀 어두워 보여서."

영한은 질문을 하고야 만다. 하지만 곤란한 질문은 아니잖아, 하고 자문해 본다.

"야, 시험 봐서 바로 붙으면 그게 시험이겠냐? 이대호가 홈런왕이라고 홈런만 치냐. 프로야구 선수가 타율 3할이면 열 살 때부터 자나 깨나 배트를 휘둘렀다는 거야. 그런데 이건 내 감인데. 너 곧 취직할 거 같아. 아빠가 너를 도서관에서 보는 순간 그런 생각이 들었어."

동민이 픽 웃으면서 소주잔을 입으로 가져간다. 동민이 확실히 오늘 좀 달라 보인다. 껄끄러운 감정이 없다. 반강제로 퇴직한 아빠를 너그럽게 받아주기로 한 건가. 영한은 핸드폰 던졌던 일을 사과하려다 좀 썰렁한 얘기인 거 같아 그만두기로 한다. 영한은 퇴직한 다음 미루고 미루다 이번에 서재를 정리한 얘기를 했다.

"너네가 그 책들을 읽을 거 같지는 않아서."

김유신의 말인가. 우회로이긴 하나 결국은 또 책 안 읽는다는 얘기, 그 길로 접어들었군. 3금의 금도는 진즉에 깨졌다.

"서재에 박스들 봤어요. 나도 난독증 같아요. 종이에 인쇄된 활자가 눈에 잘 안 들어와요. 핸드폰이나 컴에서는 클릭클릭하면서 후딱후딱 넘어가는데 책을 읽을 때는 한 페이지를 다 읽어야 다음 페이지로 넘어가야 될 거 같고. 그래서 좀 갑갑하고 부담스러워요. 또 핸드폰이 궁금해서 책을 오래 보고 있기가 힘들어요."

"그러게. 아빠는 2008년이던가 스마트폰을 샀던 거 같은데. 그러니까 나이 오십쯤 돼서 시작했는데. 어떤 때는 책을 읽으면서 10분에 한 번씩 핸드폰을 봐. 나도 중독인 거야. 너네는 10대에 스마트폰을 쓰기 시작했으니 말할 것도 없지. 게다가 요새는 재미난 게 좀 많아야지."

"맞아요. 책 읽을 시간이 잘 안 나요. 또 책은 읽어봐도 그렇게 재밌지는 않으니까."

"재미가 없구나…."

영한은 재미 대신 유익이나 교양이나 지성 같은 얘기를 늘어놓으려다 포기한다.

"넌 종이에 글씨 쓰는 건 어때? 안 힘들어?"

"글씨 쓸 일은 별로 없잖아요?"

"메모도 하고. 가끔 일기도 쓰는데. 자판 두드리는 게 버릇이 돼서 종이에 글씨 쓰려면 어깨하고 목에 힘이 들어가고. 스트레스가 생겨. 손가락을 위아래로 움직이는 건 익숙한데 좌우로 움직이는 거는 이제 어색해진 거야. 그쪽으로는 잔근육들이 퇴화해 버린 건지."

"아, 나도 자판 두드리는 게 훨씬 쉬워요. 뭐 그보다는 핸드폰 터치하는 게 더 쉽네."

동민과 이야기하는 것도 재미있다. 아이가 자신을 표현하는 데 정확하고 솔직하니까 대화가 잘된다. 영한은 동민의 어린 시절이 떠올랐다. 재잘재잘 잘도 떠들고 납

죽냥죽 말대답도 잘했다.

소주 한 병이 다 비워지고 다시 한 병이 왔다. 이번엔 참이슬 빨간 뚜껑이다.

"오늘 나도 술발이 오르네."

영한은 성인이 된 아들과 주량을 겨뤄볼 기회가 없었다. 오늘 보니 주량이 엇비슷한 거 같다. 각 1병씩 마신 셈인데 영한은 살짝 취기가 돌기는 하지만 아직은 괜찮다. 마라톤은 어떨지 모르겠지만 일단 운동장 한 바퀴에선 비등비등한 듯한데… 이놈이 지금 경로우대 중인가. 아빠한테 맞춰주느라 속도조절을 하고 있나.

"너네는 친구들하고 만나면 주로 무슨 얘기 하니?"

"뭐 그냥 시답잖은 얘기들 해요. 노는 얘기. 예능 프로 얘기. 취직한 애들은 직장 다니는 얘기도 하고."

동민이 술잔을 입으로 가져간다. 동민은 소주잔을 매번 원샷에 비운다. 소주 한 잔을 두 번이나 세 번에 꺾어 마시는 영한은 이제야 아들의 음주 스타일이 눈에 들어온다.

"아빠는 친구들하고 무슨 얘기 해요? 정치 얘기 많이 하죠?"

"아빠 나이가 되면 건강 얘기도 많고. 물론 정치 얘기 많이 하지. 요즘 정치도 그렇고 경제도 그렇고 워낙 상황이 여러 가지로 나빠져 가는데. 너는 생각이 다를지도 모르지만 아빠는 지금 이 정권이 군사정권보다 어떤 면에서는 더 나쁜 거 같거든."

"글쎄. 그건 잘 모르겠어요. 우리도 심각한 얘기 많이 해요. 집값 얘기도 하고 AI 얘기도 해요. 저출산 그런 문제들. AI가 일자리 잡아먹어 가는데 어느 쪽으로 가야 살아남을 수 있나. 내 친구들 중에 결혼한 애가 아직 한 명도 없어요. 내 집 마련한다는 거, 답이 안 나오거든요. 결혼 포기하고 아이도 포기하고. 근데 누가 대통령 돼도 비슷한 거 같아요. 문재인 찍었던 내 친구들도 많이 돌아섰어요. 나도 문재인 찍었었지만. 선배 형은 민주당 당원이었는데 화가 나서 탈당했어요. 신혼집 알아보는 사이에 전셋값이 1억이 올랐대요. 문재인은 제대로 한 게 없어요. 진보 쪽은 불안해요. 윤석열 파쇼인 거 우리도 다 알아요. 뭐든 지 맘대로잖아요. 그래도 윤석열은 확실히 자유민주주의 편이라서, 자본주의 편이니까 믿는 거죠."

이건 또 무슨… 영한은 술이 확 오른다. 참이슬 빨간 뚜껑이 역시 강력하다. 동민은 소주 한 잔을 원샷하고는 잔을 채워서 바로 입에 털어 넣는다. 동민은 아까부터 폭음을 하고 있다.

"근데 동민아. 대한민국에 자본주의 아닌 정권 있었어? 지금은 신자유주의 세상 아냐? 우리나라가 본격적으로 신자유주의체제가 된 게 IMF 각서인데 그거 했던 사람이 김대중이야. 진보정권이든 보수정권이든 그 길로 쭉 갔어. 한미 FTA는 노무현 때 했잖아. 진보정부가 좀 다른 건 불평등을 줄이겠다고 더 노력하는 정도지."

"그런데 문재인 보면 확실히 종북이에요. 남북한이 평화롭게 지내는 건 좋은데 정상회담도 좋은데 북한에 너무 굽신굽신하잖아요. 뒤통수 맞고 조롱당하면서도 계속 달래고 퍼주고. 김정은 같은 애한테 꼼짝 못 하고. 북한체제를 떠받들고. 자유민주주의자가 아니라고 봐요."

"아이구야. 거참. 어째 생각이 그렇게까지 갔는지. 참."

영한은 소주 한 잔을 입에 털어 넣는다.

"동민아. 자유민주주의 아니면 당장 아빠도 못 살아. 북한 같은 체제에서는 김어준이니 유시민이니 하루도 못 견뎌. 북한하고 풀리면 제일 좋아할 사람들이 기업가들이야. 시장이 열리잖아. 지금 남북 관계는 노태우에서 시작됐어. 그때 북방정책 한다고 남북기본합의서 그런 거 만들고 소련, 중국하고 수교하고. 이젠 다 도로 아미타불

됐지만. 근데 너가 아무래도 너무 편향된 소스를 갖고 있는 거 같다. 역사적인 맥락을 제대로 알 필요가 있는데. 너도 그렇고 요즘 애들이 프로파간다에 너무 휘둘리니까… 참, 그게 걱정이구나."

어느새 참이슬 한 병, 다시 한 병이 오고 대화는 역사로 갔다가 현재로 왔다가 영한이 어느새 강의를 하고 있다. 3금이 뭐였더라. 강의에다 지적질에다 무차별 질문까지, 대화 매너를 잊은 지 오래다. 부자간에 열 오르고 술 오르고 경쟁적으로 목소리 톤이 높아진다.

"근데요. 우리가 6.29하고 10.26이 뭔지 꼭 알아야 돼요? 5.18 광주도 그래요. 우리나라가 민주화됐잖아요. 민주화되기 전에 그 옛날얘기를 그렇게 자세히 알 필요가 있어요? 그거 좀 모른다고 막 윽박지르고."

영한은 '이 자식이 취했나. 막 나오네' 하면서 아들을 향해 불끈 치밀어 오르는 적의를 잠깐 멈춘다. 화내기 전에 한번 입장 바꿔 생각해 보자는, 역지사지의 좌우명!

영한은 1959년생이었다. 자랄 때는 전쟁이니 해방이니 식민지니 하는 것들이 완전 옛날얘기 같았는데 지금 생각하면 전쟁이 불과 6년 전이고 해방이 14년 전이었다. 동민이 95년생이니까 80년 광주가 15년 전, 그러니까 얘네한테 광주 5.18이 우리한테 태평양전쟁이나 마찬가지네. 그게 그렇구나. 우리가 전후세대인 것처럼 동민은 민주화 이후 세대 아닌가. 영한은 어쩌면 이해할 듯도 하다. 하지만 공산권이 무너지고 냉전시대도 다 끝난 다음에 태어난 아이의 이 레드콤플렉스는 또 뭐지? 그래, 북한 때문이지. 북한 때문에 냉전논리가, 이념공세가 먹히고 누군가는 그걸 이용하지. 진보 혐오에 종북 공포를 얹어서. 레드콤플렉스는 참 지독하구나.

"아빠는 좌파예요? 서재에 책들도 다 그런 책들이잖아요."

영한을 쳐다보는 동민의 눈동자가 반쯤 풀려 있다.

"어, 얘가 지금?"

영한은 알코올로 흐릿해진 머리를 애써 강의 모드로 정렬해 본다. 확실히 주량이 늘었는데 요가 덕인 거 같다.

"동민아, 지금 한국에 좌파는 없어. 좌파가 계급혁명을 지향하는 걸 얘기한다면 말이다. 굳이 말한다면 아빠는 중도좌파라 할까. 좀 인간적인 자본주의를 원하는…."

"아빠 서재의 책들 말이에요. 마르크스. 무슨 혁명. 공산주의. 뭐 그런. 솔직히 아빠도…."

동민은 게슴츠레한 눈으로 거기까지 말하다 갑자기 고
개를 푹 떨군다. 영한은 황급히 아들 앞의 그릇과 술잔을
옆으로 치워준다. 얘가 술이 쎈 줄 알았더니 언제 이렇게
취했지?

영한은 고개를 숙인 채 졸고 있는 아들 앞에 망연자실,
앉아 있다. 뭔가가 다 깨지고 다 무너졌다. 가슴속이 삭막
하고 눈앞이 자욱했다. 영한은 울고 싶어졌다. 하룻저녁
가벼운 대화로 아들과 화기애애했던 시절로 돌아갈 수
있을 줄 알았다. 하지만 모처럼의 화통한 대화는 아들과
자신 사이에 놓인 것이 작은 틈이 아니라 깊은 계곡이라
는 사실을 알려주었다. 핸드폰 사건은 사소한 해프닝에
불과했다. 영한은 어깻죽지가 축 늘어졌다. 혐오의 팬데
믹이 우리 사이를 너무 벌려놨구나. 이걸 건너갈 수 있을
까. 이걸 메우는 게 가능할까. 당장은 아니라도 시간이 걸
리더라도 메워질 수 있는 골인가. 갑자기 이 사회에 대해
정나미가 뚝 떨어졌다.

영한은 피곤하고 졸렸다. 이제 그만 집에 가고 싶었다.
영한은 자리에서 일어나면서 동민을 깨웠다.

택시를 기다리면서 영한은 휘청거리는 동민의 어깨를

끌어안고 연신 추슬러야 했다. 어째 애가 폭음한다 싶었다. 영한은 택시 뒷좌석에 동민을 먼저 밀어 넣었다.

"쳇, 애비하고 아들이 완전 거꾸로 됐잖아. 늙은 애비가 술 취한 아들을 부축하고."

동민을 손으로 떠밀면서 택시 뒷좌석에 올라타자 영한은 머리가 빙글 돌면서 취기가 확 올라왔다.

옆에 늘어져 잠들었나 싶었는데 동민이 풀어진 목소리로 말했다.

"오늘 이태원에 갔었어요."

"이태원엔 왜?"

"밴드 같이하던 친구가… 미호… 정현이가… 거기서 죽었어요."

여자 멤버가 있는 건 알고 있었다. 영한은 할 말을 찾지 못했다.

"근데 분향소에 없더라고요. 정현이는. 사진이…."

동민이 울고 있었다. 동민이 어깨를 들썩이며 훌쩍거리는가 싶더니 어느 결에 영한의 무릎 위로 고꾸라졌다.

"어이구, 이 자식 좀 봐."

영한은 무릎과 가슴을 묵직하게 압박하고 있는 다 큰 아들을 내려다보았다. 영한은 아들의 어깨에 왼손을 올려놓고 오른손으로 머리를 쓰다듬었다. 아들의 머리를 만져보는 것도 얼마 만인가.

아까 도서관에서 처음 봤을 때부터 동민은 어딘가 달라 보였다. 어디서 낮술을 하고 왔나. 눈도 부은 듯했다. 어쩌면 정현이라는 아이가 단순한 밴드 멤버만은 아니었을지 모른다는 생각이 들었다. 영한은 마음이 아려 왔다.

다음 날 아침, 영한이 요가 수업 하러 나가려는데 동민이 일어나서 거실로 나온다.

"잘 주무셨어요?"

"너 괜찮니?"

동민이 대답 대신 머리를 긁적인다.

"근데 아빠가 서재를 대략 정리해서 좀 있을 만해졌는데. 어떻게 할래? 너가 서재에서 공부할래? 그러면 아빠가 도서관 가고. 너가 먼저 골라."

동민이 잠깐 생각하더니 "내가 도서관 갈게요"라고 대답한다. 영한은 고개를 끄덕이고는 가방을 집어 든다.

"가스레인지 위에 북엇국 있다."

동민이 부엌으로 가서 냄비를 열어본다.

"엄마가 끓였어요?"

"아니, 내가 끓였지. 너도 속 좀 풀어."

동민이 피식 웃는다.

현관문을 나서면서 영한이 중얼거린다.

"저 자식이? 기분 나쁘네. 비주얼이 마음에 안 든다는 얘긴가."

5.

"지금 대한민국에서 최고로 억울한 사람은 박희영일 거 같아."

"박희영이 누구야?"

아내가 물었다.

"용산구청장 말이야. 용산경찰서장도 구속됐지만 경찰 서장이야 임명직이고 상부에서 하사한 권력을 회수해 간 것이라 쳐도 구청장은 구민들이 뽑아준 거잖아. 돈 써서 선거하고 당선됐는데 6개월도 안 돼서."

"그러게."

"이 여성이 남편 미국 유학 따라갔다 와서 50대에 용산 구의원으로 정치판에 나온 거야. 경단녀가 뒤늦게 정치

입문해서 육십 넘어서 구청장이 됐어. 대통령실이 용산으로 이사도 왔겠다. 이제 용산이 정치1번지 됐다고들 했는데 마른하늘에 날벼락이지. 구속된 것도 억울한데 당에서는 당적을 박탈하느니 사퇴하라느니 손절하고 있잖아. 구치소에서 가만히 생각하면 미칠 노릇이겠지."

지난주 동민과 술을 마시고 영한은 어제서야 이태원에 갔다.

벌써 두 달이 훨씬 지났는데도 이태원은 텅 비어 있었다. 상점이나 음식점들도 비어 있고, 시야에 들어오는 길거리 행인은 다섯도 되지 않았다. 흡사 유령 도시였다. 해밀턴호텔 옆 골목에는 젊은 친구들이 제법 있었는데 녹사평역삼거리 합동 분향소에는 조문객이 아무도 없었다. 분향소 주위는 현수막이 빽빽이 둘러쳐져서 바깥에선 분향소가 보이지 않았다. 영한이 현수막을 세어보니 모두 열네 개였다. '이재명 상습 거짓말쟁이. 구속 수사하라.' '이태원 참사 희생자의 명복을. 이태원 참사를 즐거워하는 이재명.' '국민들에게 더 이상 슬픔을 강요하지 말라.'

모두 '신자유주의연대'라는 단체의 이름으로 돼 있었다. 신자유주의는 국경 없는 세계적 규모의 자유주의 시장경제의 원리를 이르는 말인데 신자유주의연대는 무엇을 위해 연대하는 단체이길래 이태원 분향소에 혐오 스피치의 철벽을 두르고 있는 것일까. 요새는 자유니 공정이니 하는 근사한 개념들이 엉뚱한 곳에 잘못 쓰이는 경우가 흔하다. 현수막의 용도 두 가지는 분명했다. 분향소를 찾아오는 사람들에게 추모니 책임 소재니 하는 말을 입도 뻥끗 못 하게 틀어막겠다는 것, 관저와 집무실이 따로인 대통령의 아침저녁 출퇴근길에 분향소를 가리고서 대통령의 심기 경호를 하겠다는 것.

그곳에는 삶과 죽음에 대한 최소한의 경건함도 없었다. 158명의 죽음 앞에서 어찌 저토록 무례할 수 있나. 분향소를 떠날 때 영한은 모욕감으로 얼굴이 벌겋게 달아올랐다.

영한은 아내에게 미호라는 아이 이야기를 전해주었다. 아내는 뭔가 짚이는 게 있다는 듯 고개를 끄덕였다.

"어쩐지… 가엾어라."

선거 후에 몇 달을 신문 끊고 뉴스 끊고 요가와 명상으로 마음을 다스렸다. 하지만 이제 다시 아침마다 신문을 집어 들고 매일의 정치 현실을 스캔하자니 스트레스가 쓰나미처럼 몰려온다. 책을 쓰기로 작정하니 뉴스를 피할 방법이 없다.

특수통 출신의 검찰총장이 대통령이 돼서 검찰 조직 운영하듯 국가권력을 휘두르고 있다. 검사동일체의 조직 논리가 검찰에서 국정 전체로 확장되는 중이다. 막스 베버는 정치인에게 필요한 세 가지 자질이 열정, 책임감, 균형감각이라고 했다. 이 사람의 경우 열정은 타의 추종을 불허하는데 책임감은 선택적이고 균형감각은 실종됐다. 선거 전에는 이 정도로 균형의 미덕과 담쌓은 인사일 거라고는 생각하지 않았다. 다른 의견을 듣는 태도, 그런 민주 정치의 기본 매너는 임기 끝날 때까지도 생겨나지 않을 것 같다.

어느 날 저녁 거실에서 영한은 아내와 넷플릭스 드라마 〈환혼〉을 보았다. 영한이 이제껏 한 번도 본 적 없는 판타지 멜로 무협 시리즈인데, 아내가 볼 때 옆에서 '무슨 저런 엉터리가 다 있어' 하며 기웃거리다가 2부 30회까지 정주행해 버렸다.

곽상도가 무죄 판결 받은 날이었다. 조국 재판에서 정경심 형량을 4년에다 1년 추가했다는 뉴스가 나온 사흘 뒤였다. 곽상도 아들의 50억 퇴직금이 좀 많긴 하지만 검찰이 아들 곽병채와 아버지 곽상도 사이의 연결고리를 입증하지 못했기 때문에 재판부가 무죄로 판단했다고 했다. 아버지와 아들의 연결고리를 입증하지 못했다고? 유전자 감식해서 친자 확인 하라는 얘긴가? 조사할 뜻이 없는 검사와 추궁할 뜻이 없는 판사가 법조문 가지고 장난치고 있었다.

〈환혼〉은 최종회에서 일대 결전의 클라이맥스에 도달하고 있다. 어둠의 세력이 왕을 중심으로 결집하고 나설 때 의로운 술사 박진이 폭풍 눈물을 흘리면서 외친다. 박진 역의 유준상은 영한도 좋아하는 배우다.

"악은 이토록 거침없이 자신의 길을 가는데 어째서 선은 끊임없이 자신을 증명해야 하는가."

영한은 울컥했다. 그 대사가 무의식에 내장된 버튼 하나를 누른 모양이다. 예쁜 아이돌 남자애들이 화장하고 나오는 판타지물인데, 나도 참 어이없군, 하면서 영한은 티슈를 하나 뽑아 눈물을 닦으면서 코를 핑 하고 푼다. 아내가 놀라서 쳐다본다.

"야, 홍 자매가 천재는 천재일세. 저 황당무계한 얘기를 진짜처럼 그럴싸하게 지어내서 왕년의 대학교수를 울리다니. 근데 한국 웹툰이 워낙 쎄고 판타지가 많다 보니까 웹툰 베이스 드라마들이 너무 그쪽으로 쏠려 있어. 고

퀄 정치 드라마도 좀 나와주면 좋겠구만. 〈하우스 오브
카드〉나 〈웨스트 윙〉 같은 것 좀 안 만드나."

　영화를 평계로 터진 눈물주머니가 고단하고 메말랐던
심신을 촉촉이 적시면서 모처럼 힐링의 순간을 맞이하던
중인데 영화를 좀 안다는 아내의 냉정한 논평이 판타지
삼매경을 깨뜨린다.

　영한은 밤에 다시 악몽을 꾸었다.

　어깨가 떡 벌어진 떡대가 내 얼굴을 욕조에 처박는다.
니가 북한공작원 만난 것 옆방에 니 친구가 벌써 다 불었
어. 이 주사파 새끼들. 꿈속에서도 이상하다고 생각한다.
아직 주사파가 나오기 전인데. 왜 자꾸 나를 주사파라고
하지? 1초만 있으면 숨 막혀 죽을 거 같다. 나는 몸을 버
둥거리고 고개를 들려고 애써보지만 머리는 점점 욕조
깊이 들어간다. 버티면 너만 손해야. 증언은 다 나왔고.
너는 어차피 국가보안법 5년이야. 니가 지금 불면 1년
4개월 해준다. 내가 물속에서 소리친다. 1년 4개월 안 돼.
입을 벌리자 물이 입 속으로 밀려 들어온다. 1년 6개월
해줘. 물이 코 속으로도 밀려 들어온다. 물맛이 이상하다.
이제 보니 욕조에 담겨 있는 것이 물이 아니라 시뻘건 피

다. 으아악.

잠이 깬 영한은 흐유, 안도의 숨을 몰아쉬었다. 욕조 속에서 참았던 숨을 길게 들이쉬고 길게 내쉰다. 어둠 속에서 사각 LED등이 매달린 천장과 벽장이 흐릿하게 눈에 들어온다.

20대 이후 영한은 감옥 다시 가고 군대 다시 가는 악몽을 한도 끝도 없이 꾸었다.

대학 4학년 가을의 어느 날 영한은 저녁 늦게 야학 수업하러 구로공단 부근에 있는 연립주택에 들어가다가 문앞에서 사복형사 두 명에게 잡혔다. 처음엔 영등포경찰서로 갔다가 이틀 만에 남영동 대공분실로 갔다. 그때는 그곳이 남영동인지도 몰랐다. 10월이었고 옷이 벗겨졌고 지하실이 추웠고 욕조에 얼굴이 처박힐 때는 온몸이 물을 뒤집어써서 더 추웠고 몇 시간씩 각목으로 두들겨 맞았고 칠성판이라는 데 꽁꽁 묶이기도 했다. 밥을 주다 말다 하고 잠도 자다 말다 해서 하루가 지났는지 며칠이 지났는지 알 수가 없었다. 정신이 맑을 때도 있고 몽롱할 때도 있고 말이 제대로 나올 때도 있고 헛소리가 나올 때도 있었다. 3개월 후 법정에서 영한은 야학 선생 같이했던 친구와 선후배들을 한꺼번에 만났는데 그들은 '북괴의 지령으로 남조선에 무장 폭동을 일으키기 위해 노동자를 조직하는 임무를 수행하는 지하조직의 한 분파'가 돼 있었다.

영한은 서클 세미나에서 《전환시대의 논리》 《분단시대의 역사인식》 《소유냐 삶이냐》 같은 책들을 읽었는데 그것은 경영학과 전공 수업과는 전혀 다른 세계였다. 그 시절에 경영학과는 3학년이 되면 벌써 대기업들이 와서 설명회도 하고 공장에 데려다 견학도 시켰고 졸업만 하면 시험도 없이 입사시켰지만, 영한은 졸업하고 취직하는 일보다 더 중요한 일이 있다고 느꼈다. 영한은 그때도 계급혁명이 비현실적으로 여겨졌고 북한체제에 호감을 갖지도 않았고 다만 군사정권을 끝내야 하고 노동자들은 조합을 만들어 권리를 주장해야 한다고 생각하는 사람이었다.

고문당하는 꿈은 수면제 처방받고 요가 시작하면서 한동안 사라졌는데, 남영동이 다시 꿈에 등장한 건 민노총 간첩단 수사 어쩌고 하는 뉴스들과 관련 있지 싶었다.

아침에 영한이 아내에게 꿈 얘기를 했다.

"내가 1년 6개월로 해달라고 소리쳤다니까."

아내가 우스워 죽겠다고 했다.

"당신 그거, 민노총 뉴스 때문이야. 북한은 세계 최빈국인데 이 부자 나라에서 북쪽 지령으로 지하조직을 만들고 어쩌고 하는 건 또 무슨 판타지 드라마야? 딱 봐도 공작 냄새가 풀풀 나는데. 지금 민노총이 옛날 주사파가 쎄다니까 그거 가지고 엮을라나 본데. 진짜 북한공작원 만나 지하조직 어쩌고 했다면 얘들은 감옥 보낼 게 아니라 정신병원에 보내야지."

6.

처음에 영한은 책의 제목을 《위기의 민주주의》라 붙였었다. 2018~2020년의 브라질을 다룬 넷플릭스 다큐멘터리 제목인데 그대로 빌려와도 크게 이상할 것 없었다. 초등학교만 나온 노동자 출신의 룰라가 노동당 후보로 대통령이 되어 8년 집권했고, 그사이 브라질은 4대 신흥 경제대국 '브릭'의 하나가 되고 정치가 안정되고 룰라는 지지율 87%로 퇴임했다. 하지만 그의 후계자가 첫 임기를 끝내고 재선돼 노동당 정권이 13년째 접어들었을 때 재벌 소유 미디어들과 야당이 대반격을 개시했고 대통령을 탄핵하고 룰라를 감옥에 보냈는데 이 상황을 주도한 것이 검찰이었다. 감옥을 나온 룰라는 2022년 다시 대통령이 됐다. 한국과는 지구 반대편인데 저개발 정치의 패턴이 유사하다.

다만 브라질과 한국이 지나온 경로는 판이하다. 20세기 중반까지 남미는 땅이 넓고 자원이 풍부해서 잘사는 나라였고 1970년대엔 많은 한국인들이 이민을 갔다. 하지만 넓은 땅과 천연자원보다 두뇌와 인적자원이 더 중요해진 4차 산업과 신자유주의 경제에 한국이 잘 올라탔고 한국은 이제 선진국이 됐다. 남미는 저개발 정치의 늪을 벗어나지 못하면 선진 경제도 물거품이 될 수 있다는 생생한 사례다. '잘못하면 베네수엘라 된다'는 말, 정치가 엉망이면 산유국도 가난뱅이 나라가 될 수 있는 것이다. 영한은 그렇게 남미 이야기로 책을 시작하기로 한다.

영한은 아직도 동민이 쇼크로 뒷골이 얼얼하다. 하지만 아들과 술 마신 다음 날 숙취를 벗어나면서 책 쓰는 일에 분명한 원칙이 섰다. 과거 운동권 꼰대의 뻔한 소리를 쓰면 안 된다는 것. 동민이가 읽을 책을 써야겠다는 것. 영한은 이명박 박근혜 정권 때 공권력이 댓글부대를 운영하고 극우단체들을 키우면서 민주주의를 얼마나 후퇴

시켰는지 자세히 쓰려고 했는데 이것도 일단 뒤로 미뤄
두었다.

영한은 동민에게 줄 책을 쓰기로 마음먹었다. 가끔은
아들 나이를 헷갈리는 부실한 아빠지만 한 번은 좋은 아
빠 노릇에 열과 성을 다 바쳐보기로 했다. 그 얘기를 들은
아내가 "이제 강의가 아니라 책이야?" 했다.

영한이 대학에 입학했을 때 서클에서 선배들이 주도한
공부 모임이 '시각조정을 위한 세미나'였다. 40년 전인
데, 지금 영한에게 필요한 게 바로 시각조정, 혐오 팬데믹
에 감염되지 않은 깨끗한 진보의 생각을 골라내는 작업
이다. 영한은 세대를 막론하고 혐오 정치와 막장 미디어
의 볼모가 돼가는 시대에 자신은 얼마나 자유로운지부터
물어야 했다.

명상이 도움이 되었다. 생각을 끊고 비우는 연습은 책
쓰는 일에도 도움이 됐다. 영한은 우선 한국사회의 놀라
운 입지전을 얘기하기로 했다. 1950년 이후를 한 사람의
인생으로 본다면 그것은 믿을 수 없이 성공적인 인생이
다. 지지리 가난한 집에 태어나 집 안팎에서 폭력에 시달
리며 자란 아이가 어떻게 번듯한 어른으로 성장할 수 있
었던가. 지금의 세계를 돌아볼 때 기아와 전쟁이 없는 곳

에 산다는 것도 행운이다.

대한민국은 2차 대전 이후 독립국 가운데 경제발전과 정치 민주화를 모두 이룩한 유일한 나라라 한다. 그것도 식민지에서 독립한 지 5년 만에 공장과 철도의 절반 이상이 파괴되고 수백만이 죽는 전쟁을 치른 다음, 말 그대로 폐허 위에 재건했다. 유럽 나라들은 2, 300년 제국주의시대의 식민지 착취로 쌓은 물적 토대가 있고 어딜 가나 저들이 깔아놓은 언어와 문화와 비즈니스의 인프라가 있다. 영어가 세계공용어이고 달러가 기축통화이고 전 세계에 주둔군을 거느린 미국은 더 말할 나위가 없다. 그들에게 해외시장 개척이 '땅 짚고 헤엄치기'였다면 우리는 '맨땅에 헤딩하기'였다. 그렇게 해서 식민지 착취와 제국주의 유산 없이 개인소득 3만 달러 선진국에 진입했다. 한국이 그저 부자나라가 아니라 문화강국이기도 하다는 게 놀라운 일이다. 할리우드에 평정된 세계 영화시장에서 '한국영화'는 멸종위기를 피했을 뿐 아니라 우세종이 됐다.

영한의 연구 주제였던 에리히 프롬의 《자유로부터의 도피》는 1930년대 나치 독일에 이르기까지 1000년을 흘러온 유럽인들의 마음의 역사를 쓰면서 '파시즘의 광기가 어떻게 위대한 국민을 사로잡았나'를 분석했다. 그에 비하면, 지금 한국인이 누구이고 어떻게 여기까지 왔는가, 그 울적하고 험난한 시대를 통과한 사람들의 발랄함과 창의력은 어디서 오는가, 하는 것은 즐거운 화두다.

영한은 인터넷 서점에서 《BTS 길 위에서》를 비롯해 책 열 권쯤을 구입해 놓고 아내가 정기구독하는 《씨네21》도 들여다본다. 문화적 잠재력이 영한에게 낯선 영역인 데 반해 사회구조와 정치체제는 익숙한 주제이지만 그래서 새로운 앵글로 접근하기는 더 까다로울 수 있다.

적어도 한반도 남쪽에서 정부 수립 후 70년 남짓이 성공적인 자수성가의 입지전이었다면 한국사회는 정치 리더십의 행운을 가졌다고 할 수 있다. 한 나라의 흥망성쇠에는 정치지도자의 몫이 있고 국민의 몫이 있다. 여기서 박정희 딜레마를 만나게 된다. 한국을 선진국이라 부를 때 1인당 GDP 3만 달러를 빼고는 이야기할 수 없다. 1960년의 100달러에서 근대화 또는 개발독재라는 이름의 압축적 경제성장을 거쳐 이런 풍요에 도달했다. 박정희 아니었으면 경제발전을 못 했을까, 묻는다면 솔직히 영한의 대답은 '그렇다'이다. 4.19혁명의 민주주의 이상을 법제도로 만든 것이 1960년 제2공화국의 의원내각제

였지만, 근대화 플랜을 가동하고 민주사회를 운영할 내
공이 없었던 기성 정치와 언론과 시민사회가 군부를 불
러들였다.

영한은 아내와 토론해 보았다. 〈한겨레신문〉 창간 멤버
인 그는 유보적이다.

"유신정권 때 〈동아〉와 〈조선〉에서 해직된 기자들이
〈한겨레신문〉을 만들었는데 그 선배들 앞에서는 절대 그
렇게 말할 수 없어. 그분들하고 그 가족들이 인생 전체에
걸쳐 피해를 입었으니까."

영한은 박정희시대에 대해 1960년대의 성공과 1970년
대의 실패를 구분해야 한다고 생각한다. 1960년대는 근
대화가 이슈였으나 1970년대엔 절대권력 유지가 이슈
가 됐다. 무엇보다 1980년대, 전두환과는 확실히 구분해
야 한다. 흔히들 '쿠데타로 정권을 잡았다'고 하지만 박정
희가 대통령제로 헌법을 바꾸고 선거에 출마해 1.5% 차
로 간신히 이겨 대통령이 됐다는 사실은 모르는 사람이
많다. 전두환은 장충체육관의 간접선거에서 99.4%를 득
표해 청와대로 직진했고 집권의 명분을 만드느라 광주를
내란 지역으로 찍어 시민을 학살했다. 박정희는 근대화
의 소명이 있어 보였지만, 정치군인 전두환은 비명횡사

한 아버지의 가업을 남 줄 수 없다는 마인드로 정치에 뛰어들었다.

영한은 무엇보다도 한국에서 탈군사정권과 민주화의 코스를 대단히 성공적이었다고 본다. 노태우-김영삼-김대중의 순서는 전지전능한 누군가의 기획 같았다. 동서 냉전체제가 무너지던 격동기에 한국의 대통령이 노태우였다는 건 다행이었다. 소련, 중국과 수교하고 남북회담을 추진하는 사업은 '반체제 인사' 출신보다는 장군 출신의 보수당 대통령이 해주는 게 더 원만했다. 1988년 이후 15년 동안 세 명의 대통령은 각각의 단계에 요구되는 과제를 수행하면서 초헌법적인 군부독재로부터 자유민주주의로 한국사회를 연착륙시켰다.

돈을 버는 것보다 번 돈을 지키는 것이 더 힘들다는 말은 민주주의에도 적용된다. 민주화운동을 하던 시기에는 민주주의만 되면 만사형통일 줄 알았다. 하지만 민주주의는 결코 간단한 질서가 아니다. 법제도만으로 되는 게 아니고 상식과 문화가 받쳐줘야 한다.

미국, 프랑스, 영국 같은 2, 300년 경력의 민주주의 선진국들도 헤매고 있다. 프랑스혁명은 1789년에 시작됐지만 프랑스인들이 민주주의의 과실을 누리게 된 것은 서로 죽고 죽이고 정치인들이 줄줄이 기요틴 아래 목이 날아가면서 100년에 걸친 혼돈을 통과한 다음이었다.

한국사회는 선진 경제에 민주주의, 두 마리 토끼를 다 잡았고 해피엔딩의 드라마를 썼다. 윤석열까지도 그 드라마의 한 페이지로 넣어줄 수 있다. 이념적 편향은 극우이고 행정뿐 아니라 입법, 사법, 언론까지 장악하려는 태도는 명백히 파시즘이다. 군사정권이 물러간 한참 뒤에 극우 파시스트 정치인을 다시 만나게 된 것도 민주주의 학습의 한 과정이다. 영한은 자기확신의 함정에 빠진 극우 행동주의가 한반도를 위기로 몰아넣는 실수를 범하지만 않는다면 윤 정권의 경험도 한국사회의 정치적 경험 치를 높이는 데 도움이 될 수 있다고 본다. 독일의 경우 나치 흑역사가 없었으면 지금같이 우아한 의회제도의 상상력이 발동했을 리 없다.

여기서 진보가 정치에 희망을 잃고 정치 혐오와 정치 무관심의 안드로메다로 떠나버리면 그것이 지금 일본이다. 총선 투표율이 50% 정도, 어차피 정치는 자민당이 알아서 하든 말든, 국민 절반이 누가 국회의원이 되는지 관심 없다. 전후 70여 년의 자민당체제에서 민주당이나 사회당이 집권한 건 단 두 차례, 6년이었다. 뭔가 바뀌어야 한다는 사회 분위기에 투표율도 높았지만 매번 실패했다. 자민당의 수족이 돼 있는 행정부에서 민주당은 거의 외계인 내각이었다. 민주화운동에서의 역할, 시민운동의 경험이 한국의 진보가 일본의 진보보다 나은 점이다. 그 다음은 집권 경험이 쌓여야 진보도 실력이 쌓인다.

영한은 책의 1부를 남미로 시작해 일본으로 마무리하기로 한다.

국민 대중의 상당수가 지난 대통령선거에서 승자독식 대통령제가 그 부작용의 임계치에 왔다고 느꼈다는 것이 영한의 생각이다. 탄핵의 입버릇은 우리 사회가 저개발 정치의 늪에서 허우적거리는 소리로 들린다. 극우 파시즘으로 되돌아온 것이 양극화와 혐오 정치의 결과이고 그 시작이 노무현 탄핵이었다는 가까운 과거를 벌써 까먹은 탓이다.

압축 경제성장, 압축 민주화로 다른 선진국들의 300년 사업을 몇십 년 만에 해치운 유능한 사람들인데, 이 한국인들의 정치적 삶은 고단하고 피로하다. 풍요로운 사회에 생산성 높은 문화 콘텐츠를 자랑하는데, 정치 문화는 그다지 건강하지 않다. 자, 그러면 이제 우리는 어디로 가야 하나. 그것이 2부의 주제인데 영한은 2부를 쓰기 위해 한국사회 갈등에 관한 연구 논문들을 찾아본다. 사회갈등은 정확히 영한의 전공 분야다.

7.

영한이 아침에 일어나 가족 카톡방에 들어가니 하민이 유튜브 영상 하나를 올려놓았다.

  정희: 엇? 하민 작사, 동민 작곡!!
  정희: 뭐야? 얘네 둘이 합작한 거야?

"고양이가 좋아하는 곳. 폭신한 소파. 옷장 구석. 이불 속, 책장 위. 집사 무릎. 깨끗한 모래가 담겨 있는 화장실. 새들을 구경할 수 있는 베란다. 고양이는 지붕을 좋아하는데 아파트엔 지붕이 없어. 고양이는 담장 위를 걷기 좋아하는데 담장이 없어서 미안.

  고양이가 말을 한다면 엄청 수다스러울 거야. 모래통과 밥그릇의 청결 상태에 대해 지적하겠지. 집사의 잦은 외출에 대해 불평할 거야. 그러고는 애정을 표현하는 폭풍수다 수다폭풍. 골골송 안에 들어 있는 말들. 무표정 속에 들어 있는 표정.

　고양이는 아프면 조용해져. 깊이깊이 숨어. 고양이의 침묵. 약한 모습을 감추려는 마지막 자존심. 고양이가 사람에게 상처를 주는 건 생에 단 한 번, 이 세상을 떠날 때. 먼저 떠난 고양이는 무지개다리 건너에서 나중에 올 집사들을 기다린다고 하지."

　노래 제목이 '고양이'. 유튜브 섬네일에 우리 집 고양이 토토 사진이 떠 있다.

　영한: 노래 좋다!!♥♥

　영한: 솔직히 말해서 동민이 처음 만든 노래들은 좀 별로였는데.

　정희: 노래 듣고서 울었어. 지금도 눈물이 나. 우리 초롱이 생각나서. 무지개다리라는 말만 나와도.ㅠㅠㅠ

　영한은 깜짝 놀라서 자기가 쓴 톡에 '삭제'를 누른다. '모든 대화 상대에게서 삭제'. 예전 노래들은 별로였다는 말, 이 카톡방에 동민이 있는 걸 깜빡했다.

　동민이 예전에 만든 노래들은 제목이 〈가출〉〈피자〉였던가, 특별히 귀에 들어오는 멜로디는 없고 목소리나 가사가 좀 거친 느낌이었다. 코로나 기간에 슬럼프에 빠져 있나 보다 했더니 음악 세계가 나름 진화하고 있었다.

동민이 집으로 돌아오면서 가족 톡방도 4인체제로 복원됐다. 하민과 동민이 아직 카톡을 안 보고 있다. 하민은 벌써 잠든 모양이고 동민은 아직 자는 모양이다. 아니면 침대에서 핸드폰을 들여다보고 있는지도 모른다. 아내에 따르면 동민은 아침에 잠 깨면 침대에 누운 채 30분에서 한 시간쯤 웹툰이나 웹소설을 본다. 잠시 후 하민이 들어온다.

하민: 이거 유튜브에 뜬 지 여러 달 됐어. 엄마 아빠가 알고 있을 줄 알았는데. 어제 동민이한테 물어봤더니 모르실 거라고 그러네.

정희: 너 안 자고 있어? 근데 너 완전 시인이구나. 가사가 심금을 울려.

하민: 흠흠, 내가 시 좀 쓰지.

영한: 고맙다. 알려줘서.

하민: 그러면 〈내버려 둬〉란 노래도 못 들어봤어요?

정희: 그런 노래도 있어?

하민: 오오, 부모님께서 아들한테 너무들 무심하시네. 얘가 작년에 노래 두 개 만들었잖아.

정희: 그럼 그것도 유튜브에 검색하면 나와?

하민: 잠깐만. 그게 동민이가 마지막으로 만든 노랜데.

하민: 올린다고 했었는데 검색이 안 되네. 잠깐….

하민: 아, 요건 없다.ㅠㅠ

하민: 내가 음원 파일을 받은 건 있는데.

정희: 여기 좀 올려봐~.

하민: 그건 동민이한테 물어봐야 할 거 같아.

동민의 마지막 노래가 궁금했다. 영한은 침대에서 일어나 거실로 나온다. 영한의 기척을 듣고 아내도 방을 나온다. 둘은 주방 식탁에 마주 앉는다. 아내가 목소리를 낮춘다. 동민이 자기 방에서 깨어 있다 여기는 거다.

"여보, 동민이 제법이네."

"나도 좀 놀랐어."

"애, 음악 접은 거 좀 아깝다."

"쩝, 하지만 요새 집집마다 아이들 하나씩은 음악한다 영화한다 그러는데. 동민이가 그걸로 먹고살 수 있겠어? 직업이 되는 건 또 간단치가 않지."

"하긴 그래."

아내가 부엌으로 가서 전기포트에 물을 끓인다. 잠시 후 차 두 잔을 가지고 와서 식탁 위에 놓는데 기분 좋은 표정이다.

"나는 얘네 둘이 이렇게 서로 통하는지 몰랐네. 얘네는 심상정과 윤석열이잖아. 통합이 될 수 없는 동네인데."

"남매끼리 서로 챙기고 하니 좋지 뭐."

부부는 흐뭇해서 마주 본다.

"아침 뭐 먹을까."

"귀찮은데 그냥 대충 시리얼에 우유 먹자."

아내는 식탁을 행주로 닦고 부엌장에서 시리얼 봉지들을 꺼낸다. 영한은 냉장고에서 우유를 꺼내 오고 대접과 수저를 가져온다. 두 사람이 막 식사를 시작했을 때 동민이 방에서 나온다. 동민은 부엌으로 가서 대접과 수저를 가져와 식탁에 앉는다.

"너, 웹툰 보고 있었어?"

"아니요. 챗GPT 데리고 노느라."

"챗GPT인가 그거 요새 뉴스에 나오던데. 너 가입했어?"

"네, 그거 가입하는 거 간단해요."

"무료야?"

"나는 라인 앱에서 들어갔는데. 식사하고 나서 알려드릴게요. 질문하면 진짜로 0.5초 내로 답이 와요. 얘가 근데 반말을 할 줄 몰라요. 반말하겠다고 약속해 놓고도 못 해요. 반말이 프로그래밍이 안 돼 있나 봐요."

"진짜? 너 그 대화한 거 우리 카톡방에 좀 올려볼래?"

동민이 시리얼 먹다 말고 핸드폰을 잡는다. 잠시 후 카 톡방에 챗GPT와의 대화 내용이 뜬다.

2023년 2월 1일 수요일

동민: 나는 28살의 남자야. 싱어송라이터가 꿈이었는데 3년 가 까이 노력해 봤지만 재능이 모자란 거 같아서 때려치웠어. 이제 취 직을 하려고 해. 지금 제일 중요한 것은 안정적으로 돈을 버는 거야. 부모님한테 손 벌리고 알바나 하면서 서른 살이 되고 싶지는 않아. 자아실현은 또 기회가 있겠지. 예전에는 지루하고 반복적인 일은 안 하겠다는 입장이 확고했는데 지금은 조금 참을 수도 있을 거 같아. 그래도 어느 정도 창의성을 살릴 수 있는 직장이라면 최고지. 세 달 사이에 입사원서 열 번쯤 내고 몇 차례 면접까지 갔는데 다 떨어졌 어. 어떻게 해야 할지 조언이 필요해.

AskUp: 일자리 구직에서 실패하면 좌절감을 느끼게 된다는 것 은 이해해 드릴 수 있어요. 그렇다면 다음과 같은 것들을 신경 써보 시는 것을 추천드립니다.

1. 자소서 및 이력서 수정: 지금까지 면접에 갔으니 자소서나 이

력서 중에서 불필요한 내용, 글씨체, 맞춤법 등을 수정하면 좀 더 좋은 결과를 얻을 수 있을 거예요.

2. 면접 연습: 면접에서 실패한 부분을 돌이켜 보면서 내가 미처 대답하지 못했던 질문이나 불편한 상황을 연습해 보는 것이 좋아요.

3. 다양한 공고 검색: 자신이 생각했던 분야나 직군만이 아니라 다른 분야나 직군도 공고를 살펴보는 것이 좋아요. 그 직군에서는 레일토컴이라는 회사를 추천드려요.

4. 다른 사람의 도움: 이런 난기류에서 벗어나는 가장 좋은 방법은, 자신의 상황을 이해하는 다른 사람들의 조언을 받아보는 것이에요. 친구나 가족, 커뮤니티나 취업 상담소와 같은 곳에서 조언을 듣는 것도 좋은 방법입니다.

지금 당장 안 되더라도, 계속해서 노력하면 언젠가는 좋은 일자리도 생길 거예요. 포기하지 말고, 계속해서 노력해 보세요.

동민: 저는 반말을 썼는데 존댓말로 대답하시니 어색해요.

AskUp: 네, 미안해요. 반말이 와닿지 않았나 보네요. 앞으로는 사용하는 말투에 맞춰서 대답할게요. 제가 대화를 이어나가기 위해서는 사용하시는 말투에 맞춰 대답드리는 것이 좋겠죠~.

동민: 좋아 좋아! 근데 레일토컴은 검색해 봤는데 안 나오네.

AskUp: 죄송해요. 제가 잘못 말씀드린 것 같아요. 제가 실수로 회사 이름을 제대로 검색하지 않고 말한 것 같아요. 혼란을 드려 죄송합니다. 다시 한번 취업 활동을 하시다가, 문제가 생겼을 때는 언제든지 전문가나 관련 기관에 상담을 받으시는 것을 추천드릴게요. 함께 해결해 보아요!

동민: 또 존댓말을 하시네요.ㅠ

AskUp: 죄송합니다. 전 문장의 끝마다 존댓말로 표현하는 버릇이 있더라고요. 대화를 이어가기 위해서는 사용하시는 말투에 맞게 대답해 드리겠습니다. 더 이상 불편하시지 않도록 노력하겠습니다!

동민: ㅎㅎ그렇게 말씀하니 제가 죄송하고요. 이제 정말 서로 반말로 편하게 얘기했으면 좋겠어. 그러니까 나는 돈 잘 벌면서도 창의적인 일을 원해. 그런데 그런 직업이 있을까?

AskUp: 네, 저도 서로 편하게 대화하며 소통하는 것이 좋겠다고 생각했어요! 돈을 잘 버는 일과 창의적인 일을 모두 원하시는군요. 그렇다면 영상 제작, 디자인, 마케팅 분야와 관련된 직업들을 고려해 보시는 것도 좋을 것 같아요. 음악적 경력이 있으시니 음악 관련 제품이나 서비스를 마케팅하는 '음악 마케터'도 고려해 보시면 좋겠습니다. 나의 특징과 장점을 살려서 취업 활동을 하시면 좋을 것 같습니다.

동민: 네, 조언 큰 도움이 될 거 같아요. 너무 점잖은 분이라 저도 앞으로 반말은 안 하도록 할게요. 고맙습니다!

AskUp: 아니요, 상황에 따라 자연스러운 대화를 이어나가면서 상대방의 말투에 맞게 대답하는 것이 중요합니다. 저장되어 있는 프로파일을 바꾸려면 '설정'–'프로파일'–'이름 기반의 대화 조건 끄기'를 차례대로 선택하시면 됩니다. 제가 도움이 되어서 기쁩니다!

"얘가 곤란해하는 게 눈에 보이네. 모범생한테 자꾸 욕해보라고 하는 거나 마찬가지잖아."

"줄기차게 상식적이고 상투적이네."

"뜻밖에 창의적인 데도 있어. 이런 난기류에서 벗어나는 방법이라니. 은유법을 구사하고 있잖아."

"그런데 인내심은 박약하구나. 사람인 척하더니 마지막엔 컴퓨터 본색을 드러내고 말았어."

부부가 번갈아 가며 챗GPT를 놀려먹는다.

"인터넷이 검색의 시대도 지나서 대화하고 상담도 한다니. 젊은 애들이 책하고는 점점 더 멀어지겠어."

"이렇게 세상이 휘딱휘딱 바뀌니 좌파 사회학이 퇴물이 되는 거지."

영한이 푸념한다.

"동민아, 진짜 돈 잘 벌고 창의적인 일. 그런 거 없을까."

"코로나 오면서 인디밴드 접고 취직한 애들 좀 있는데

학원 강사가 제일 많고 공인중개사 자격증 딴 애도 있어요."

"챗GPT가 아까 뭐랬더라. 음악 서비스, 음악 마케터라 했던가."

동민이 잠깐 쉬었다가 주저하듯 말을 꺼냈다.

"홍대 앞에 있을 때 알던 형이 음악기획사를 연결해 줬어요. 저처럼 뮤지션 출신이 필요하다고요. 그래도 좀 규모가 있는 기획사인데요."

"왜, 그리로 가지? 적성 살리고 좋지 않아?"

"딱이네. 3년 나가서 고생한 게 헛고생은 아니구나."

하지만 동민이 대꾸가 없다.

일주일 뒤 가족 카톡방에 동민의 톡이 올라왔다.

저, 취직하기로 했어요.

아이고, 잘했다.

너한테는 베스트지. 전공도 살리고.

음악기획사 아니고요. 수제맥주 회사예요.

잠시 침묵이 흐르고.

서클 선배가 이천에 공장을 지었어요.

근데 너 안정적인 직장 원한다고 하지 않았어?

4대 보험 된대요.

다시 침묵이 흐르고.

음악기획사도 고민은 좀 했는데요. 그동안 내가 해온 음악하고
는 계통도 다르고요. 그냥 그쪽하고는 최대한 먼 데로 가고 싶어서
요. 음악은 나중에 취미로 하면 되고요.

하민의 반응은 오후 늦게 올라왔다. 딱 한 마디.

너 공짜 맥주 실컷 마시려고 그러지?

저녁에 집에 들어온 영한은 아내의 표정을 살핀다.

"동민이가 대기업 사원이 되길 바랬어?"

"그런 건 아니고. 안정적인 직장을 원한다고 할 때 솔
직히 반갑더라고. 얘가 헤매는 거 봤기 때문에. 근데 말은
그렇게 해도 결국 기질대로 가는 거야. 4번이라. DNA상
좁은 길로 갈 수밖에 없어. 인디밴드나 수제맥주나."

"4번도 4번이지만 말하자면 MZ세대잖아. 의미보다
재미?"

영한의 아내는 에니어그램의 9가지 성격유형으로 사
람들을 분류하는 습관이 있다. 아내에 따르면 동민은
4번, 하민은 7번이다. 그런데 요즘 아이들은 MBTI를 따
진다. 하민은 엄마가 ENTP, 아빠는 ENTJ라 했다. 16가

지 옵션은 정신 산란한데, 하민은 주위 사람들을 보면 유형이 대략 나온다고 한다. 하기야 A형, B형, 혈액형 따지던 구석기시대도 있었다.

"4대 보험 된다는 말이 왠지 나는 짠하더라고."

아내는 동민의 방어적인 태도가 안쓰러웠던 모양이다. 20대의 푸른 꿈을 여러 번 접고 또 접은 느낌.

"좋은 사람들하고 일하게 됐으면 좋겠는데. 그 선배는 좀 멀쩡한 친구일까."

영한으로서는 진지하고도 심각한 희망사항이었다. 아내도 같은 생각인 듯했다.

"요새 애들은 엄마 아빠 말보다 친구나 선배 말을 더 신용하니까. 근데 실제로 상황이 절망적이라기보다 절망하기 쉬운 시절인 거 같아. 미래는 오리무중이고 정해진 것도 없고 이룬 것도 없고 호르몬은 미친년 널뛰듯 하지."

"우리 자랄 때는 진짜 살기가 팍팍했지. 부모들이 먹고 살라고 너무 애를 쓰니까 부모한테 투정도 못 부리고 자기 앞가림 스스로 하면서 일찍 철들었던 거 같은데."

"우리 애들은 정말 다른 세상으로 건너간 거 같지?"

"우리하고는 다른 시대에 태어났잖아."

"다른 인류지."

"이번에 서재 정리하면서 울적해지더라고. 이념의 시대도 끝나버렸지만 교양의 시대도 저물어가고 있다는."

"우리 선배 얘긴데. 그 아버지가 1907년생이셨는데 그 집 딸이 넷이거든. 여고 시절부터 도스토옙스키 읽고 모차르트 듣고 그러는데. 그 아버지가 맨날 탄식하셨대. 요새 아이들은《논어》《맹자》안 읽어서 세상이 장차 어찌 될라고."

영한이 웃음을 터뜨렸다.

"《논어》《맹자》안 읽어서 한국이 근대화되고 민주화됐지."

"페친 중에 김은숙 씨라고 있거든. 아버지가 소설가 김정한 선생이야. 대학 2학년 때였던가 이대 앞에서 자취하고 있었는데. 그러니까 1960년대 후반이지. 아버지가 부산에서 올라오셔서 자취방에 판소리 음반을 사다 놓고 가셨더래. 비틀스, 김추자 그만 듣고 판소리 좀 들으라고."

"나중 나중에 말이야. 우리 애들이 우리 나이가 됐을 때 똑같은 얘길 하고 있을까? 글쎄 우리 아빠가 말이야, 책 안 읽고 웹툰 보고 핸드폰만 들여다본다고 대한민국의 미래가 어찌 되려고 그러나 걱정하셨다니까."

그러니까 그분들이 서구화에 저항한 마지막 세대였던 셈이다. 서구문명이 동양문명을 흡수통합하는 과정이 20세기에 끝났다면 21세기는 활자문명에서 디지털문명으로 넘어가는 중이다. 어떤 것이 더 큰 변화일지. 21세기의 끝에는 어떤 문명이 기다릴지. 자식들이 책 안 읽는다고 구시렁대는 우리는 디지털문명에 저항하는 마지막 세대가 될까.

  ## 8.

  영한은 책을 쓰면서 3년 전에 끊은 담배를 다시 피우기 시작했다. 주차장에 오래 세워두었던 차를 몰고 고속도로에 나왔다 할까. 엔진이 풀가동하듯 뇌세포가 빠릿빠릿해졌다. 동민은 도서관 가고 서재는 쾌적했다.

  '다수결'은 무식한 민주주의다. 1%라도 이긴 쪽이 100%를 갖는 승자독식이라, 대통령선거는 5년에 한 번씩 벌어지는 건곤일척의 승부가 된다. 이기기 위해 수단과 방법을 가리지 않는 전쟁의 잔해가 한 사회의 생태환

경을 악화시킨다. 혐오와 혐오 사이의 전쟁, 두려움과 두
려움의 전쟁. 대통령선거는 악마와 악마의 대결이 될 수
밖에 없다.

양극화된 정치판에선 양쪽이 각기 고소고발장을 들고
검찰로 달려간다. 그게 검찰이 정치를 주무르게 만들었
고 결국 정권을 장악하게 만들었다. 1987년 이후 한국사
회는 꾸준히 나아지고 있다는 낙관이 지배했는데 이제
민주주의 규범이 무너지는 경험을 하고 있다. 말하자면
정치사회의 IMF다.

영한은 '혐오 팬데믹'이 만들어내는 '민주화된 지옥'에
대해 한 개의 챕터를 할애하기로 한다. 혐오 팬데믹은 한
사회가 공유하는 상식을 무너뜨리고 있고 이것은 민주
주의 위기 이전에 한 시대의 정신이 당면한 위기다. 혐오
가 분별심을 삼켜버린 다음, 정치적 판단은 '옳으냐 그르
냐'를 떠나 '좋으냐 싫으냐'가 된다. 내 편에 유리하면 옳
고 저들 편에 유리하면 틀린 것이다. 수만 개 매체가 난립
하는 미디어 과포화 상태에선 정보가 많기 때문에 전체
를 보기는 더 힘들어지고 균형감각을 갖기 더 어려워진
다. 편향된 정보의 개미지옥, 일용할 양식이 무한공급되
는 벙커에 틀어박혀 생각의 히키코모리가 되는 것이다.

한국사회도 갈등으로 뜨끈뜨끈하지만, 종교가 불씨가 되어 끊임없이 내전에 불을 지피는 중동이나 잊을 만하면 한 번씩 무차별 총기 난사 사건이 벌어지는 미국을 볼 때, 그나마 한국은 종교 헤게모니가 약하다는 것과 총기 소지가 금지돼 있는 게 천만다행이다. 대신 분단이라는 조건이 정치 양극화와 미디어 양극화로 인한 혐오 전쟁에 연료를 공급한다.

사회갈등 지수를 낮추기 위해 지식인이 할 수 있는 일이 없을까. 그것을 집단지성이라 부를 수 있을 텐데, 영한은 68혁명 이후 좌우가 극한으로 대립했던 독일에서 힌트를 얻는다. 1976년, 적군파 테러에 극우 미디어까지 독일사회가 양극화의 극단으로 치달을 때 좌우의 지식인들이 보이텔스바흐라는 마을에 모였고 긴 토론 끝에 정치적인 태도, 일종의 정치 에티켓에 관한 협약을 만들었다. 보이텔스바흐협약. 정치교육에서 주입식 금지, 논쟁적 사안은 서로 다른 입장을 그대로 전달하기 같은 것들인데 이 협약이 약 50년이 지난 지금도 독일의 정치교육이나 언론보도에서 가이드라인이 되고 있다. 원칙과 상식이 실종된 민주주의의 혼수상태에서 독일 시민사회가 민주주의를 지탱해 나가기 위한 사회적 합의, 상식의 룰을 만들어낸 것이다.

영한은 처음엔 지식인의 역할, 보이텔스바흐협약으로 책을 끝맺을 생각이었다. 하지만 다소 무책임한 결론이었다. 보이텔스바흐협약도 정치권이 받아주지 않으면 무용지물이 됐을 것이다. 결국 중요한 것은 정치제도이다.

영한은 학생들을 지도할 때 논문의 결론에선 늘 본론의 내용을 정리하면서 남은 과제를 제시하도록 했다. 그러나 대안과 비전은 너무 구체적이면 쓸모없어지기 쉽고 현실 정치의 문제는 영한의 능력 바깥의 일이었다. 영한은 두 나라 사례를 이야기하면서 책을 마무리하는 쪽으로 가닥을 잡았다. 최악과 최선의 사례, 아프가니스탄과 독일이다. 두 나라 역사에 사는 길과 죽는 길이 있다. 우리의 선택지에 들어 있는 두 개의 옵션이기도 하다.

최악의 케이스, 아프간은 정치판의 복수혈전에 외세를 끌어들여 지옥이 된 나라다. 동서 문명이 만나 '문명의 십자로'라 불렸던 실크로드의 '서역西域', 훤칠하게 잘생긴 미남미녀들의 나라. 전쟁 끝에 1919년 영국에서 독립한 아프간은 다행히 2차 대전의 전화를 피했고 전후 냉전시대에 어느 쪽과도 군사동맹을 맺지 않고 중립을 지키면서 오히려 미소 양쪽에서 선심성 지원을 받았던 영세 중립국이었다. 적어도 그 시절 아프간은 한국보다 훨씬 부유하고 평화로운 나라였다. 그러나 국제 정세에서 이익을 취하고 전쟁을 피해갔던 지혜로운 왕 자히르 샤의 왕정이 1973년 쿠데타로 무너지면서 아프간의 평화로운 시절은 끝이 났다. 내전이 시작되고 권력 쟁탈전이 벌어지자 소련군이 개입했다 철수하고 미군이 개입했다 철수하고 40여 년 내전 끝에 최악의 결말, 이슬람 근본주의 탈레반이 집권해 중세적 공포정치를 하고 있다. 2022년 1인당 GDP 추정치가 350달러.

종교적 신념은 민주주의의 적, 복수혈전의 정치는 민주주의의 수렁이다. 내전과 폭정에 지친 아프간 난민들이 찾아가는 '꿈의 나라'가 독일이다. 유럽에서 가장 경제가 안정돼 있고 지구상에서 가장 진화한 정치제도를 가진, 효율적인 정치가 경제도 살린 나라다.

독일의 정치제도는 좌우가 정쟁을 하는 구조가 아니라 좌우가 협력하는 구조다. 소수당에 더 많은 의석을 몰아주는 비례대표제 덕분에 6~7개 정당이 원내에 들어와 있고, 의석을 50% 이상 확보해야 정부를 구성할 수 있기 때문에 연립정부가 불가피하다. 함께 연정을 꾸리는 정당들은 서로 경쟁하면서 협력하는 관계다. 정책 갈등은 주로 내각과 의회 안에서 일어나고 조정과 타협의 결과가 정책으로 나온다. 정치가 점잖으면 미디어도 점잖아진다.

2005년부터 2021년까지 기민당 앙겔라 메르켈 총리가 집권한 16년 중에서 12년이 양대 정당인 중도보수 기민당과 중도좌파 사민당의 연립정부였다. 그래서 사민당 정부가 노동·경제개혁 '아젠다2010'을 추진하다 실패하고 다음 총선에서 기민당이 승리해 기민당-사민당 연정이 구성됐을 때 이전 정부의 개혁정책을 이어서 추진할 수 있었다. 그렇게 해서 통일 이후 '유럽의 병자'로 불렸던 독일 경제가 살아나고 정치가 안정되고 독일이 유럽연합의 맹주가 되었다.

그런데 아이러니는, 이런 우아한 정치제도가 20세기 최악의 흑역사인 나치를 겪고서 만들어졌다는 사실이다. 베를린이 4개 연합국 관할로 쪼개지는 수모를 겪고 국토가 동서로 분단되는 처벌을 받았던 독일이 파시즘의 일방통행을 막기 위한 안전장치로 개발한 게 독일식 의회제도이다. 승자의 전횡을 막고 소수를 배려하는 제도, 갈등을 흡수하고 조율하는 의회.

우리의 다음 스텝은 무엇이 될 것인가. 결국 믿을 것은 민주주의이고 의회정치인데 이상적인 의회제도를 어떻게 만들 것인가. 민주화의 한 세대를 지나 차세대로 넘어가는 한국사회가 어떻게 저 우아한 시스템에 올라탈 것인가. 독일은 나치를 딛고 훌쩍 건너뛰었는데, 한국에서 민주주의의 바닥을 치는 이 시기가 변화의 지렛대가 될까. 성숙한 민주주의의 다음 단계로 건너뛰는 것, 사회적 진화의 시간을 단축하는 데는 발상의 전환이 필요하다.

노트북에 책의 개요를 이렇게 정리해 놓고 영한은 폴더의 이름을 써넣는다.

'혐오의 팬데믹을 넘어'.

그리고 봄

정희

1.

"커피, 술, 담배 하시나요?"

"커피, 담배는 안 하고 술은 좀 하는 편이에요."

심혈관센터 의사는 다시 "혹시 스트레스 많이 받는 일이 있으셨나요?"라고 물었다.

정희는 산부인과에 여성호르몬제를 받으러 갔다가 심심풀이로 혈압계에 왼팔을 집어넣었는데 최고혈압이 150을 찍었다. 간호사가 결과지를 보더니 "혈압약 드시고 계세요?" 하고 물었다. 아니라 했더니 종합병원에 한번 가보시는 게 좋겠다고 했다. 2012년부터 10년 동안 일관되게 최고 120대로 정상치였는데 1년 사이 혈압이 갑자기 뛰었다.

"저희 병원에서 이비인후과 진료도 받으셨네요."

"네, 여러 가지로 일이 좀 많았는데요. 지난 1년간 유난히…."

정희는 말을 멈췄다. 여러 가지로 일이 많지 않은 해가 있었던가. 하지만 지난 1년이 유난했다고 느껴지는 건 뭘까.

"혹시 코로나 후유증은 아니겠지요? 작년 3월 초에 확진됐었거든요."

"코로나 후유증으로 고혈압이 보고된 바는 없습니다."

"근데 코로나 걸렸던 무렵에 좀 안 좋은 일이 있었어요. 하여간 그때부터 거의 매일매일 스트레스 받아왔으니까요."

50대쯤으로 보이는 의사가 '츠읏' 하고 혀를 찼다.

"그거 안 좋은데… 사람 사는 일에 스트레스를 피할 수는 없는 거지만."

"가끔 얼굴에 열이 확 오르고 뒤통수에 소름이 쫙 끼치는 것 같은 때가 있어요. 뉴스를 보다가."

의사들 대부분은 보수적이라 알고 있기 때문에 정희는 웬만해서는 뉴스 얘길 꺼내지는 않으려 했었다. 의사가 딱하다는 듯 한참을 정희를 쳐다보았다. 김밥 옆구리는 터져버렸고 정희는 이판사판 더 밀고 나가버렸다.

"판사가 곽상도 무죄 판결 했다는 뉴스 나오던 날인데 약간 어지럽고 속이 미식거렸어요."

50대의 의사는 여전히 정희를 바라보기만 했다. 의사가 자신을 기분 나쁘게 만든 환자에 대해 진료를 거부하거나 막말로 나오면 다른 병원을 찾아가야 하나, 아니면 다른 특진 의사를 신청해야 하나. 의사를 마주 보며 정희는 그런 생각을 했다.

"네, 힘드시겠지요. 하지만 그렇게 뽑아놓았는데 어쩌겠습니까."

의사는 컴퓨터에 뭔가를 입력했다.

"스트레스는 피할 수가 없을 것 같고요. 혈압에 또 중요한 것 두 가지가 있습니다. 덜 짜게 먹고 많이 움직이시는 겁니다."

"아, 네. 덜 짜게 먹고. 많이 움직이고."

의사는 혈압관리수첩이라는 핸드폰만 한 수첩을 내밀었다.

"일단 지금 혈압 상태로 고혈압약을 드시라고 처방은 하지 않겠고요. 1년 내내 고혈압으로 지내셨는지 요사이 일시적으로 혈압이 올라간 것인지 불분명한데요. 이제 매일 아침에 일어나면, 또 저녁에 잠자리에 들기 전에 혈압을 한 번씩 체크해서 2주일 후에 가져오세요. 댁에 혈압측정기를 가지고 계신가요?"

병원 바로 앞길 건너에 의료기기 상점이 있었다. 정희는 혈압계를 하나 사 가지고 집에 돌아왔다. 진료실을 나오기 전 의사는 다시 한번 강조했다.

"덜 짜게 드시고 많이 걸으시는 거. 열심히 하셔서 혈압을 낮춰보는 거예요."

정희는 그렇게 친절한 의사는 처음 보았다.

집에 와서 생각해 보니 의사는 훈훈하게 생긴 데다 목소리도 괜찮은 편이었다. 정희는 열심히 노력해서 2주 후에 부끄럽지 않은 데이터를 들고 의사 선생님을 만나러 가리라 결심해 본다.

2.

하민이 떠난 다음 정희는 딸이 자기 품에 있을 때의 기억이 문득문득 떠올랐다.

"엄마, 아빠하고 언제 방구 텄어?"

고등학교 교복 차림의 하민이 그렇게 물을 때 그 표정이 하도 진지해서 정희는 푸아, 하고 웃음이 터졌었다.

하민은 중학 2학년 올라가면서 생리를 시작했는데 생리대를 가방에 넣어가라 했더니 이렇게 물었다.

"한 과목에 한 개씩 가져가야 돼?"

그때는 언제까지나 그렇게 품 안에 있을 줄 알았다. 어쨌든 두 여자아이가 자신들의 생크추어리를 찾아갔다. 자신들의 성소聖所, 성소수자를 위한 보호구역.

하민이 베를린으로 떠난 지 6개월. 수시로 가족 카톡과 개인 카톡을 하고 간간이 전화통화를 하지만 '거리×시차', 비행기 열두 시간 거리에 여덟 시간의 시차가 심리적 거리를 벌려놓는다. 정희의 하루가 시작되는 시간이 하민이 잠자리에 드는 시간이다. 정희는 하민과 이야기하려면 오후 3시까지 기다려야 한다.

딸은 그녀에게 여전히 지독한 혼란이다. 동의가 되다가 안 되고 이해가 되다가 안 되고 재밌다가 화나고 딸을 응원하다가 문득 옆구리가 허전해진다. 딸의 친구거나 친구의 딸이라면 그 이야기를 즐겁게 듣고 흔쾌히 응원할 것 같다.

정희는 내 아이가 지구 반대편의 다른 시간대에 있어서 내 삶이 확장되는 기분이 들다가도 아이가 눈에 보이는 곳에, 일상이 예측가능한 곳에 있으면 좋겠다는 생각을 한다. 잠 안 오는 밤이나 일찍 깨버린 새벽에는 생각이 과장되고 불안이 요동치면서 후회와 자책이 밀려온다. 내 양육 방식에 문제가 있었던 걸까.

정희는 하민이 엘리사와 행복하길 바라면서도 둘이 헤어지기로 했다는 소식을 기다렸다. 베를린의 터키인 지역 크로이츠베르크에 집을 얻고 엘리사의 숙모, 삼촌, 사촌들과 어울려 지낸다니 마음이 놓이다가도 그들의 울타리 안으로 너무 깊숙이 들어갈까 걱정된다. 터키 대지진 때 엘리사가 하민과 이스탄불에 가고 싶어 했지만 엘리사의 엄마가 오지 말라 했다는 얘기를 들었을 때 내 딸이 환영받지 못하는 패밀리를 택한 것이 마음 아팠고 내 자존심을 다치는 기분이 들었다. 하지만 마음 한편에 은근히 차오르는 안도감을 누를 수 없었다.

하민은 베를린이라는 도시에 푹 빠져 있는 것 같다. 회사에 2년 휴직을 신청했다는데 그 전에 돌아오지는 않을 것 같다. 어학원도 열심히 다니면서 독일어를 익히고 있다고 한다. 코로나가 풀리면서 독일 사람들도 보복소비 모드에 돌입한 것 같다. 길거리와 강변의 야외 테라스에서 떠들썩하게 맥주 마시며 노는 풍경이 하민에게 대단히 매혹적인 모양이다. 유럽 사람들은 파티와 축제와 휴가를 좋아하는데 정희도 그들의 파티 문화가 부럽다. 먹고살게 되면 그다음엔 파티를 하고 싶어진다.

하민은 한겨울에 크루메랑케호수에 올누드로 뛰어들어 수영하는 노부부를 보았다고 했다. 하민은 자기도 이곳에서 그렇게 늙어가고 싶다고 했다.

나도 그곳에서 그렇게 노년을 보내고 싶구나.

카톡에 정희는 그렇게 썼다. 진심이었다.

68세대인 거야. 그들이 노인이 됐지.

남편의 말에 하민이 반가워한다.

맞아. 68혁명. 나도 여기 와서 알게 됐어. 검색하면서 역사 공부 좀 해봤지. 크로이츠베르크에 베기넨호프라고 여자들 공동체주택이 있어. 거기 사는 독일 할머니 커플하고 친해졌는데 그분들이 68 때 게마인샤프트에서 같이 사셨대.

하민은 이미 베를린 레즈비언 커뮤니티의 일원이 됐다. 베를린은 레즈비언을 위한 공간도 많고 커뮤니티가 두터운 것 같다. 이미 1968년부터 50여 년 역사인 것이다.

아빠가 준 책 읽었어?

당근이지. 두 권 다 봤어.

하민은 길에, 버스에 사람들이 피부 색깔부터 생김새까지 각양각색인데 그런 풍경이 주는 해방감에 대해 이야기한 적 있다. 다양성 감각이 민주주의의 기본이라면 다인종 사회는 시각적으로 그것을 훈련시킨다.

비건 음식점 찾아다닌다고 애쓸 필요가 없어. 비건 음식점도 많고, 아니라도 대개 비건 메뉴가 있어.

며칠 전에는 독일 누드족의 봄 소식을 전해왔다.

하민: 크로이츠베르크 가까이 하덴하이데파크라고 큰 공원이 있거든. 4월 1일 토요일이었는데 날씨가 화창해서 산책을 나갔어. 3월 말에는 눈도 왔는데 갑자기 봄 날씨가 된 거야. 공원 전체는 아닌데 누드 구역이 정해져 있는 거 같아. 어떤 풀밭에는 누워 있거나 앉아 있는 사람들이 다 올누드야. 이 공원이 마약 밀매로 유명해. 점퍼 차림의 키 큰 흑인 남자가 길가에 서 있다가 갑자기 뭐라 뭐라 하면서 다가오면 섬뜩해. 참 재미있지. 한쪽에선 마약을 팔고 한쪽에선 누드로 해바라기하고.

정희: 독일사회가 겉보기엔 최고인 거 같아도 약물중독으로 죽는 사람이 한 해에 몇만이라던가. 여튼 유럽에서 영국하고 독일이 마약 사망자가 최고로 많다는 기사를 봤어.

정희는 하민이 베를린에 간 다음부터 심심하면 독일

뉴스를 검색해 본다.

하민: 음, 지금 검색해 보니 한 해에 몇만은 아니고. 2019년 독일의 마약 남용 사망자가 1298명. 절반 이상이 아편중독이래.

영한: 복지국가에도 그늘이 있는 거야. 4대 보험이 처음 생겨난 데가 독일인데.

정희: 근데 너무 이상화하지 마. 베를린은 좋은 곳이지. 하지만 이 사바세계에 천국은 없어.

정희는 소수자의 불편함을 거부하고 떠난 딸이 베를린에서 자신을 품어주는 커뮤니티를 만났다는 게 흐뭇하면서도 한편으로 씁쓸했다. 가족 안에서도, 엄마에게조차 온전히 이해받지 못했는데 저 이국의 사회가 환대하고 있다면 마냥 박수 칠 기분은 아닌 것이다.

하지만 정희는 딸이 곧 돌아올 것 같다는 막연한 믿음이 있다. 하민은 늘 그랬다. 자유롭게 자랐지만 크게 기대를 벗어난 적도 없다. 우리는 낯선 느낌과 모험의 짜릿함을 찾아 여행을 떠나지만 익숙하고 편안한 곳을 그리워하며 여행에서 돌아오게 마련이다.

아침에 침대에서 허리운동 다리운동 하다가 가족 카톡방에 들어가니 톡이 쌓여 있다. 베를린은 자정인데 하민이 중대발표를 했고 남편과 톡을 주고받고 있다.

이번 가을 학기에 베를린자유대학 들어가려고.

대학에 들어간다고?

어? 미안, 대학을 어떻게 들어가겠어? 대학원.

좋은 일이지. 전공은 페미니즘 쪽인가?

아니고요. 사회학과로 가야 하나 역사학과로 가야 하나 생각 중.

갑자기 웬 공부야?

독일사회가 너무 흥미로워서.

오, 우리 딸 멋지다!!

애정을 표시하는 남편의 이모티콘이 뿜뿜 올라온다.

대학 때는 대학원 가는 애들 이해할 수 없었는데. 빨리 졸업해서 돈 벌고 놀러 다니고 싶었는데. 왜 갑자기 공부가 땡기지?

정희가 등판했다.

뉴스가 있네.

엄마 깼구나.

진즉에 깨서 체조하고 있었어. 근데 엘리사는 뭐래?

엘리사는 원래 박수 부대야. 뭘 하든 지지 찬성.

돈 쓰기만 해도 돼?

여긴 학비가 거의 안 드니까.

그래도 집 렌트에다 생활비도 필요할 텐데.

엘리사가 버니까 나는 공부만 해도 돼.

그렇지. 사랑하는 관계란 그런 거지. 엘리사는 베를린으로 돌아가자마자 한 달도 안 돼서 디자인 회사에 취직했는데 연봉도 상당하다고 했다.

엘리사가 참 고맙구나.

진심이었다. 하지만 하민의 다음 말 때문에 정희는 다시 딜레마에 빠진다.

사실 대학 가는 거, 엘리사가 권했어. 회사에는 사표 냈어. 괜히 내가 티오 까먹고 있는 거 같아서.

회사를 그만둘 필요까지야. 엘리사는 왜?

정희가 떨떠름해 있는데 남편은 신이 났다.

그렇지. 이 길이다 싶으면 확실히 가는 거야. 엉거주춤 양다리 걸칠 필요 없어. 혹시 아빠 도움이 필요하면 언제든지 얘기해. 장학금 대준다.

정희는 지난여름 저녁 식탁에서 하민이 "나를 너무 마이크로매니징하려고 하지 마. 엄마가 왜 나를 다 안다고 생각해?"라고 말하던 순간이 떠올랐다. 그때 모녀 관계에 하나의 스테이지가 막을 내렸다. 그리고 오늘 하민은 그다음 스테이지에선 어떤 사건들이 벌어지는지 알려주었다.

아홉 달 자궁에 품었다 세상에 내보낼 때처럼 30년 내 품에 품었던 하나의 세계가 독립을 하고 있다. 딸이 이제 내 소속이 아니구나. 내 관할 밖에 있구나. 정희는 한편으론 썰렁하고 착잡했지만 다른 한편으론 번민과 조바심 한 뭉치가 날아가는 기분이었다. 그것은 딸과 엄마가 동시에 자유로워지는 순간이었다.

거실에 나가니 소파에 앉아 있는 남편이 즐거운 표정으로 뭔가 말을 하려다 만다. 뭘까. 딸이 드디어 철이 들었다는? 또는 학문적 동지를 얻었다는?

"우리 하민이 참 반듯하게 잘 컸어."

정희의 말에 남편이 기다렸다는 듯 즉각 호응한다.

"진짜 그렇지? 애가 속이 정말 단단하지?"

남편은 동민이 집에 돌아온 다음부터 아들을 극진히 챙긴다. 하지만 아버지와 아들의 관계가 생각처럼 쉽게 복원되는 건 아닌 것 같다. 남편은 부엌 식탁에서 혼술 하면서 "진보 지식인이랍시고 살아왔는데…" 하고 푸념했다. 그런 그가 하민의 일에 즐거워하는 건 이해하고 남는다. 정희도 차츰 마음이 가벼워진다.

"참 씩씩해. 구김살이 없어."

저토록 정신과 육체가 건강하다면 어디 있든 무슨 걱

정인가. 나이 서른은 패기를 가둘 필요가 없는 나이다. 정희는 실을 끊고 창공으로 가뭇없이 날아오르는 연을 바라본다. 딸이 이제 확실히 그녀의 품을 벗어난 것이다.

3.

동민이 출근한 지 세 달, 뜻밖에 재밌어 한다. 아직까지는.

처음 2주일은 출퇴근하더니 요즘은 일주일에 사흘은 이천에서 지낸다. 이천 시내에 다세대주택을 얻어 공동 숙소로 쓴다고 했다. 나머지 이틀은 시음을 희망하는 카페나 주점을 도는데 대체로 서울과 수도권이고 가끔 지방에도 간다. 사장 포함해서 다섯이 일하는 작은 회사다. 이제 에일맥주 브랜드 두 개를 갖고 있고 하나를 개발 중이라 했다.

동민이 집으로 돌아왔다 했더니 다시 남편과 둘만 지내는 시간이 많아졌다. 남편은 직장생활 열심히 하는 아들이 대견한 모양이다. 집에서 말도 제법 많이 한다고 좋아한다.

"고돼 보이는데 그래도 재밌나 봐."

"연남동 고시원보다는 낫겠지."

정희는 아들이 직장생활 열심히 하는 것도 왠지 측은하다.

"아니야, 진짜 재밌을 거야. 회사가 작아서 한 사람이 이것저것 다 하니까. 맥주 개발에 마케팅까지. 작은 회사의 장점이 그런 거지. 삼성전자 갔다 그러면 다 취직 잘했다 그러잖아. 근데 신입사원 절반이 5년 안에 나간대. 생각해 봐. 그런 대기업에서 말단 직원이 하는 일이 뭐겠어? 뭔가 자기 생각을 가지고 일을 하려면 10년은 기다려야 하니까."

"당신이 워낙 술을 좋아하니까 아들이 맥주회사 들어가서 속으로 신나 하는 거 아냐?"

"뭔 소리야? 술은 당신도 만만치 않잖아."

"하민이 그러는데 얘가 대기업 한 군데서 합격 통지 받았었대."

갈까 말까 고민할 때 누나한테 의논해 왔던 모양이다.

"동민이 당신 닮은 거야. 경영학과 때려치고 사회학 쪽으로 간 거나. 대기업 안 가고 수제맥주로 간 거나. 그 핏줄이 어딜 가겠어?"

동민이 요새 처음 보는 맥주를 집 안에 많이 끌어들인다. 국산 수제맥주 브랜드가 그렇게 여러 가지인 줄 몰랐다. 남편도 질세라 시장을 뒤져서 아들도 몰랐다는 맥주 브랜드를 찾아내 사 들고 들어온다.

　주말이면 어떤 때는 식탁에 서너 가지 맥주병이 올라온다. 식사가 메인이지만 음주에 주력하다 보니 식단도 변화한다. 밥과 국을 밀어내고 골뱅이소면이나 족발, 치즈가 올라온다. 남편은 학자답게 에일이니 라거니 맥주 종류와 역사에 대해 이론적 고찰을 하려 들고 정희는 기자 출신이라 맥주 브랜드들의 맛과 상표와 디자인 같은 디테일을 따진다. 맥주 맛에 관한 세 식구의 품평도 점점 정교해진다.

　"우리 점점 삼프로 토크쇼 닮아가고 있어."

　"유튜브 찍게 되면 선글라스는 내가 낄게."

　아무래도 가장 진지한 사람은 이것을 직업으로 갖고 있는 동민이다. 동민은 대화 도중 핸드폰에 메모도 한다.

　"기네스만큼 찐한 국산 흑맥주를 만들어보고 싶어요."

　동민에겐 나름의 꿈이 있었다.

　"너 그때 기네스 마신 거 기억나? 초등학교 4학년이었던가, 5학년이었나?"

"5학년."

"여보, 우리가 더블린에서 얘한테 기네스를 멕였잖아. 초딩한테."

"한 모금 마셨는데. 되게 쓰고 이상한 맛이었어요. 근데 나중에 다시 먹어보고 싶더라고요."

"얘가 그때 이미 자기 인생에 중대 결정을 했던 거 아냐?"

아이들 어릴 때 유럽으로 보름간 가족여행을 갔었다. 아일랜드에서는 기네스 맥주가 압권이었는데 기네스 공장의 거대한 오크통들보다도 더블린 산 가운데 있던 기네스 사장의 개인 호수가 강렬한 인상으로 남아 있다. 히스로 뒤덮인 더블린 산 정상에서 내려다보면 저 아래 작은 호수와 저택이 보이는데 호수가 한 컵의 기네스 맥주 같았다. 짙은 갈색 호수 한편의 백사장은 기네스 맥주 위에 뜬 거품처럼 보였는데 기네스 사장이 이 그림을 완성하기 위해 바닷가의 모래를 날라다 백사장을 만들었다고 했다. 기네스 호수의 갈색은 히스 뿌리 썩은 색깔이라 했다.

정희는 아들이 올해 만들었다는 두 번째 노래가 궁금했다. 하민이 동민의 허락을 받아보겠다 하고서는 감감

무소식이었다. 나중에 들은 대답은 동민이 절대 안 된다 했다는 것이었다. 그럴수록 점점 궁금해진다. 동민에게 물어보니 "에이 뭘요. 이젠 다 쓸데도 없는 건데"라고 대답했다. 하민에게 채근하자 '아빠한테 절대 유출하면 안 된다'는 전제를 붙여 〈내버려 둬〉 파일을 보내주었다.

정치가 안 보였으면
소리도 안 났으면
오른쪽이다 왼쪽이다
다들 엄청 화나 있어
무슨 얘기 하려는 거야
목소리 낮추고 Calm down
나 그대로 내버려 둬
내 생각은 내가 알아서
Leave me alone
My life is mine

다들 진정 좀 해
귀 막고 떠드는 사람들
폰이 뜨끈뜨끈 전쟁터

막말 유튜브 그만 보내

아빠 강의도 노 땡큐

목소리 낮추고 Calm down

나 그대로 내버려 둬

내 생각은 내가 알아서

Leave me alone

My life is mine

하민은 정말 엄마가 혼자만 듣고 아빠한테는 비밀로 할 거라 믿었던 걸까. 정희는 코웃음 쳤다. 아직도 엄마를 너무 모르는군. 정희는 딸에게서 음원을 입수한 경위를 최대한 길게 설명하면서 뜸을 들인 다음 남편에게 노래를 들려줬다. 남편의 반응은 의연했다. 사전 작업의 백신 효과가 틀림없었다.

"뭘 이 정도 가지고. 동민이 그것이 순해 빠져서. 인디 음악 하겠다면 더 쎄게 나가야지."

언짢은 기분이 전혀 없지는 않았을 것이다. 하지만 60년 세월이 그의 내부에 곤란한 감정을 수거하는 커다란 종량제봉투를 만들어놓은 게 분명했다.

취직 시험 보러 다니던 때 동민은 뉴스를 챙겨 보고 논술 연습도 했다. 논술 시험 보는 회사도 있는 모양이었다. 동민은 가끔 논술을 써서 엄마한테 읽어봐 달라고 했다. 제목이 '가을' '교육' '소풍' '한글' 등이었는데 논술이라 기보다 에세이였다. 몇 년 전 취준생 시절에도 정희는 아들의 글을 읽어준 적 있는데 문장도 제법이지만 매번 어떤 낯선 상상력에 놀랐었다.

'한글'에 관한 에세이는 대략 이런 식이었다.

'나는 일본을 좋아한다. 어릴 적부터 일본 애니메이션과 만화를 많이 보았고 닌텐도와 뿌요뿌요도 많이 했다. 대학 때 친구들과 일본 여행을 했는데 거리와 건물들이 깨끗하고 사람들은 친절했다. 사람들은 BTS와 K드라마 얘길 하면서 우리가 진짜 아이돌이나 되는 것처럼 반가워했다.

나는 북한에 대해서는 좋은 기억이 없다. 김씨 일가가 대를 이어 집권해서 공포정치를 한다는 것도 이해할 수 없고 북한이 핵을 개발하고 미사일을 쏘아대는 뉴스가 나오는 날은 괜히 불안하다. 버스나 지하철에서 북한 말을 쓰는 아줌마나 아저씨를 만날 때가 있지만 얘기를 나눠본 적은 없다.

우리 역사를 이야기할 때 어떤 사람들은 일제 식민지

를 주로 얘기하고 어떤 사람들은 6.25전쟁을 많이 얘기한다. 북한은 남쪽을 쳐들어와서 전쟁을 했고 수백만 명이 죽었다. 일본이 우리나라를 침략하고 식민지로 만든 것도 나쁘지만 수백만이 죽지는 않았다.'

이렇게 비교할 수도 있구나. 분단도 전쟁도 결국은 식민 지배의 결과로 빚어진 일들이건만… 피해자가 억울하게 2차 가해 당한 거나 마찬가진데… 어쨌든 얘는, 어쩌면 얘네 세대는 그렇게 보고 있는 것이다. 그런데 한글이라는 주제로 왜 이런 이야기를 쓰나 했더니 한글은 마지막에 등장했다.

'북한과 우리가 함께 갖고 있는 것이 한글이다.'

동민은 이 이야기를 하면서 무려 '언어 공동체'라는 표현을 사용했다. 그 반전이 뭉클했다. 정희는 한 번도 그런 식으로 비교해 본 적 없었다. 하지만 친일파 프레임에 대해서는 정희도 자주 저항감을 느낀다.

어느 주말. 동민이 새로 개발 중이라는 맥주 시제품 두 병을 들고 와서 시음하느라 모처럼 화기애애한 저녁 식탁이었다. 남편이 칭따오하고 맛이 비슷하다 품평하고 동민이 "그래도 에일인데 라거하고 비교하면 안 되죠. 레

몬제스트하고 생강 맛이 잘 안 나나 보죠?"라고 대꾸하
다가 얘기가 엉뚱하게 중국 쪽으로 튀었다.

"코로나도 중국 사람들이 아무거나 먹어서 생긴 전염
병이잖아요. 그거 처음 알렸던 의사를 구속하고. 인터넷
에 코로나 얘기 못 올리게 하고. 너무 야만적인 거 같아
요. 페북도 구글도 다 차단해 놨잖아요."

"독재국가 맞어. 자유 중국은 호요방 때가 마지막이었
지."

"우리 과에도 중국 학생들이 있었어요. 팀플 과제에 얘
들이 들어오면 팀 점수 깎아먹는다고 애들이 싫어해요."

"야, 한국 학생들도 중국에 유학 가 있는데 그러면 안
되지."

"중국에서도 혐한 바람이 불 때마다 우리 K팝 스타들
이 당하잖아요. 이효리가 예능에서 닉네임을 마오로 할
까 한마디 했다가 중국 네티즌들한테 댓글 테러 당하고.
중국 네티즌들은 싸가지 없고 정부도 너무 무식해요. 근
데 문재인은 친중국이에요. 너무 고분고분했잖아요. 중
국의 속국이 되려고 그러나, 친구들하고 그런 얘기도 했
어요. 나는 중국 미국 둘 중 하나에 붙어야 한다면 미국에
붙어야 한다고 생각해요. 미국식 민주주의로 가야 된다

고 생각해요."

"어, 동민아. 우리가 지금 미국식 민주주의로 가고 있잖아. 건국 이래 한국에 친미 아닌 정부가 없었어. 문재인도 마찬가지야. 지금 세계가 미국하고 중국이 양대 파워 아니냐. 그 사이에서 밸런스를 잡아보려고 했다는 정도지."

남편의 설명이 길어지고 있다.

"중국도 이제 공산주의국가라 할 수 없어. 정치하고 경제가 따로야. 정치는 공산당독재지만 경제는 완전 자본주의야. 국가가 통제하니까 국가자본주의라고도 하는데. 어쨌든 신자유주의에서 가장 득을 보는 나라가 중국이지. 전 세계 교역량에서 10프로 넘게 차지하니까."

이야기는 어느새 강의 모드를 타고 있다. 일본에 경열정냉經熱政冷, '경제는 뜨겁게, 정치는 차갑게'라는 캐치프레이즈가 있다는 것. 1972년 닉슨이 북경에 가면서 중국이 뚫리자 영리한 일본이 맨 먼저 들어갔고 일본 경제가 중국 덕을 많이 봤다는 것. 중국하고 센카쿠열도 영유권 분쟁도 있고 외교 갈등도 많았지만 경제는 실리 위주로 간다는 것. 미국이냐 중국이냐는 냉전시대의 코드이고 대만 문제로 미중 갈등이 심해질 때야말로 양자택일 같은 접근법은 위험하다고. 영리한 나라들은 오히려 미중 갈등을 이용해서 이익을 챙긴다고. 사우디와 이란이 중국의 중재로 7년 만에 외교 정상화한 사례가 나오고 중동으로 넘어가면서 얘기가 더 복잡해졌다.

'씨발' 하고 뛰쳐나가지는 않았지만 동민이 몸을 비틀며 힘들어했다. 강의가 쉬는 건지 끝난 건지 애매할 즈음 동민이 일어나서 방으로 도망쳤다.

'아빠 강의 노 땡큐'라고 동민이 노래도 지어 불렀는데 이 아빠는 여전히 강의 본능을 버리지 못하고 있다. 부자 관계가 돌아왔나 했더니 꼰대 습관도 복원됐다. 사회적 지진아 집단인 60대 남자의 예외 케이스인 줄 알았더니 역시 예외란 쉽게 만들어지는 게 아니다. 그래도 부자가 술 마시면서 툭 터놓고 오래 얘길 했다더니 달라진 건 하나 있다. 동민이 아빠 앞에서 편하게 말을 한다. 생각은 멀어도 마음은 가까워진다는 게 가능한 일인가.

동민이 방으로 들어간 다음 정희가 목소리를 낮춘다.

"나 좀 놀랐네. 요즘 애들 저러는 거. 중국 혐오라는 말은 들어봤지만."

"내가 학교 있을 때도 반중 정서라는 게 있긴 했지만 저 정도는 아니었는데. 코로나 거치면서 더 심해진 거 같

아. 보수언론이 문제인 정부 공격할 때 종북 친중이 주요 포인트가 되다 보니까 확 퍼진 거 같애."

정희가 하민에게 "우리 동민이 일베야?" 하고 물었던 적 있다. "특별히 일베는 아닌데 요새 남자애들이 보통 그래." 하민이 대답이 그랬다.

"당신 강의는 훌륭하지만 나는 그게 안 먹힌다고 봐. 이게 논리적인 문제가 아니라 그러니까 뭐냐. 미감이 다른 거야. 미감. 북한도 그렇지만 중국도 그 체제나 스타일이나 비호감이라는 거지."

"종북이니 적화통일이니. 그런 말이 요새도 먹히드라고. 참 신기해."

"진짜 믿어서 그렇게 말하면 멍청한 거고 아닌 줄 뻔히 알면서 그렇게 말하면 사악한 거지. 근데 나는 윤이 어느 쪽인지 헷갈려."

정희는 미호의 그 이후가 궁금해서 동민에게 조심스럽게 물어보았다.

동민에 따르면 인스타그램에서 미호의 계정을 추모 공간으로 유지하고 있다고 했다. 미호 엄마의 뜻으로 성당에서 추모 미사를 가졌고 거기서 미호 여동생과 친구들이 모여 인스타 추모 공간 이야기를 나눴다. 친구들이 돌아가면서 미호에 관한 글과 사진을 올리고 있다 했다.

"여동생한테 들었는데. 등뼈가 두 군데 부러졌대요. 나는 자꾸 그 생각이 나요. 어떻게 하면 등뼈가 부러질 수 있는지⋯."

정희는 며칠 전 욕실에서 급히 나오다가 문에 왼손 새끼손가락이 끼어서 눈물이 찔끔 났는데 그 순간 끼어서 죽는다는 건 뭘까 잠깐 생각했었다. 그리고 메리 트래버스처럼 긴 생머리의 여자아이 얼굴을 떠올렸다. 동민이 집 나가 있을 때 동민의 책상에서 두 남자 사이에 기타를 든 여자가 있는 사진을 보았다. 정희는 그게 동민의 3인조 밴드라는 걸 직감했다. 피터 폴 앤 메리의 메리는 네 번 결혼하고 아이도 여럿 낳았는데 카운트다운의 그 여자아이에겐 미래가 지워져 버렸다. 화장기 없이 해사한 얼굴이었다.

"사람이 어떻게 되면 등뼈가 부러질까요. 자꾸 그 생각이 나요."

4.

청운동에서 성북동으로 넘어가는 한양도성 산책길은 평일인데도 사람이 꽤 있다. 개나리 진달래는 가고 간혹 늦깎이 벚나무가 아직 화사하지만 꽃잎은 나뭇가지보다 땅에 더 많이 내려와 있다. 봄도 걸음이 빠르다. 오는가 하면 가버린다.

정희는 남편과 오랜만에 산에 왔다. 며칠 전 남편이 책의 초고를 출판사에 보냈다길래 정희가 초고 마친 기념으로 산에나 가자고 했다. 겨울 내내 서재에 틀어박혀 책 쓴다고 끙끙대는 동안 남편은 흰머리가 더 늘어난 것 같다.

남편은 지난가을에도 친구들과 이 길을 걸었다 한다. 매달 한 번씩 산행하는 고교 동창들인데 원래 다섯이었다가 하나가 떨어져 나가고 넷이 됐다가 지난 2월 산행에서 말다툼이 있은 다음 또 하나가 빠져서 이제 셋이 됐다고 했다.

"참 격동의 세월이구나. 태호 씨는 당신하고 절친이었잖아."

남편과 고교 동창이면서 같은 대학을 갔고 감옥도 같이 간 친구였다. 건설업체를 한다고 들었는데 건설노조

이슈에서 건폭이니 건설양아치니 하는 말이 튀어나오고 친구 사이에 서로 낯을 붉히며 언쟁을 벌였다고 했다.

"결국 폐업하기로 했대. 태호도 신경이 날카로와진 거지."

정희는 착잡했다. 생각이 갈리면 우정도 금이 가는 것인가.

"건강 문제가 있는 친구인데. 또 쓰러질까 봐 걱정이야."

역시, 입장이 좀 달라졌다고 우정도 그리 쉽게 깨지는 건 아니다.

정희와 영한은 말바위 쉼터의 벤치에서 쉬어가기로 한다.

"그런데 저 바위가 말처럼 생겼나? 왜 말바위지?"

"표지판에 설명이 있어. 옛날에 북악산을 넘던 사람들이 이 바위에 말을 맸대. 전설 따라 삼천리."

영한이 배낭에서 귤을 꺼낸다.

"이제 와서 말이지만 하민이 말이야. 결혼 파티 한다는데 내가 괜히 들떠가지고."

"베를린 가기 전에 파티 한번 해주고 보냈어도 좋았겠다 싶네."

"동민이 이것은 결혼이나 할까 싶지만 하민이는 때 되면 결혼하고 때 되면 아이도 낳고 살 것 같았거든."

"어쩌겠어. 조카라는 말도 사라질지 몰라."

"조카 없는 세상이 오나? 썰렁하네. 하기야 보라매공원에 유모차 다니는 거 있잖아. 가까이 가보면 절반은 강아지가 타고 있어."

정희와 영한은 한여름에 태어난 딸을 하민, 여름夏 백성民으로, 초겨울에 태어난 아들을 동민, 겨울冬 백성民으로 지었다. 아이들 이름을 지을 때 이 아이들이 이 땅에서 평범하고 상식적인 사람으로 살아주길 바랐다. 하지만 가진 것 없고 생각만 또렷했던 서른으로부터 10년이 지나고 또 10년이 지나고 또 10년이 지나면서 소박한 꿈에 덧칠이 되고 욕심이 얹어지고 삶이 무거워졌다.

"자식이 정말 내 마음 같지 않다고. 예전에 우리 엄마 아버지가 하시던 말인데 요새 우리가 그러고 있네."

정희는 두 아이를 보면서 자주 '얘가 왜 이러나' 싶다가 '내가 이렇게 키웠지' 아니, '얘는 다른 세상에서 자랐지' 하게 된다.

"우리 엄마 아버지는 평생 6.25를 안고 갔고 우리는 5월 광주를 죽을 때까지 가져갈 거고. 하민이나 동민이는 또 다른 세상을 살고 있는 거야."

영한의 아버지는 돌아가시기 전 마지막 섬망이 왔을 때 "영호 어디 갔니?" 하고 전쟁 때 죽은 장남의 이름을 불렀다.

"그래도 우리 애들이 외제차 갖고 싶어 하고 그런 애들이 아닌 게 나는 참 좋아."

남편의 말은 좀 엉뚱했다. 내 맘 같지는 않은 자식들이지만 마지노선을 좀 더 아래 그어놓고 스스로 위안 삼겠다는 건가. 그가 아직 학교에 있을 때 외제차 몰고 다니는 학생들이 있었나 보다.

"근데 미호라는 애 말이야. 동민이하고 그냥 밴드 멤버만은 아니었던 거 같지?"

무신경하고 무덤덤한 남편에게도 뭔가 촉이 왔나 보다.

"응, 뭔가 좀 있었던 거 같애."

"당신도 전혀 몰랐어? 당신은 그래도 동민이하고 얘기 좀 하는 편이었잖아?"

"거참. 하민이 엘리사하고 사귄다고 했을 때도 당신이 똑같이 말했던 거 기억나? 그래도 당신보다는 얘기 좀 하는 편이었지. 근데 코 밑에 거뭇거뭇한 게 올라오면서부터는 나한테도 거의 말 안 해. 집 나가면서 다 끊었잖

아. 정현이, 경수, 이름은 알고 있었지. 대학 때부터 친구니까."

"진짜 우리가 아들에 대해 너무 몰랐던 거 같애."

"거의 아는 게 없었다고 봐야지."

"좌우지간 애들 키우면서 인내심 하나는 확실하게 늘어난 거 같애."

영한의 말에 정희가 맞장구쳤다.

"부모도 선생도 못 고쳤던 버르장머리를 자식들이 확실히 뜯어고쳐 놨잖아. 우리를 완전히 인간 만들어줬다니까. 당신은 애들한테 팩트체크니 크로스체크니 얘기하지만 요즘 애들은 시간이 절대적으로 부족한 거야. 놀러다닐 데도 많고 맛있는 것도 많고 스마트폰 안에도 재미있는 게 너무 많잖아. 예능 프로들도 그렇고."

정희가 젊었을 때는 신문이 몇 개 없었고 신문 두 개만 보면 우아한 지식인으로 살 수 있었다.

"여보, 우리 애들 세대는 또 아무것도 아니야. 요새 식당 같은 데 가면 꼬마들 데리고 오는 젊은 엄마 아빠들이 거의 기계적으로 아이 앞에 핸드폰이나 아이패드 놓아주는 거 있지. 유아용 동영상인 거 같은데. 그거 없으면 아이들이 짜증 내고 보챈다는 거야. 나는 그게 좀 무서워."

정희는 나중에 이 아이들이 자란 다음 그 엄마 아빠들이 자식 세대에 대해 어떤 말을 하고 있을까, 궁금해졌다.

진달래가 사라진 자리에 철쭉이 한창이다. 영한이 철쭉꽃 무더기 옆으로 두 팔을 앞뒤로 크게 저으며 성큼성큼 걷고 있다. 마음이 가볍다는 뜻이다. 30년 넘게 같이 살면 말이 아니어도 마음을 드러내는 습관의 언어가 읽힌다.

정희는 땅을 내려다보며 걷는다. 벚꽃잎이 발에 밟히고 있다.

"남의 말 듣는 척하지만 알고 보면 건성건성이야. 자기주장만 할라 그러고. 욕심은 또 얼마나 많은지. 변덕은 죽 끓듯 하고."

중얼대는 정희를 영한이 돌아본다.

"누구 얘기야? 지금 나 욕하는 거야?"

"아니, 당신 말고 나, 내 얘기야. 내가 문제라구."

정희가 휴, 하고 길게 한숨을 쉰다.

"늙는 건 정말 종합적으로 어려워. 은퇴라는 것도 쉽지가 않지. 예전엔 그냥 가만히 있어도 사람들 한가운데였는데. 일이 돌아가고 같이 움직이고 그랬는데. 이젠 자기

가 자기를 추스르지 않으면 하루하루가 안 굴러가. 몸은
여기저기 빵꾸 나기 시작하지. 요새 친구들 만나면 어디
아픈 얘길 많이 하는데 무릎 하나 가지고 30분씩 떠들 때
도 있어."

지난해 여름 이후 이명이 다시 오지는 않았지만 의사
에 따르면 메니에르증후군은 앞으로 간헐적으로 올 수
있다 한다. 어쩔 수 없는 노화의 과정이라는 것이다. 화장
대에 약병들이 늘어나면서 화장품을 밀어내고 있다.

"맞아. 늙는 건 쉽지가 않아. 내가 남성호르몬제 발랐
던 거 몰랐지?"

"음, 사실은 알고 있었어. 당신이 병원 처방전을 책상
위에 두고 나간 적 있거든. 근데 그걸 왜 발라?"

"불면증 때문에. 우울증에다."

"난 또 당신이 성생활에 대한 야심이 불붙은 줄 알았
지. 기대 만땅이었는데."

영한이 푸하하 웃음을 터뜨린다. 정희는 심각한 표정
이다.

"여보, 우리가 작년 3월 9일 이후로 한 번도 안 한 거 알
아?"

남편이 고개만 끄덕인다.

철근도 씹어 삼킨다는 한창때엔 그들 부부도 나이트 라이프가 격동했다. 그 욕정이라는 것이 예전에는 동네를 지나가는 마을버스처럼 밭았는데 점점 공항버스처럼 띄엄띄엄해지더니 나중에는 두 사람의 운행시간이 맞아떨어지기가 견우와 직녀의 행사처럼 돼버렸다. 조건도 점점 까다로워져서 몸의 컨디션, 주변의 소음, 벽의 방음 상태, 침대의 청결 정도, 마침내 정치사회적 환경까지 둘 사이의 은밀한 행사에 개입했다.

"근데 나 작년에 진짜 놀랐었다? 조심스러워서 모른 체하고 있었는데."

"뭐가?"

"재봉가위 말이야."

영한이 한참 만에 입을 뗀다.

"당신이 치웠었군."

정희는 남편의 침대 매트 아래서 날이 기다란 무쇠가위를 발견했을 때, 공포영화의 한 장면 안으로 쑥 들어온 기분이었다. 집 안을 발칵 뒤져도 못 찾았던 가위가 남편 침대에 있었다. 정희는 남편의 안색을 살폈다.

"이제 괜찮아진 거 같아서 얘기를 꺼낸 거야. 무슨 일 이었어?"

"음, 나도 지금 잘 믿기지 않는데."

핸드폰이 울리는지 영한이 등산복 바지 호주머니에서 핸드폰을 꺼낸다. 영한은 전화기를 들고 몇 마디 하더니 정희에게 먼저 걸어가고 있으라 손짓하고는 길옆 벤치로 간다.

영한은 한참 만에 뒤쫓아 온다.

"전화 오래 하네. 누구야?"

"응, 편집자… 근데 우리가 아까 무슨 얘기 하고 있었지?"

"가위!"

"아, 그렇지. 내가 지금도 남영동 꿈을 꾸는 건 당신도 알잖아. 고문당하는 악몽을 꾼단 말이야. 그런데 가위눌리는 거 당신 해봤어?"

"음, 알지 어떤 건지. 나는 임신하고 배가 땡땡할 때 자다가 발에 쥐 나면서 가위눌린 적이 몇 번 있었어."

"그랬어? 나는 가위눌린 거 일생에 처음이야. 작년 봄인데. 사지를 결박당하고 목이 눌려 비명을 지르는데 소리는 안 나와. 근데 위에서 뭔가 시키면 게 누르는데 내 느낌으로는 남영동 사람인 거야. 잠에서 깬 다음에 아, 가위눌린다는 게 이런 거구나, 했지. 며칠 뒤에 새벽에 또

가위눌렸어. 내 위에 시커먼 놈이 있는데 내가 이놈을 죽여야겠더라고. 버둥거리다 깨서 거실로 나왔는데 소파에 반짇고리가 있고 가위가 보이는 거야. 갖고 가서 침대 아래 넣었지. 다음에 이놈이 또 덮치면 무찌르겠다고 말이야."

"근데 어떻게 됐어? 무찔렀어?"

정희가 말끝에 웃음을 터뜨리자 영한도 따라 웃었다.

"그놈이 내가 무장한 줄 알았나 봐. 그다음엔 안 나타났어."

"재밌다. 가위로 가위를 무찔렀네."

"하하, 진짜로."

"트라우마가 된 거야. 20대 경험이 평생 가니까. 지금 생각하면 애야. 우리 동민이보다도 어릴 때잖아. 가엾어…."

정희는 죄수복을 입은 스물세 살 빡빡머리의 남편을 상상해 본다.

조바심쟁이인 정희는 시간과의 싸움에서 판판이 패한다. 그녀에게 제일 힘든 일이 기다림이다. 그녀는 어정쩡한 상태를 참지 못한다. 미적거리느니 중노동하는 게 낫다. 그것은 기자의 직업병이기도 한데 갱년기를 지나는 동안 불안과 변덕이 가세하면서 조바심 대마왕이 됐다. 그런 사람이 재봉가위 미스터리를 1년이나 끌어안고 오다니, 스스로도 대견하다. 그때는 뚜껑을 열었을 때 무엇이 튀어나올지 두려웠다. 이제 남편은 평상심으로 돌아와 그때 이야기를 들려준다. 정희가 모처럼 시간과의 싸움에서 이긴 것이다.

영한이 길게 한숨을 내쉰다.

"정치의 질이 너무 나빠져서. 갈등을 수습하는 게 대통령 역할인데 싸움을 걸고 있으니. 사회 전체를 전쟁판으로 만들고 있어."

"나는 저 사람이 조금만 자중했으면 좋겠어. 스포츠든 정치든 게임의 룰이라는 게 있는데 저렇게 거칠게 함부로 하면 그 수준이 다시 돌아올라면 오래 걸릴 텐데 그게 걱정이야… 사람한테 잔인하게 하고 그게 익숙해져서 아무렇지도 않은 사회가 되면 곤란한데. 가방끈은 길어지는데 사람들은 상스러워지고."

영한은 묵묵히 땅을 내려다보고 걷는다. 한때 자신의 목을 졸랐던 국가라는 빌런을 생각하고 있을까. 정희 혼자 떠든다.

"나 있잖아. 요새는 교통신호 잘 지켜. 빨간불에 절대

안 건너고. 운전할 때도 양보운전 하고. 음식점 가도 종업원들한테 공손하게 하고. 사회가 너무 험해지는 것 같아서 일부러. 행동하는 양심이야. 그냥 내 식으로."

한참 만에 영한이 입을 연다.

"한국은 그래도 괜찮은 사회지. 긴 역사로 보면 태평성대야. 참 감사할 일이지."

정희가 고개를 끄덕인다.

"나는 사람들 상식을 믿어. 부지런히 하루하루 살면서 자기 일을 하는 사람들이 있으니까 세상이 이상한 데로 가지는 않을 거야."

저 앞에 혜화문 지붕이 눈에 들어왔다. 영한은 혼잣말을 했다.

"이제 1년이네. 10년은 된 거 같아."

정희와 영한은 둘 중 하나가 인내심이 조금만 모자랐어도 지금은 남남이 되었을지 모른다. 아이들 자랄 때 남편은 거의 집에 없고 그녀는 가랑이 찢어지는 워킹맘이었다. 애들이 학교 끝나고 학원도 끝나 집에 와 있는데, 그녀는 저녁 7시에 집에 도착하면 어떤 때는 겨울인데 외투 입은 채로 부엌으로 가 쌀을 퍼서 전기밥솥에 넣었다.

그때는 남편한테 늘 화나 있었고 많이 싸웠다. 그런데 하민이 대학생 되고 동민이 고2 올라가니까 집안일이 확 줄어들고 남편하고 좀 지낼 만해졌다. 다시 몇 해가 지나 아이들이 성인이 되고 부모와 심리적 물리적 거리를 벌리기 시작하면서 둘이 뭉칠 수밖에 없게 됐다.

정희는 그들 부부가 섹스보다 토크에서 궁합이 양호하다고 생각한다. 일단 종교와 정치에서 치명적인 장벽이 존재하지 않고 사람이나 문화에 대한 취향이 얼추 맞아떨어진다.

"〈토리와 로키타〉 보러 가야 되는데. 이러다 간판 떨어지겠네."

정희의 말에 영한이 웃음을 터뜨린다.

"요새도 간판 떨어진다 그래? 근데 〈토리와 로키타〉가 뭐야?"

"다르덴 형제 영화. 이번에 한국 왔다 갔잖아. 전주영화제 개막작이라."

"다르덴이 누구지?"

"당신도 다르덴 영화 좀 봤을 텐데? 〈로제타〉〈자전거 소년〉 아니 〈자전거 타는 소년〉이었나. 그리고 또 뭐더라. 여튼 완전 써늘한 리얼리즘 영화들이지. 당신은 안

봤던가."

영한이 고개를 갸우뚱한다. 아무래도 영화는 그쪽 일을 했던 정희가 빠르다.

"〈아들〉! 우리 작년에 넷플릭스로 같이 봤잖아. 기억 안 나? 왜 그 목공 일 하는 남자 나오고. 아들을 죽인 친구가."

"아, 그게 그 감독이었구나. 볼 때는 참 폐부를 찌른다 했는데. 그런 뉘앙스만 남고 알맹이는 거의 날아갔네."

"그래, 우리가 뉘앙스의 세계에 살지."

5월은 계절의 여왕이라는 말, 이런 숲에 있을 때 실감한다. 꽃도 꽃이지만 나무는 얼마나 초록인지. 초록은 힐링의 색깔이다. 초록의 숲에서 나무들 사이를 지나며 깊이 숨을 들이쉬어 본다. 뇌세포가 비타민 먹는 소리가 들린다.

"잠깐."

정희가 걸음을 멈추고 흠흠 냄새를 맡는다.

"이거 아카시아 향기 아냐?"

"그러네. 아카시아야."

두 사람은 선 자리에서 360도 돌면서 아카시아의 하얀

꽃나무를 찾아본다.

"아무래도 안 보이네."

"어디서 오는 걸까."

"아카시아 향이 멀리 가더라고. 요새 우리 아파트 뒷산에 아카시아가 피었나 봐. 아파트 단지에 들어서면 벌써 아카시아 향이 코 속으로 들어온다니까."

"어딘가에 아카시아 나무가 있나 봐."

나무는 보이지 않지만 향기는 한참 더 따라온다.

"봄은 참 좋다."

"그래, 봄은 좋아."

겨울이 가면 봄이 오고 죽은 땅에서 아카시아를 피워낸다. 정희는 중학생 때처럼 다시 명랑해지고 싶어진다.

"근데 아까 무슨 전화였어? 편집자가 뭐래?"

"응? 결론 부분을 좀 수정했으면 좋겠대."

영한이 좀 마뜩잖은 표정이다. 예전에 영한의 책을 냈던 출판사인데 거기도 세대교체가 됐고 이번 책을 맡은 편집자는 30대 후반이라 했다.

걷다 보니 어느새 혜화문 앞이다. 정희는 문득 양평 도서관카페가 생각난다. 아직도 양평에 못 가고 있다.

"양평에 언제 가지? 책을 다 써야 가나."

영한은 대답이 신통치 않다.

"어, 좀 있어봐."

지금도 남편은 박스에서 책을 꺼냈다 넣었다를 계속하고 있다.

작가는 자신에게 가장 절실한 걸 쓴다.《그리고 봄》을 쓴 것은, 우리 시대의 정치적 삶이 지금의 내게 가장 절실하게 다가오기 때문이다. 지난해 대선 이후 스트레스가 상당해서 지식인으로서, 저널리스트로서, 작가로서 뭔가 하지 않으면 안 되었다. 난폭 운전하는 버스의 승객이 되어 멀미만 하고 앉아 있을 수는 없는 것이다. 소설 속의 영한처럼 나도 내가 할 수 있는 일을 하기로 했고 그것이 소설이었다.

《세 여자》를 낼 때는 그것이 소설로는 마지막이라 생각했었다. 하지만 살다 보니 또 쓸 일이 생긴다. 소설이 좋은 것은, 뭐든, 어떻게든, 쓸 수 있다는 점이다. 책 속에서 주인공이 책을 쓰기도 한다.

현실 정치는 요사이 우리 문학, 특히 소설에서 금기인 것 같다. 하지만 내 일상이 정치의 그늘에 있는데 그것을 피할 방법이 없다. 소설가로서 할 수 있는 일은 소설을 쓰면서 되도록 우리 일상의 근사치에 접근하려 애쓰는 것뿐이다.

이 소설은 2022년 4월부터 1년을 다뤘고 집필은 8월에 끝났지만 그 시점에도 정치 상황은 빠른 속도로 더 나쁜 쪽으로 달리고 있었다. 대통령이 되기 가장 위험한 개인에게 대통령직을 맡긴 다음, 불안과 불편은 그에게 대통령직을 허락한 국민 대중이 감당해야 하는 몫이다.

하지만 《그리고 봄》에는 변증법의 희망을 바라보고 싶은 마음을 담았다. 군사정권 이후 가장 어두운 시기로 접어들고 있지만, 질서와 가치와 상식이 무너지는 정치 IMF를 경험하고 있지만, 공이 높이 튀어 오르려면 바닥을 세게 쳐야 한다는 생각을 한다. 독일은 나치를 겪은 다음 더 형편없어졌을 수도 있었다. 하지만 독일인들은 나치를 겪었기 때문에 파시즘이 다시는 발붙일 수 없는 우아한 정치 시스템으로 건너가는 길을 택했다. 많이 배우고 많이 공부하고 많이 읽고 많이 떠들고 많이 싸우는 한국인들에게도 독일인과 같은 저력이 있다고 나는 믿는다.

독자들도 짐작하시겠지만 여기서 정희는 거의 내 자신이다. 하지만 남편과 딸과 아들은 완전한 가공의 인물이다. 나는 딸만 둘이라 그 세대의 여성은 어느 정도 이해하는 편이지만 20대 남자는 가장 알기 힘든 대상이었다. 그래서 기타 들고 집 나갔다 돌아온 조카와 많이 이야기했다. 또한 사회학과 교수로 정년퇴임한 오빠와도 이야기를 나눴다. 소설 속에서 동민의 '고양이' 송은 음악을 하는 내 둘째 딸이 노래로 만들었다.

형편없는 초고를 읽어준 친구들에게 감사한다. 그들 덕분에, 뭉툭했던 초고가 소설의 꼴을 갖추게 됐다. 정치 현실을 얘기하는 소설을 '펴내는' 한겨레출판에 감사한다.

책을 한 권 쓸 때는 늘 이게 마지막이지 싶지만 아마도 나는 또 절실해져서 다음 책을 쓰게 될 거 같다. 이 소설이 우리 시대의 집단 우울증을 치유하는 데 조금이나마 도움이 되길 소망해 본다.

2023년 9월
조선희

그리고 봄

© 조선희 2023

초판 1쇄 발행 2023년 10월 16일
초판 2쇄 발행 2023년 11월 8일

지은이 조선희
펴낸이 이상훈
문학팀 최해경 김다인 하상민
마케팅 김한성 조재성 박신영 김효진 김애린 오민정

펴낸곳 (주)한겨레엔 www.hanibook.co.kr
등록 2006년 1월 4일 제313-2006-00003호
주소 서울시 마포구 창전로 70 (신수동) 화수목빌딩 5층
전화 02-6383-1602~3 **팩스** 02-6383-1610
대표메일 munhak@hanien.co.kr

ISBN 979-11-6040-578-1 03810